丰子恺
译文集

第十六卷

丰陈宝　丰一吟
杨朝婴　杨子耘
丰睿

编

ZHEJIANG UNIVERSITY PRESS
浙江大学出版社

本卷说明

　　本卷收录丰子恺先生翻译(与杨民望合译)的《唱歌和音乐》一书,原著为俄罗斯共和国科学教育科学院院士沙赤卡雅主编,格罗静斯卡雅、日慕茨卡雅、尼科尔斯卡雅、鲁美尔合著。译者根据俄罗斯苏维埃联邦社会主义共和国教育部教育出版社一九五三年莫斯科俄文第二版译出。本卷根据人民教育出版社一九五五年三月第一版校订刊出。

本卷目录

唱歌和音乐

格罗静斯卡雅　日慕茨卡雅

尼科尔斯卡雅　鲁美尔　著

丰子恺　杨民望　译

目　　录

序　　言

　　斯大林的经典著作《苏联社会主义经济问题》中所阐明的国民教育的任务,以及根据第十九次党代表大会的决议所作的关于普通教育学校的进一步发展,是与培养共产主义社会的全面发展的建设人才这一基本任务的实现相关联的。

　　从这一观点看来,艺术教育在教育工作的总体系中的意义大大地增长了。因此在儿童音乐教育方面,对小学师资的水平的要求也大大地提高了。

　　这一本教学参考书的目的在于:使小学唱歌教师具备必要的音乐知识、技巧和能力,使他们可借此以音乐为手段来进行思想教育,来培养儿童在合唱方面的技巧和能力,并发展儿童的艺术趣味和艺术才能。

　　本书的对象是那些没有受过音乐训练的师范学校学生。作者的任务是:帮助师范学校的学生获得小学唱歌教师所必需的知识和技巧。

　　本书分为三个部分。在第一部分("合唱"和"识谱法")中所叙述的是师范学校的声乐和合唱课的学生——未来的教师——所必备的知识。

　　第二部分("小学唱歌教学法")所叙述的是小学唱歌教学的基本原则和唱歌教师的任务。

　　第三部分("音乐欣赏知识")记述着著名作曲家的传略和他们的创作概况(按历史的次序)。作者的任务是要用具体的范例来说明伟大作曲家创作上的特征,以及他们在思想上和艺术上的意图。这一部分能帮助学生掌握教学大纲的材料,并供给唱歌教师一些必需的知识。

本书中所有的教学材料完全符合于师范学校的教学大纲,这些材料可以在教师的辅导之下用来作为课堂作业,也可以作为自学用的家庭作业。本书所采用的儿童歌曲主要是从小学教学大纲的曲目中选出来的。

本书初版中的某几节,在这一次的再版本中已删略不用(如"各种调的视唱练习""进行""唱歌课的课外作业"等)。

在这一再版本中,"合唱练习和视唱""学校合唱队""识谱法教学"这几节都已经过修正和补充。此外,"苏维埃音乐"一节也已大大地加以修正和扩充。

第一部分——"合唱"和"识谱法"——是尼科尔斯卡雅写的。

第二部分——"小学唱歌教学法"——是格罗静斯卡雅写的。其中"识谱法教学"是鲁美尔写的。

第三部分——"音乐欣赏知识"——是日慕茨卡雅和格罗静斯卡雅合写的。

合　　唱[1]

　　合唱队　合唱队是用一个或若干个声部来演唱歌曲的歌唱者集团。合唱艺术起源于俄罗斯古代的民歌集体演唱（"一人不会唱,合伙容易唱"）。

　　合唱是最易被接受的一种音乐。在合唱的过程中,可以发展音乐听觉、节奏感和嗓子。熟悉真正艺术性的合唱曲（民间创作的范例、过去的古典遗产和苏联作曲家的作品）,能培养歌唱者对音乐的爱好,并提高他们的音乐文化。

　　要使合唱富有表情、悦耳而且熟练,只有在这样的情况之下才有可能,即歌唱者能掌握以下一系列声乐和合唱方面的技巧:一、在唱歌时能正确地呼吸;二、能用正确而悦耳的声音来歌唱;三、歌词的发音清楚;四、音调纯净;五、能唱得富有节奏性;六、能领会曲趣且富有感情地演唱歌曲。

　　唱歌的姿势　唱歌时最好的姿势是站着,双手垂下。在练习唱歌时,也可以坐着,身体挺直,双手自然地放在膝上。无论站着或坐着唱歌,头都要挺直,颈部不要紧张,两肩稍稍向后,因为这样可以扩大胸腔而使两肺获得更大的自由,这对于自由的呼吸和正确的发声都是非常重

---

　　〔1〕　在苏联,"合唱"（хор）这一个名词是兼指齐唱的。——译者注

要的。

发声器官　人的声音富有各种色彩,这种色彩是我们所知道的任何一种乐器所没有的。人的声音与歌词相结合时,产生出一种巨大的感染听众的力量,并以歌声的表情和情绪吸引住听众。人的歌唱是一件复杂的、心理和生理方面的行为。

为了要唱得正确,必须要能掌握唱歌时的呼吸,正确地发声,运用共鸣并清晰地发音。在歌唱中,这一切技巧都是互相密切地联系着的,所以我们必须有系统地力求获得适当的技巧。

呼吸　为了要发出一个音,必须先吸进一口气;吸气是由两个相继的因素构成的:把气吸进来并保留住它。我们平时呼吸的过程是无意识地进行的,但是在唱歌时,我们可以有意识地把这一过程在某一种程度上加以调整。

唱歌时所需要的气的贮藏量,比我们平常呼吸时所需要的稍大。

在平时无意识地呼吸的时候,呼气是被动的,但在唱歌时,呼气却是主动的和有计划的。

我们在下面将会看到,吸气的方式要看歌曲和它的各个部分的速度和性质而定;而呼气则永远是很节省的、持续的。

吸气是同时通过嘴巴和鼻子的,而主要是通过鼻子。如果开始唱歌时不预先吸进一口气,那么唱出来的声音就会软弱无力而且不能持续长久。如果在开始唱歌之前先吸好足够唱该乐句的一口气,那么声音就会更饱满、明确、开朗而悦耳。如果肺里充满了过于多量的空气,那是很不适宜的;因为这样唱起歌来很困难,而且所发出的音也几乎总是不纯净的。正确的呼吸与正确的唱歌姿势有关。吸气时应该平静而不出杂声,两肩不要耸起;呼气时则应悠长而宁静,不要激动。唱歌时主要的呼吸方式有以下两种：一、胸部的呼吸——这时候胸腔的中部和上方的肋骨扩张（这样的呼吸可以使吸气充分饱满）；二、下方肋骨和横膈膜的呼吸——这时候下方的肋骨扩张，而横膈膜则稍稍隆起（这样的呼吸可以使吸气十分深长，这是唱歌时所必需的）。

开始唱歌之前的吸气可以有种种方式，这要看所唱的歌曲的性质而定。悠扬的歌曲，必须唱得流畅而连贯，在演唱这类歌曲之前，应在起拍的前一拍上从容地、深深地吸进一口气（例如唱格林卡的歌曲《云雀》时就应这样）。演唱快速而活泼的歌曲——特别是唱那些不是从一拍开始而是从一拍的某一部分开始的歌曲——之前，吸气应该是急速而不饱满的（例如唱《苏联国歌》时就应这样）。

在唱歌的过程中，必须很节省地呼气，这也就是说，必须使吸进的气足够用来唱出整个乐句；我们不可以在唱开始的几个音的时候就把肺里贮藏的所有的气全都呼了出来（没有经验的歌唱者往往是这样的）。把气吸进之后，必须把它留住片刻；这时候声带的紧缩阻住了空气呼出的通路而使我们能够比较节省地呼气。在唱歌时把吸入的气存储起来，这样就产生了那种所谓呼吸中的支柱音。在唱歌的过程中，每一次换气都应该在两句歌词或两个词之间，绝不可以在一个词的中间换气。

上面这一条规则是独唱者所必须遵守的。在合唱中有一种所谓"连锁呼吸"的演唱方法，运用这种方法演唱时，个别的歌唱者也可以在一个词的中间换气。

如果在歌曲中的两句歌词之间没有休止符，那么前面一句的最后一个音可稍微缩短一些，以便换气。

发声　发声的器官是咽喉，在喉头起主要作用的是声带。在平时的

(不是唱歌时的)呼吸中,声带是松弛的,气流无声地通过声带。但在发声时声带紧缩起来,从肺里出来的一股气流挤压着声带,使它扩张;这时候空气的压力减少了,声带重又紧缩起来。

由于那种引起声带振动的一连串的气流忽而密集忽而疏散的结果,空气就发生了波动,这种波动被我们的听觉所感受时,便是声音。

声带所发出的音具有下列四种特性:

一、强度——视声带的振幅的大小而定;又视挤压声带的气流而定。

二、高度——视声带的紧张程度而定:声带越紧张,声音越高。

三、长度——视声带振动的时间的久暂而定。

四、音色(人声的色调)——视声带振动的性质和共鸣的调节而定。

共鸣　咽喉的上部、喉腔、鼻腔、口腔和胸腔,都是共鸣器官。声带所发出的声音是很微弱的;当声音进入共鸣腔内时,它就加强起来,并变得浓厚、滋润而带有色彩;胸腔也具有共鸣作用。在低音区中歌唱时,胸腔显然地作微弱的振动。

发音法　下颚、舌、唇、软口盖和咽喉,都是发音器官。唱歌的时候,发音器官起着很大的作用,发音是否清楚全赖于发音器官。下颚不可紧强,以便自由起落。发母音和子音时,舌头不应迟钝、呆滞,必须按发音的需要而安排位置(在发母音丫时,舌头自然地平躺在嘴巴的底部,舌尖触及下齿的牙根;在发母音丨、乀和ㄨ时,舌头不是像发丫音时那样地躺平,而是凸起的)。

舌头应当放置在正确的位置上,这一点是很重要的;因为舌头的移动会改变共鸣器官的形状,因而也会改变歌唱者的声音的音色;嘴唇要灵活而集拢,但不应紧张,因为在发下面几个母音和子音时都须用到嘴唇:ㄛ、ㄨ、ㄅ、ㄆ、ㄇ、ㄈ、ㄖ;子音ㄖ和ㄈ是用嘴唇和牙齿来发音的。软口盖是活动的,它可以紧缩起来,借以加强声音的共鸣。

语音　每一首歌曲都是由歌词和旋律组合而成的。与旋律相结合的歌词使我们能够非常清楚而透彻地领会音乐作品的情趣和内容,这也就是说,使我们能够清楚地看到艺术形象。要使歌曲的演唱富有表情,必须好好地练习歌词的发音,使语音清楚而明晰。

如果我们听不清楚独唱者或合唱队所唱的歌曲中的歌词,那么,他们的歌唱就会留给我们一种不愉快的印象。即使歌唱者的嗓子优美,即使合唱队的歌声谐和,这种不愉快的印象却仍然存留着。像这样的歌唱者或合唱队,人们就要说他们语音不好,即歌词发音不清楚。很明显的,歌曲中的歌词应当唱得分明、清楚。要使歌词的发音清楚,首先要有正确的发音法(即唇、舌、下颚的正确的动作)。嘴巴应张得够大,嘴唇应是很灵活的。嘴唇的活动程度得视所唱的歌曲的性质而定:唱活泼的、急速的歌曲时嘴唇就需要多活动;唱安静的、缓慢的歌曲时嘴唇的活动就较少。下颚也须灵活,应使它自由起落。例如念一首诗,念的时候倘若嘴唇活动得少,这时候你将会发觉到,要辨认出诗中的辞句是很困难的。如果预先把歌词念一遍,念的时候把子音十分夸张地发得很清楚,那么在学习歌词的过程中就会产生很好的效果。

在唱歌的时候,这种夸张性减少了,歌词就会清楚而易解。在快速而活泼的歌曲中,语音的作用尤其大。在唱歌时,歌词的读音是惯用所谓"莫斯科口音"[1]的。

---

〔1〕　俄语的读音大致可分为"莫斯科的"和"列宁格勒的"两组;我们学的一般是"莫斯科口音"。——译者注

在语音的训练中,必须注意使所有参加合唱的歌唱者都能以同一的口形来唱母音,因为这样能促进合唱的声音的谐和一致。

旋律线主要是在母音上进行的,这种进行应当尽可能地不被子音所扰乱;子音的发音必须清楚而快速,紧接着其次的母音。

人声的种类　人声可分为女声[女高音、女次高音、女低音]、男声[男高音、男中音、男低音]和童声。

女声的音域——从小字组[1]的 f 音到小字三组的 c 音;男声的音域——从大字组的 C 音到小字二组的 c 音;童声的音域——从小字组的 g 音到小字二组的 g 音。

合唱的技巧　参加合唱队的歌唱者,除必须具有声乐的技巧之外,还须具备合唱的技巧:歌唱者应使自己的声音与合唱队中其他歌唱者的声音融合为一,而不要突出(在合唱队中每一个声部的内部必须协和,各声部之间也必须协和);要与其他的歌唱者一同准确地唱出旋律的节奏型;要把音调唱得纯净,也就是说,要准确地唱出旋律中各音的高度,并准确地从一个音转移到另一个音。

协和(Ансамбль)[2]　在集体演唱中,能和大家一起歌唱而不使自己的声音在音色和强度上突出在合唱队总的音响之上——这一种技巧是具有很大的意义的。歌唱者应当很敏感地细听相邻者的歌唱,并把自己的声音与相邻者的声音融合在一起,务必使合唱中每一个声部都有一个共同的音响,并使自己的声音的强度与合唱队的总的音响相均衡(强度上和音色上的协和)。歌唱者还应用心注意,使自己和其他所有歌唱者

---

〔1〕　关于组的划分和音的实际高度的说明,请参阅本书"识谱法"一章中"组的名称"一节中的图例。——译者注

〔2〕　Ансамбль 这个词源出于法文,是"在一起""一致地"的意思。

同时唱出歌曲的节奏型,精确地唱出各音的时值,并明显地从一种时值转移到另一种时值(节奏上的协和)。在二部合唱中,第一个声部或第二个声部(如果两个声部有同等作用的话)在强度上都不应突出(声部间的均衡)。但是如果两个声部的作用不是同等的,那么起领导作用的主要声部就应突出一些。在三部合唱和四部合唱中,必须使其中主要的、起领导作用的声部突出一些,因为这对于音乐作品的正确演唱是起决定性作用的。

音调和谐调　准确地唱歌——意即把旋律中各音的一定的高度准确地唱出来(根据音叉),并使自己的声音在高度上与合唱队中其他所有歌唱者的声音相融合。合唱中的谐调分为旋律的谐调(即每一个声部在"横的方面"的谐调)与和声的谐调(即整个合唱在"纵的方面"的谐调)两种。

为了要把音调唱得纯净,歌唱者在练唱歌曲时必须:一、正确地吸气和呼气;二、有意识地处理所唱出的音。

歌唱者的疲乏也会影响到音调的准确,这大都是把音调唱低下来。不用乐器伴奏的歌唱对纯净的音调的发展特别有帮助,因为在这时候音调上的缺点特别容易听得出来。

在练习合唱时,音阶中某些音级唱起来有降低的倾向,我们应竭力把这些音唱得高些;另一些音级唱起来有升高的倾向,我们应竭力把这些音唱得低些或唱得稳定些。

在练唱歌曲时,我们应把每一个声部都仔细地练好,必须能意识到每一个声部的旋律的进行,并准确地、而不是大略地把它唱出来。闭着嘴巴唱歌可以帮助我们把音调唱得准确,因为在这种情况之下,全部注意力都能集中在音调的准确上。断音唱法也能帮助我们把音调唱得准确。练唱音阶和歌曲所属的调式的主三和弦(即在练唱歌曲之前所做的调式定音),以及演唱时的节奏性和表情,对于合唱的音调的纯净都有良好的影响。

富有表情的歌曲演唱　　练唱歌曲的目的应是:使歌曲的演唱具有艺术性。歌曲唱得没有表情,就会使听众冷淡而漠不关心。歌曲唱得富有表情、富有情绪,即使歌唱者的嗓子不洪亮又不美丽,也能给听众以莫大的喜悦。我们记得屠格涅夫在他写的故事《唱歌者》一文中曾这样描写雅可夫唱《啊,田野里横着的道路不止一条》这首歌曲时的情形:"他唱着,他的歌声的每一个音都给人一种亲切的和无限广大的感觉,仿佛熟悉的草原一望无涯地展开在你面前一样。我觉得眼泪在心中沸腾,在眼睛里涌出⋯⋯"

歌唱者应当理解歌曲的整个形象(诗的形象和音乐的形象),要深深地领会歌曲,并了解歌曲的内容和一般特性。为了要做到这几点,必须从音乐的特性和音乐与歌词的结合这两方面去研究歌曲。应当判定歌曲的音响上的特性(即:应当用怎样的声音去唱该首歌曲),这对于歌曲的富有表情的演唱是很重要的。抒情的、悠扬的歌曲需要用温柔、清彻而明朗的声音来演唱;愉快的、活泼的歌曲则需要用比较鲜明而生动的声音来演唱。

应当在乐句中区分出音乐的逻辑重音和最大的高潮(顶点)的位置,并把句和词完整地唱出来,而不是唱个别的音节;要注意音乐语言中的个别因素,注意速度和强弱变化,因为这些都有助于阐明歌曲的内容,并能给歌曲以应有的表情。

只有仔细地、用心地研究并分析歌曲,才能使合唱队的参加者都掌握富有表情的演唱的关键。

指挥者的姿态 歌唱者必须能理解指挥者所做的姿势,这样才能把歌曲唱得谐调而富有表情。指挥者用富有表情的动作和脸部表情来使歌唱者服从他的表演意图。指挥者的艺术意图是依靠他的两手(动作)和脸部(表情)传达出来的。

指挥者用眼色和举手的动作来集中演唱者的注意力;接着他便作出呼吸的指示,这种指示的作出必须根据所要演唱的歌曲的速度和性质而定。

实际经验证明:吸气和开始唱歌之间有着直接的关联。呼吸的指示是在开始唱歌的前一拍上作出的。歌曲结束的指示——"停止"——与开始唱歌的指示同样重要(必须同时结束)。合唱将近结束时,指挥者在歌曲结束的前一拍上做一个准备结束的动作,然后指示出正式的结束——"停止"。在准备结束的动作和"停止"之间,也像吸气和开始唱歌之间一样有一种直接的关联。

指挥者的两手必须灵活。右手通常指示出乐曲的节拍和速度。左手指示"开始""停止"和强弱变化。但是这种分工并不是硬性规定的。有时指挥者可以用两手做同样的动作,借此使动作更加明确化,有时则单用一只右手来求得他所需要的效果。指挥者的脸都表情可以帮助演唱者传达出乐曲的内容和情绪。

指挥旋律的基本方法如下:指挥悠长而宣有旋律性的歌曲时,两手的动作应轻快而连贯;指挥愉快而活泼的歌曲时,两手的动作应明确、果断而刚毅。

合唱练习和视唱[1]

教室中的集体练习   当指挥者发出"注意"的信号(举起两手)时,歌唱者应集中注意力,并使身体采取唱歌时应有的姿势。

当指挥者的两手向上做预备拍的动作时,大家应同时吸气;而当指挥者的手接着做向下的动作时,就应开始唱歌。歌唱者应注意使歌声融合为一。当指挥者做出"停止"的手势时,大家就应停止歌唱。

作   业

宁静地吸气,然后一边打拍子一边唱以下的练习;仔细地唱母音ㄛ(注意把音唱准,不降低也不升高,可用音叉来矫正所唱的音)。

如要用钢琴来矫正音准,必须用调音准确的钢琴。

应当用音的唱名悠扬而从容地来唱这个练习,唱时并打拍子。为了要获得纯净的音调,唱这练习时,最好是闭起嘴巴,在这时候嘴唇要闭拢,但牙齿并不咬住;要从容地吸气,唱时要注意音调的纯净。

发声练习

唱这些练习时,一、用乐器伴奏,二、不用乐器伴奏(只奏出转调

---

[1]   本节中有关说明俄文歌词唱法部分,在歌词译成中文后已不适用,故均予略去,特此声明。——译者注

的和弦）。

第一个声部唱这些练习时，可以唱到小字二组的 g 音为止，而第二个声部则唱到小字二组的 e 音。

视唱练习（2/4 拍子）

俄罗斯歌曲

用音的唱名来练唱这 2/4 拍子的视唱练习，唱时并打拍子，不用乐器伴奏。

必须仔细地唱出每一个音,并在音调准确方面加以矫正。在唱这些练习之前,应先练唱音阶中的静音。

发展语音的练习

（音的唱名同上）   以下仿此

唱的时候要用乐器来伴奏。很清晰地唱出各个音节。

我们亲爱的小女伴们

愉快地

1.我们 亲 爱的小 女 伴们, 到 树 林 里 采 浆果, 播 呀 籁 呀 籁 呀 籁, 到 树 林 里 采 浆 果。

2.她们没有采到浆果,
却走失一位朋友,
播呀籁呀籁呀籁,
却走失一位朋友。

3.我们那位走失的朋友,
就是亲爱的卡秋莎,
播呀籁呀籁呀籁,
就是亲爱的卡秋莎。

4. 卡秋莎啊你在哪里？

　我们亲爱的小朋友，

　播呀簸呀簸呀簸，

　我们亲爱的小朋友。

　　这是一首俄罗斯民歌。这首歌曲的性质是愉快而活泼的。在歌曲的各个乐句以及各节歌词开始之前,应急速地吸一口气。

　　副歌部"播呀簸呀簸呀簸"中最后一个"簸"字是四分音符,应该唱得长些,而八分音符则应唱得轻快,不能拖延。要很用心地注意音调的纯净,可用乐器来矫正音准(最好是用音叉),特别是当旋律中有一个音重复若干次的时候,这种矫音尤为重要。

小白兔在花园里跑

　　这是一首俄罗斯民歌。它的性质是愉快的。开始唱歌之前应宁静地吸进一口气,要流畅地、从容不迫地练唱这首歌曲;必须用断音唱法来练唱(为求唱得轻快):

为使声音饱满有劲,最好用ㄉㄛ音来练唱这首歌曲:

要注意歌词的清晰的发音,并准确地唱出旋律的进行(两个大二度)。

练唱时应不用乐器伴奏,但要打拍子。

小 公 鸡

从容

小公鸡,小公鸡,金鸡冠,真美丽。

头上闪闪有光辉,

身上穿着绸缎衣,

你为啥,清早起,

你为啥,喔喔啼;

喔喔啼,喔喔啼,

吵醒了小弟弟。

这是一首俄罗斯民间儿童歌曲。这首歌曲的性质是安静的、从容不迫的。开始唱歌之前必须深深地、宁静地吸进一口气。最初练习的时候,可以在歌曲的中途各乐句之间换气(如前所示),但练熟之后就应力求用"一口气"唱完整段歌曲。应当用明朗而轻快的声音来歌唱。唱每一个音的时候,都必须保持歌唱的连贯性。语音要清楚,但不要强调。唱这首歌曲时不必用伴奏,但要打拍子;必须注意歌声从某一音到另一音的准确而同时的转移,并须特别注意音调的纯净性。

篱笆

民间歌词
卡林尼科夫曲

不很急速

篱笆，高篱笆，高过城头有篱笆，动物坐在篱笆下，一天到晚

说大话。最先开口是狐狸："全世界上我最美!"兔子用手摸胡须:

"我能快跑谁来追!"刺猬看看身上毛："我的皮袄真真好，"跳蚤听了

跳一跳："我的皮袄也很好!"熊大哥，吼一声:"我唱歌，真好听。"

山羊把角挺一挺:"挖出你们的双眼睛。"

这是一首诙谐性的儿童歌曲。我们要把它唱得愉快而诙谐。唱时声音要柔和而悦耳，歌词要唱得清楚。必须注意把第五、第六、第七和第八小节的旋律准确地唱出，注意音调的纯净；必须用慢速度来教唱这首歌曲，把每一个音准确地唱出来；在不同伴奏而用较快的速度来练唱的时候，要仔细注意音调的纯净。为要使声音轻快，宜用"非连音"和"断音"唱法来练唱。

在集体演唱时，应力求节奏上、强弱变化上和旋律上的协调，以及齐唱的音响的协和一致。

练唱时应不用伴奏，但要打拍子；用音叉来矫正音准。

仙　鹤

民间歌词
卡林尼科夫曲

急速

1.仙鹤两脚长又长,漫步来到磨　坊,　嗳,溜哩,嗳,溜　哩,
漫步来到磨　坊,看到奇怪景　象。

看到奇怪景　象。

2.母山羊磨面粉,

公山羊在撒粉,

还有那些小山羊们,

大家扒出面粉。

嗳,溜哩,嗳,溜哩,

大家扒出面粉。　}(两次)

3.羔羊两角弯弯,

风笛吹得好听,

风笛吹得好听,

眨眨两只眼睛。

嗳,溜哩,嗳,溜哩,

眨眨两只眼睛。　}(两次)

4.白肚子的喜鹊哥哥,

大家一起跳舞,

一群乌鸦小心谨慎,

看看他们跳舞。

> 嗳，溜哩，嗳，溜哩，
> 看着他们跳舞。　　（两次）

5. 猫头鹰也看着，
   它的两脚跺着，
   它的两脚跺着，
   它的猫头转着。

> 嗳，溜哩，嗳，溜哩
> 它的猫头转着。　　（两次）

　　这首歌曲的性质是诙谐的、愉快的。开始唱歌之前的吸气应短促而急速，在歌曲中可以按乐句在每四小节之后换气；先要用**ㄌㄛ**音来唱整首歌曲，以求声音的饱满有力。语音要清晰。唱副歌部"嗳，溜哩"时，不要用喊叫的声音来唱"嗳"字。唱这首歌曲时不用伴奏，要打拍子，并用轻快而明朗的声音来练唱。为使声音轻快而活泼，应当用"非连音"和"断音"唱法来练唱。

视唱练习（3/4 拍子）

选自克里莫夫的民歌集

选自阿尔勃列赫特的民歌集

选自阿尔勃列赫特的民歌集

打三拍子而练唱这些练习。

发展语音的练习

急口令："Бык тупогуб, тупогубенький бычок, у быка бела губа была тупа"；"Три дроворуба на трёх дворах дрова рубят".[1]

田野里有一株小白桦

愉快地　　　　　　　　　　　　　　　　　　　　　俄罗斯民歌

1. 田野里有一　　株小白桦，一株枝叶茂盛的小

白桦。溜哩，溜　　哩，小白桦，溜哩，溜　　哩，小白桦。

---

〔1〕 这两个急口令的译意是："公牛的嘴唇是钝的，钝嘴唇的公牛，公牛的白嘴唇是钝的"；"三个劈柴的人在三个院子里劈柴"。我国也有这一类急口令，可以用来训练快速而清晰的语音。——译者注

2. 小白桦树没有人来砍它，

  茂盛的树儿没有人来砍它。

  溜哩，溜哩，没人砍它，

  溜哩，溜哩，没人砍它。

3. 我要到田野里去玩耍，

  小白桦树让我把它砍伐。

  溜哩，溜哩，把它砍伐，

  溜哩，溜哩，把它砍伐。

4. 我要砍它三根小的树枝，

  把它做成三根小的笛子。

  溜哩，溜哩，小笛子，

  溜哩，溜哩，小笛子。

5. 再砍第四根，来做三角琴 P392，

  再砍第四根，来做三角琴。

  溜哩，溜哩，三角琴，

  溜哩，溜哩，三角琴。

6. 我把三角琴儿弹起来呀，

  我把三角琴儿弹起来呀。

  溜哩，溜哩，弹起来呀，

  溜哩，溜哩，弹起来呀。

　　这首歌曲的性质是很快速而活泼的。开始唱歌之前，要急速地吸进一口气；在唱歌的过程中，可以在标有呼吸记号的地方换气。要用明朗的声音来唱这首歌曲。唱时要尽力使声音连贯而匀净，注意正歌的第二

乐句中和副歌的第四乐句中的旋律的改变。

必须准确地唱足副歌中的附点音符的时值：

练唱这首歌曲时所用的练习：

这首歌曲要用快速度来演唱，所以我们应当特别注意语音。语音要清楚，但不要强调。要注意音调的纯净性。歌唱时不用伴奏，要打拍子，用中强(mf)的声音来唱。在合唱时，应使各个声部的音响融合为一，并使音调谐和一致。

我拿花圈行走

[轮舞曲]

中庸速度   俄罗斯民歌

我 拿 花 圈 行 走，我 拿花 圈行走，我 不 知 道 怎样 拿这 鲜 花 圈。圈。

我拿花圈行走，

我拿花圈行走，

我把这个鲜花圈挂在右肩，

我把这个鲜花圈挂在右肩。

这首歌曲的性质是从容不迫的；要宁静地按乐句而换气。正歌应唱得宽宏而悦耳，要精确地唱足附点音符和二分音符的时值；副歌要唱得轻快，语音要清晰。

视唱练习（4/4 拍子）

柯瓦列夫斯基

柯瓦列夫斯基

拉杜兴

唱这些练习时不用乐器伴奏。

发声练习

以下仿此

以下仿此

发母音丫时，嘴巴要张得最大。应注意使嘴巴不要向横的方面扩展；必须避免"白声"。唱这些练习时要用乐器来伴奏。

急口令："В семь рядов косил колхоз, все ли вышли на покос?"[1]

---

〔1〕 这急口令的译意是："集体农庄有七排人在收割，是否大家都已出来收割?"——译者注

视唱练习（附点音符）

（发展语音的练习）

发声练习

唱这些练习时要用乐器伴奏。第一个声部可以唱到小字二组的 g
音,第二个声部可以唱到小字二组的 e 音。

视唱练习（A小调）

选自阿尔勃列赫特的民歌集

选自杜杆兴的民歌集

选自克里莫夫的民歌集　　俄罗斯民歌

选自克里莫夫的民歌集　　俄罗斯民歌

选自克里莫夫的民歌集　　俄罗斯民歌

小 鹌 鹑

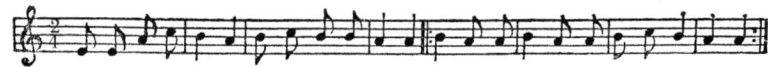

1. 我们的小鹌鹑儿，它的年纪大了，小鹌鹑，小鹌鹑，我们的小鹌鹑。

2. 我们的小鹌鹑儿，

　　它的小头痛了。（副歌）

3. 我们的小鹌鹑儿，

　　它的两脚痛了。（副歌）

4. 我们的小鹌鹑儿，

　　　　家里有小宝宝。(副歌)

　　5.我们的小鹌鹑儿,

　　　　它的脊背痛了。(副歌)

　　6.我们的小鹌鹑儿,

　　　　快同我们玩吧!(副歌)

　　这是一首白俄罗斯民歌;它的性质是悲哀的。

　　这首歌曲应唱得很流畅而富有旋律性,要把每一个音都唱出来,语音并不需要强调,但要唱得清楚。应在标有呼吸记号的地方换气。

　　在集体演唱时,必须使歌唱者的声音在力度上和音色上取得协调。

　　练唱这首歌曲时所用的练习:

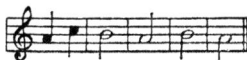

　　用ㄌㄚ音来练唱,不用伴奏,但要打拍子。

哦,林中有红莓花

　　2.那儿有位小姑娘,

　　　　那儿有位小姑娘,

　　　　小姑娘,小姑娘,

　　　　小蚊子响嗡嗡嗡,小姑娘。

3. 她把花儿摘下了，

　　她把花儿摘下了，

　　摘下了，摘下了，

　　小蚊子响嗡嗡嗡，摘下了。

4. 把它扎成一束束，

　　把它扎成一束束，

　　一束束，一束束，

　　小蚊子响嗡嗡嗡，一束束。

5. 把它丢在小路上，

　　把它丢在小路上，

　　小路上，小路上，

　　小蚊子响嗡嗡嗡，小路上。

　　这首歌曲是快速的、舞蹈性的。起声[1]是硬的。唱这首歌曲时必须精神饱满且有信心。用ㄉㄛ音来练唱。

　　必须在标有呼吸记号的地方换气（每四小节）。歌唱时语音应该非常清楚而明晰，特别是在用快速度来演唱的时候，但不应滥用日常讲话的音调。

　　必须仔细地唱出所有的音。要用慢速度来教唱这首歌曲；要把乐谱上所标示的强弱变化精确地唱出来，并使歌声灵活而自然地从一个音转换到另一个音上。

―――――――

　　〔1〕 从呼吸的状态转变到唱歌的状态的一刹那间声带紧缩的方法，叫做"起声"（Атака）。硬的起声——指把音活泼地唱出。唱进行曲性质的活泼的歌曲时要用硬的起声。软的起声——用在唱旋律性的抒情歌曲的时候。

练唱这首歌曲时所用的练习：

在集体演唱时，必须训练全体歌唱者的声音，使声音在音色上融合为一(一致的音响)。看乐谱而歌唱时，应注意音量的变化；练唱时要打拍子，不用乐器伴奏。

伏尔加船夫曲

（嗳，嗨嗬）

俄罗斯民歌

1.嗳，嗨嗬，嗳，嗨嗬，大家一　齐用　力拉，嗳，嗨嗬，

嗳，嗨嗬，拉完一　把再一把，解开卷　叶的白桦树，

踏开世　界的　不平　路，嗳达达嗳达嗳达达嗳达踏开世　界的　不　平　路。

2.我们沿着河边走，

　　对着太阳我们唱歌。

3.哦，伏尔加母亲河，

　　河水滔滔深又阔。

这首歌曲的性质是宽广而富有旋律性的。要深深地吸气，并节省地呼出，以便唱完一个长的乐句(两个小节)。声音要饱满有劲，要尽量地唱得悠扬。起声是硬的。这首歌曲的音调是十分难唱的。音量的变化是这样：在中部逐渐增强，在末尾逐渐减弱。

二部合唱

　　二部合唱就是歌曲中两个旋律的同时结合,也就是第一个声部和第二个声部的旋律的同时结合。两个声部的歌唱使歌曲具有新的音色,因而变得更为丰富。第二个声部补充和展示主要旋律的表情,并加强主要旋律的和声发展。

　　二部合唱有下列三种类型:

　　一、两个旋律在旋律型和节奏型上似乎都是相同的;较低的声部的旋律仿佛是重复第一个声部的旋律(低三度,有时低六度):

哦,箍裂了

乌克兰民歌

哦,大桶的箍已经裂了
有一位大姑娘爱上了

断了,大姑娘左一想
哥萨克。

右一想,再一想,她想起了

哥萨克,家住在老远地方。

二、其中一个旋律是主要的、起领导作用的,而第二个旋律只是这一主要旋律的补充:

快乐的旅行者之歌
（副歌）

不　怕　路　程　遥，　我　们　直　上　云　霄。

三、每一个声部各有独立的作用:

湿松林里有一条路

湿 松 林 里 有　一 条　路，湿 松 林 里 有　一 条　路。

啊!　　一 条　路，啊!　　一 条　路。

一　条　路，一 条 路，一　条　路，一 条 路。

一　条　路，　一　条　路。

两个声部的视唱练习:

沿着小河

朝气蓬勃地

1. 沿着那 小 河, 沿着嘉桑 嘉 河, 灰蓝的公鸭 游 行 着。

哦 达 溜 哩, 溜 哩, 哦 达 溜 哩, 溜 哩, 灰蓝的公鸭游 行 着。

2. 沿着小河岸,

　　那险峻的河岸,

　　年青的小伙子岸上走。

3. 他一头卷发,

　　淡黄色的卷发,

　　他对自己的卷发说:

4. "美丽的卷发,

　　我的淡黄卷发,

　　有谁会来为你梳?"

　　这是一首俄罗斯民歌。歌曲的性质是愉快的、诙谐的。开始唱歌之前要深深地吸进一口气。歌唱时语音要清楚;要仔细地唱出每一个字,在练唱每一声部时要注意音调的纯净。在二部合唱时,应注意合唱中的声部间的均衡、两个声部的融洽和音响的谐调。练唱这首歌曲时应不用伴奏。

乡村姑娘种亚麻

（轮舞曲）

甚快   俄罗斯民歌

1. 乡村姑娘种亚麻，乡村姑娘种亚麻。
拉达，拉达，种亚麻，拉达，拉达，种亚麻。

2. 种好亚麻锄锄草，

　　白嫩双手擦破了，

　　拉达，拉达，擦破了，

　　拉达，拉达，擦破了。

3. 有一少年常来这里，

　　来到这段亚麻地，

　　拉达，拉达，亚麻地，

　　拉达，拉达，亚麻地。

4. 他把亚麻都踩坏，

　　把它丢入多瑙河，

　　拉达，拉达，多瑙河，

　　拉达，拉达，多瑙河。

　　这首歌曲的性质是活泼而欢欣的。开始唱歌之前要急速地吸进一
口气。唱歌的声音要饱满有劲；用快速度来演唱时，应注意语音。练唱
这首歌曲时最好不用乐器伴奏，注意旋律的音调的纯净性。虽然这首歌

曲是快速度的,正歌也要唱得轻快、圆润。

必须使两个声部的音响保持均衡(最好用**カY**音来练唱,唱时要打拍子,不用伴奏)。

果园里葡萄开花了

俄罗斯民歌

果园里　葡萄开花了,葡萄粒子都成熟了,都成熟了。

2.葡萄树好比伊凡先生,

　葡萄粒子好比可爱的玛丽亚小姐。

3.游人们大家都惊叹:

　葡萄粒子颗颗长得美丽又可爱。

这首歌曲的性质是愉快而活泼的。唱副歌之前应急速地吸进一口气;呼气要均匀,以便唱完整个乐句(四个小节)。要用明朗悦耳的声音来唱这首歌曲。在第一个声部中应注意第一小节处声部的进行;在第三小节中,一个字配上了两个旋律音[1],必须仔细地把每一个音都唱出来。

在第一个声部与第二个声部之间必须求得音响的均衡。应该愉快而悠扬地演唱整首歌曲,语音要唱得清楚。唱这首歌曲时应不用伴奏。

萤火虫

格鲁吉亚民歌

1.啊,发光的萤火虫,你的飞行吸引了我。你遥远的小火光,不让

---

〔1〕 此处译成中文配入后,只有第一个"葡"字配上两个旋律音。——译者注

我 安 静 一 下。你 遥 远 的 小 火 光,不 让 我 安 静 一 下。(啊,发) 你。

2. 啊,发光的萤火虫,

　　请为我照亮道路,

　　朋友,你飞往哪里?

　　恳求你留在我这里。　　}(两次)

3. 没有你我就没幸福,

　　你的亮光多么美,

　　只有死能熄灭光,

　　使我们永远分离。　　}(两次)

4. 萤火虫,我的星星,

　　我一心只想着你,

　　你永远将是我的,

　　我永远忘不了你。　　}(两次)

　　这首歌曲的性质是抒情的,要唱得很流畅而从容不迫。起声是软的;要把每一个音都唱出来。唱这首歌曲时要唱得仿佛是从一个音平滑流畅地转到另一个音似的。在二部合唱时,必须注意两个声部的均衡;练唱每一个声部或练唱二部合唱时,都应很仔细地注意谐调。

明朗朗的月亮

不很快

1. 明 朗 朗 的 月 亮,明 朗 朗 的 月 亮,有 一 双 金 角,有 一 双 金 角。卷 成 了 三 卷。

2. 亮闪闪的太阳，

　　亮闪闪的太阳，

　　放射出光芒，

　　放射出光芒。

3. 辽申卡的头上，

　　辽申卡的头上，

　　有淡黄的卷发，

　　有淡黄的卷发。

4. 他的淡黄卷发，

　　他的淡黄卷发，

　　卷成了三卷，

　　卷成了三卷。

　　这首歌曲要唱得徐缓、流畅而悠扬。最好是用ㄌㄛ音来练唱，唱时不用乐器伴奏。但要打拍子。要特别注意音调的纯净性（自然小音阶）。

在小河那边

（轮舞曲）　　　　　　　　　　俄罗斯民歌

1. 在小河　那边，在急流　那边，嗳溜哩，溜哩，在急流那边。

2. 有一和蔼的青年，

　　在那边走走玩玩，

　　嗳溜哩，溜哩，

　　在那边走走玩玩。

3.他有一头发亮的
　　淡黄色的卷发，
　　嗳溜哩，溜哩，
　　淡黄色的卷发。

4.头发仔细梳，
　　梳得很光亮，
　　嗳溜哩，溜哩，
　　梳得很光亮。

5.他在路上遇到
　　一群姑娘们，
　　嗳溜哩，溜哩，
　　一群姑娘们。

6.亲爱的小伙子，
　　请你卖给我们，
　　嗳船哩，溜哩，
　　请你卖给我们。

7.请把你那淡黄的
　　卷发卖给我们，
　　嗳溜哩，溜哩，
　　卷爱卖给我们。

8.哎，你们这些
　　愚蠢的姑娘们，
　　嗳溜哩，溜哩，
　　愚蠢的姑娘们。

9. 我这淡黄色卷发，

　　是我自己需要的，

　　嗳溜哩，溜哩，

　　是我自己需要的。

　　这首歌曲是从容不迫而富有旋律性的。开始唱歌之前应宁静地、深深地吸进一口气，在歌唱的过程中可以在乐谱中标有呼吸记号的地方换气。应该把每一个音都仔细地唱出来，特别是那些十六分音符，更应唱得轻快、流利。语音要清楚，但不要强翻。在练唱第一个声部时，应特别注意准确地唱出各音，并注意旋律中的节奏。在演唱这首歌曲的时候必须使第一个声部不太突出，以求协调。唱这首歌曲时应不用伴奏，以便使二部合唱都能听得清楚。

视唱练习（C 调和 F 调）

选自阿尔勃列赫特的民歌集

选自克里莫夫的民歌集

选自克里莫夫的民歌集

航 空 歌

多尔玛托夫斯基词

斯塔罗卡多姆斯基曲

从容不迫

金 黄 色 的 铃铛

花 在 我 头 顶 上 开 放! 我 们

伞 兵 在 祖 国 的 天 空 中 飞

翔。 乌 云 四 处 飘 荡, 筑 起 了 黑

暗的 围 墙。 你 这 汹 涌 的 暴 风

雨给我散开到一旁! 金 黄 色 的 铃铛

花 在 我 头 顶 上 开 放! 我 们

伞 兵 在 祖 国 的 天 空 中 飞 翔。

〔1〕

〔1〕 "铃铛花",指降落伞,详见本书"小学唱歌教学法"一章"富于表情的歌唱"一节中关于本曲唱法的说明。——译者注

　　这首歌曲的性质是明朗而清澈的。要用轻快的声音、从容不迫地来唱这首歌曲。除此之外,还应力求唱得悦耳、动听,因此每一个音的时值都要唱得准确。在歌词"我们伞兵……"之前的吸气是很短促的,前一乐句末尾的四分音符要延得够长。

　　以后各乐句的结尾都应该像上面所指示的那样来演唱。练唱这首歌曲最好不用乐器伴奏,要力求清楚的音调和轻快明朗的音响。

在 小 船 上

维索茨卡雅词
劳赫维尔盖尔曲

1. 风 和 日 暖 好 春 光,我 们 驾 船 去 游 逛,大 家 唱 歌 我 也 唱,唱 出 歌 声 多 嘹 亮。啦 啦 啦 啦 啦 啦 啦 啦 啦 啦 啦 啦 啦 啦 啦 啦。2.桨 儿 啦 啦 啦 啦 啦 啦。

　　2.桨儿坚固又轻便,

　　　划破水波浪花溅,

　　　白云都在水中行,

　　　水底好像就是天。

　　　　（副歌）

　　3.望儿岸上白桦树,

　　　好像队伍真齐整;

离开河岸稍远处，
枫树婆娑像老人。
（副歌）
4. 大家快把钓竿伸，
钓得鱼儿数不清。
钓罢大家重打桨，
野营午餐等我们。
（副歌）
5. 风和日暖好春光，
我们驾船去游逛，
大家唱歌我也唱，
唱出歌声多嘹亮。
（副歌）

这首歌曲的性质是明朗而轻快的。开始唱歌之前应宁静地、深深地吸进一口气。这首歌曲的练唱工作主要的是训练如歌的咏唱——歌声流畅而圆滑，音质美好。要很仔细地唱歌曲中的四分音符和八分音符。

在正歌的歌调“大家唱歌我也唱”一句中的“唱”字上，要很精确地唱足用弧线连接起来的附点四分音符和八分音符有总时值。学唱这首歌时起初必须闭着嘴唱(哼唱)。用ㄉㄚ音来练唱这首歌曲。歌词的发音要柔和，不要强调。

必须努力使各个声部的声音融洽，以求获得一个明朗悦耳的声音。这首歌曲的唱法如下：“风和日暖好风光，我们驾船去游逛”这两句歌词要唱得温和、轻快且富有旋律性。“大家唱歌我也唱”这一句要用“渐强”

的方式逐渐加强到"唱"字(这是这首歌曲的旋律的顶点),而"唱出歌声多嘹亮"一句则应用"渐弱"来演唱。副歌中"啦"用"中强"来演唱。

小 苹 果

2. 那样碟粉红那样金黄,

那样明亮那样香,

噢哩,噢溜哩,

那样明亮那样香。

3. 好像充满蜂蜜一样,

照见果核和果浆,

噢哩,噢溜哩,

照见果核和果浆。

　　《小苹果》是一首俄罗斯民歌。它是宁静的、叙事性的。必须力求唱得富有旋律性(声音明朗而柔和,语音不要强调)。强弱变化:"弱"(p)和"中强"(mf)。应注意一个字配两个旋律音的唱法,要仔细唱出那些十六分音符。唱这首歌曲时要注意声音的协调(音色上的)和调式【小调】。

　　要仔细唱出乐谱中乐句上所指示的"渐强"和"渐弱"。

　　要用稍慢的、从容不迫的速度【行板】来唱这首歌曲。

飞　机

维索茨卡雅词
阿·亚历山大罗夫曲

1.天空飞着飞机,飞行员从高空眺望祖国大地,在
十月大检阅的行列里,儿童拿着小旗和标语。在
十月大检阅的行列里,儿童拿着小旗和标语。

2.我们大家向飞行员挥舞小旗,

我们儿童向你们致敬意,

随伴着我们嘹亮的歌曲声,

把五彩大气球送上去。(两次)

　　开始学唱这首歌曲时,应当运用视唱和打拍子的方法,要特别注意精确地唱出歌曲的节奏型。

　　然后就应转为带歌词的练唱。这首歌曲的性质是活泼而富有朝气的。开始唱歌之前应急速地吸进一口气。

　　这首歌曲必须用饱满有劲的声音来演唱。语音要十分清楚而明晰。节奏要唱得准确,要唱足附点八分音符,然后急速地唱出十六分音符。这首歌曲应该用不很响的声音来唱。

　　在教室里练唱(集体练唱)歌曲时,必须力求节奏上和音量上的协调。声音要饱满、坚定。应当连短促的音也唱得很清楚,这样,在演唱时才不致于产生“在音乐声中谈话”的现象。音量是“中强”(mf),并以“渐强”的方式趋向顶点。

秋　天

秋天已经来到，花儿已枯萎，光秃秃的丛树，黯然无光辉。牧场上的草儿颜色都憔悴，只有冬麦地里一望青且翠。

天空黑云密布，

太阳色曚昽，原野狂风

怒号，细雨又蒙蒙。

这首歌曲的性质是温柔的、抒情的。悠扬而悲伤的旋律，描绘出自然界凋零枯萎的景象。从声乐方面看来，这首歌是难唱的，它要求很长的呼吸和高度的旋律性(仿佛从一个音平滑流畅地转到另一个音似的)。应在有休止符的地方换气;起声是软的。强弱变化:从"弱"(p)到"中强"(mf)。声音要饱满，不必很明朗，要尽可能作如歌的咏唱。在每一乐句的末尾必须仔细地唱足长的音符的时值。"天空黑云密布"这一句应唱得稍稍昂奋而趋向顶点("小溪水声潺潺")，然后降落到末尾("群鸟飞向

南方,准备去过冬")。教唱这首歌曲时应不用伴奏,要竭力求得准确的
音调;而当这首歌曲完全练好之后,就必须用乐器伴奏而唱它。最好是
闭着嘴巴唱这首歌曲,但同时要注意不要带有鼻音。要用ㄌㄚ音来练
唱,以求获得饱满有劲,但同时又不是晦暗的,而是明朗柔和的声音。

春 之 歌

（歌词俄译者：西科尔斯卡雅）

　　这首歌曲的性质是明朗而欢欣的。唱这首歌曲时语音必须非常良好而清楚，要用明朗而响亮的声音来演唱（起声是硬的）。乐句与乐句之间的换气必须短促，最后几个音都要唱出。在合唱音乐的练习中，应多多注意大三和弦的三度音程(唱这音程时应努力把它唱高些)。音量是"中强"(mf)。最好在唱歌之前把歌词富有表情地念一遍,念的时候语音稍加以强调(在唱歌时,这种强调的语音减弱,这样,歌词就会清晰起来)。必须用ㄅㄛ音来唱练习(在练唱歌曲之前),以便把一切难唱的地方预先学会。在这样的练习之后,这首歌曲的练唱的进行就会顺利得多了。

有位小姑娘在松林里散步

中庸速度　　　　　　　　　　　　　　　　　俄罗斯民歌

1. 有 位 小 姑 娘 在 松 林 里 散 步, 她 走 来 走

去 采 草 莓 和 浆 果。 果。

2. 她的一只脚在草茎上碰伤,

　脚痛呀,痛呀,幸好还不顶痛。

3. 她跑去请求她敬爱的父亲,

　她跑去告诉她亲爱的母亲:

4. 敬爱的父亲,让我出去散步,

　亲爱的母亲,让我去采浆果。

这首歌曲是安静的、叙事性的。必须宁静地吸气,节省地呼出。唱时声音要温柔、悦耳。应注意七度音程 E—D 的跳进。要力求唱得富有歌曲风,同时语音要清晰。应特别注意音色上和力度上的协调,也应注意合唱音准,注意从大调变到小调(变化的调式)的特性。在这首歌曲中难唱之处在于:重复同一音时的音调的纯净性。应力求获得流畅的、连

贯而轻快的演唱。音量是"中强"(mf)。

牧　人

捷克民歌
穆兴改编

黎明时牧人请吹哨笛，草儿因露珠银光闪烁。

天色微明时，我早已起床，把院里的小母牛牵出去；

太阳在白天里晒着大地，请你为我唱一首小歌曲。

白天里晒着大地，唱一首小歌曲。在明亮的

在明亮的黄昏，我遇见牧人，篱笆边我们坐

黄昏，我遇见牧人，牧人，篱笆边我们坐

下休息。在明亮的黄昏，我遇见牧人，

下休息。在明亮的黄昏，我遇到牧人，牧人，

篱笆边我们坐下休息。

篱笆边我们坐下休息。

这首歌曲的性质是诙谐的、优美的。声音要明朗,语音要清晰。歌声的性质是清澈的,强弱变化——从"弱"(p)到"强"(f)。

云　雀

中庸速度　　　　　　　　　　　　　　　　　　　　格林卡曲

1.听,美妙的歌曲声,在天空中飘荡,像一股无源流水,潺潺流出声响亮。田野里没有人唱歌,歌声却那样悠扬,在女伴的头顶上,云雀高声吟唱。在女伴的头顶上,云雀高声吟唱。

2.和风带来了小歌曲,

　　但不知道是带给谁,

　　只有她一人明白,

　　她也知道是谁唱的。

3.飞起来吧,我的歌曲,

　　甜蜜的希望的歌曲,

　　有一个人记起了我,

　　就偷偷地叹息。

这首歌曲的性质是明朗、抒情的。要宁静地吸气,呼气时则须均匀,以便唱完整个乐句。练唱这首歌曲的主要目的是训练富有旋律性的歌声。要仔细地唱足附点四分音符的时值;唱那些接连的两个十六分音符时不应急促,而要柔和。我们应把主要的注意力集中于母音上,尽量延续母音。此外还须注意这首歌曲的音调(小调)的纯净性。

罂 粟 花
(游戏歌曲)

快　　　　　　　　　　　　　　　　　　　　俄罗斯民歌

罂　粟　花　呀,罂　粟　花　呀,我们来站好,　罂粟花怎样了。
金　黄色的罂　粟　花　呀,

2. 罂粟花呀,罂粟花呀,

　　金黄色的罂粟花呀,

　　叶尔马克你说吧,

　　罂粟成熟了吗?

3. 他老人家爬下炕来,

　　他把木犁仔细修缮,

　　我们排好队,

　　像绿罂粟一般。

4. 我们要去耕种田地,

　　我们要把罂粟种下,

　　看山下谷地,

　　将开满罂粟花。

　　这首歌曲的性质是明朗而轻快的。要在标有呼吸记号的地方宁静地换气,特别要注意在副歌(七个小节)中要节省地呼气。要用明朗的声音来唱这首歌曲(用ㄌㄚ音来练唱)。语音要很清楚而明晰(在唱歌之

前,把歌词低声念一遍)。在第一和第二个声部中,必须仔细地唱四分音符,特别是八分音符:

罂粟

要精确地唱足用弧线连结起来的二分音符和四分音符的时值。在第二个声部中,必须仔细地学会副歌中的声部进行。要注意第一个和第二个声部之间的协调:在正歌中音量完全均衡;在副歌中第一个声部稍微突出一点。

必须练习把三度和五度的进行唱得准确。

应当用缓慢的速度来练唱这首歌曲,要仔细唱出每一个音;等到已经很好地学会了这首歌曲之后,就应唱得轻快而流利(不用乐器伴奏)。

小 杜 鹃

1. 杜鹃 在 天 空 中 飞 翔,咕 咕!
   请问 你 要 飞 往 何 方,咕 咕!

　　咕 咕! 咕 咕!

　　2. 我要飞往那树林上,咕咕!

　　　好在那边尽情歌唱,咕咕!

　　3. 孩子,请来树林里玩,咕咕!

　　　我为你们带来幸福,咕咕!

这首歌曲是从容不迫而富有旋律性的,唱时声音应柔和悦耳。语音不要强调,但要清楚。必须尽量唱出所有的音。要分别地练唱每一个声部的旋律;只有在两个声部完全均衡的情况之下才可以练习二部合唱。必须力求音调的纯净(包括在旋律中的横的方面的音调以及在和声中的纵的方面的音调)。应特别注意大调中的个别音级。演唱这首歌曲时声音不应太大(强拍不要太突出,声音也不应太增强)。练唱这首歌曲的总目的必须是求得谐和而准确的二部合唱,并把其中的歌词唱得富有表情。

歌唱时最好不用乐器伴奏。

黄昏之歌

中庸速度

1.宁静的夜幕快下垂,笼罩和平的田地,我们唱歌迎接你,迎接晚霞的光辉。光辉。

2.四周围多么沉静,

　空气中凉意侵入,

　在邻近的丛林深处,

　响彻夜莺的歌声。（两次）

3.山谷里暮色沉沉,

　黑夜已经临近,

　白桦树梢的光芒,

　终于消失无影。（两次）

4.宁静的夜幕快下垂,

　笼罩和平的田地,

我们唱歌迎接你，
迎接晚霞的光辉。 ｝（两次）

　　这首歌曲的性质是抒情的、温柔的、沉思的。应当宁静地、深深地吸气；在用中庸速度唱正歌的四个小节时，必须先作一"深呼吸"，要一直唱到副歌之前才可以换气。声音必须明朗、柔和，但要饱满。起先在练唱时应闭着嘴巴，以后可用ㄌ丫音来练唱。在二部合唱中，必须力求每一声部的声音融洽一致。

　　这首合唱曲的合唱音准是复杂的。要特别注意使第二个声部把 F 大调的三度音程唱得准确。闭着嘴来练唱可以帮助我们把音调唱得纯净。

湿松林里有一条路

　　2.乌鸦站住别跳吧，

　　　乌鸦站住别跳吧，

　　　别跳吧，别跳吧。（两次）

3. 小鹰请你别抓吧，

　　小鹰请你别抓吧，

　　别抓吧，别抓吧。（两次）

4. 我要放走小乌鸦，

　　我要放走小乌鸦，

　　小乌鸦，小乌鸦。（两次）

5. 我把羽毛全拔下，

　　我把羽毛全拔下，

　　全拔下，全拔下。（两次）

6. 我把羽毛撒下来，

　　我把羽毛撒下来，

　　撒下来，撒下来。（两次）

7. 撒在干净的青苔上，

　　撒在干净的青苔上，

　　青苔上，青苔上。（两次）

　　这首歌曲的性质是宁静而悦耳的。应按乐句换气，并用温柔、悦耳的声音来演唱，要把每一个音都唱出来。二部合唱在演唱上会引起很大的困难（因为每一个声部的旋律都具有独立性）。我们应该分别地来练唱每一个声部。

　　在集体演唱时，必须特别注意第二个声部的练唱，因为这是最难记住的声部（在第五和第七小节中第二个声部的加入歌唱和在这之后第二个声部的旋律的改变都是很难唱的）。

　　在第一个声部的旋律中，要注意唱好一个八分音符和两个十六分音符的节奏,所有这些音都要清楚地唱出来。

就音调上说,这首歌曲是很难唱的(升 F 小调)。只有在第一个声部不很突出的情况之下,这首歌曲才可能获得协调[这就是说,如果第二个声部用"中弱"(mp),那么第一个声部用"中强"(mf)]。

强弱变化:正歌用"中强"(mf)来演唱,副歌则用"弱"(p)来演唱。

应当不用乐器伴奏而练唱这首歌。为使音调能唱得非常准确,应当闭着嘴巴来练唱正歌,并用ㄌㄚ音来练唱它。

种亚麻
(轮舞曲)

俄罗斯民歌

1.种………亚麻呀,种………亚麻呀,种亚麻呀,

种………白亚麻,种亚麻呀,种………白亚麻。

2.长起来吧,长起来吧,

　长起来吧,白亚麻呀,

　长起来吧,白亚麻呀。

3.亚麻叶多,亚麻叶多,

　亚麻叶多,亚麻子多,

　亚麻叶多,亚麻子多。

4.同谁去呢,同谁去呢,

　我同谁去采亚麻呢?

　我同谁去采亚麻呢?

5.公公说道,公公说道,

　　公公说道:我同你去,

　　公公说道:我同你去。

6.那不是采,那不是采,

　　那不是采——那是悲哀,

　　那不是采——那是悲哀。

　　这首歌曲的性质是愉快的、活泼的。必须用饱满有劲的声音来演唱这首歌曲,语音要非常清楚。

　　正歌应唱得宽宏、响亮。在练唱第一个声部时,应注意旋律的改变。

　　在第二个声部的副歌中,必须准确地唱足二分音符和跟在它后面的四分音符的时值。

　　最好用**ㄌㄛ**音来练唱这首歌。唱时不用乐器伴奏。应特别注意音调的纯净性(大调)。

　　第二个声部的第一个音——B音(大三和弦的三度音)——应唱得尽可能地靠近其次的 c 音。在副歌中应仔细注意八度音程的构成。第一个和第二个声部之间应取得平衡。每一个声部中的声音都应融成一片,使各该声部都具有共通的音色。强弱变化:在开头几个乐句中用"强"(f),以后则用"弱"(p);末尾标有"延音记号"的音的时值大概相当于附点四分音符的时值。

少先队员的理想

独唱(女低音)

苏尔科夫词
舍赫捷尔曲

慢、谐和地

歌声

1.英 雄 飞 行 员 驾 着

钢琴

飞   机,飞 向 天 空 的 浅 蓝 海

洋,   在 那 飞 机 的 银 色 机

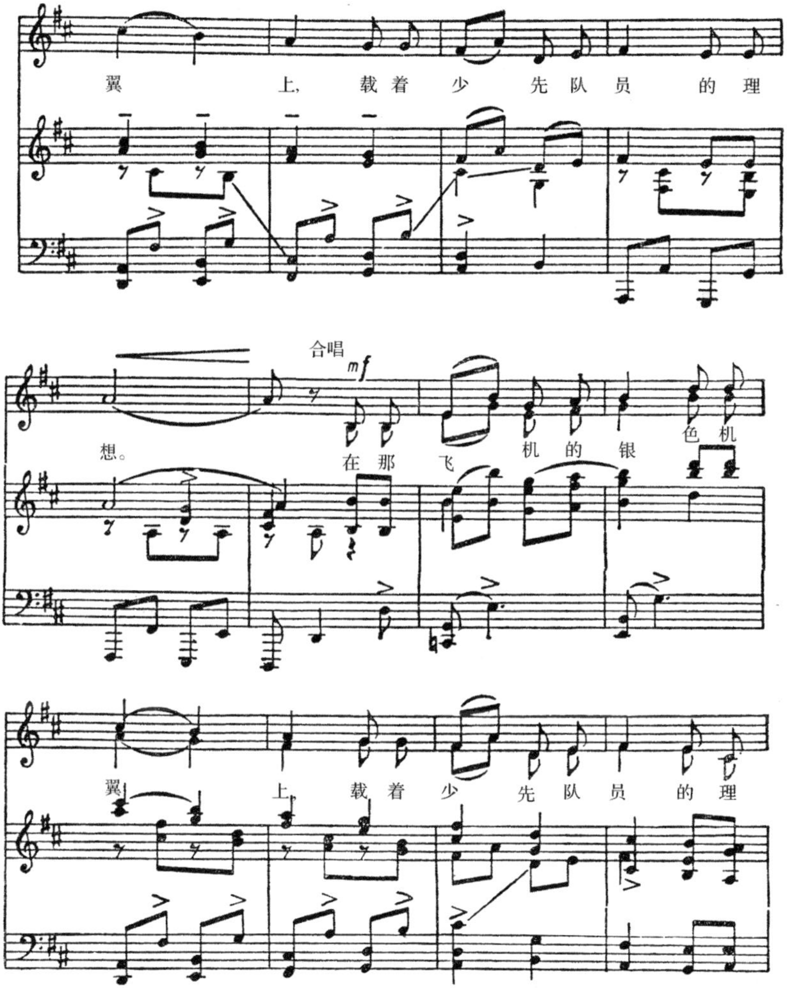
翼 上, 载着 少 先队员 的理
合唱
mf
想。
在那 飞
机 的 银
色 机
翼 上, 载着 少 先队员 的理

2. 我们希望驾驶着飞机，

　　像英雄伏多泼扬诺夫一样。

　　穿过海洋的狂风和巨浪，

　　跟着格罗莫维在天空中翱翔。〕（两次）

3. 我们勇敢地穿过云雾，

　　我们勇敢地冲过飓风，

　　驾驶我们的飞机越过北极，

　　飞向外洋各国的地方〕（两次）

4. 我们要征服遥远的北极，

　　再飞回我祖国的怀抱。

　　我们亲爱而慈祥的斯大林，

　　在那里对着我们微笑。〕（两次）

　　练唱这首歌曲的目的是：力求获得悦耳的、柔和的、美丽的音响。要节省地呼气，以便唱完整个乐句（"英雄飞行员驾着飞机"）。在副歌中应注意第一个和第二个声部之间的协调。

歌唱吧！同志们

列别杰夫–库马奇词
卡巴列夫斯基曲

不很快，活泼有力

很谐和地

1. 歌唱吧！同志们歌唱，歌唱吧！快乐的朋友们，在我们伟大的节日里，高唱亲爱的领袖。他

很清楚地
时 刻 在关 心 着 我 与 您， 他 为 我 们 终日 工 作
忙 不 停， 他 爱 每 个 人 民 像 位 慈爱的 父 亲， 他
1. 2. 3.
一 颗 心 牵 连 了 千万万人 的 心。 2. 歌
4.
远 年 青。 歌 唱 吧！ 同 志们 歌
fff

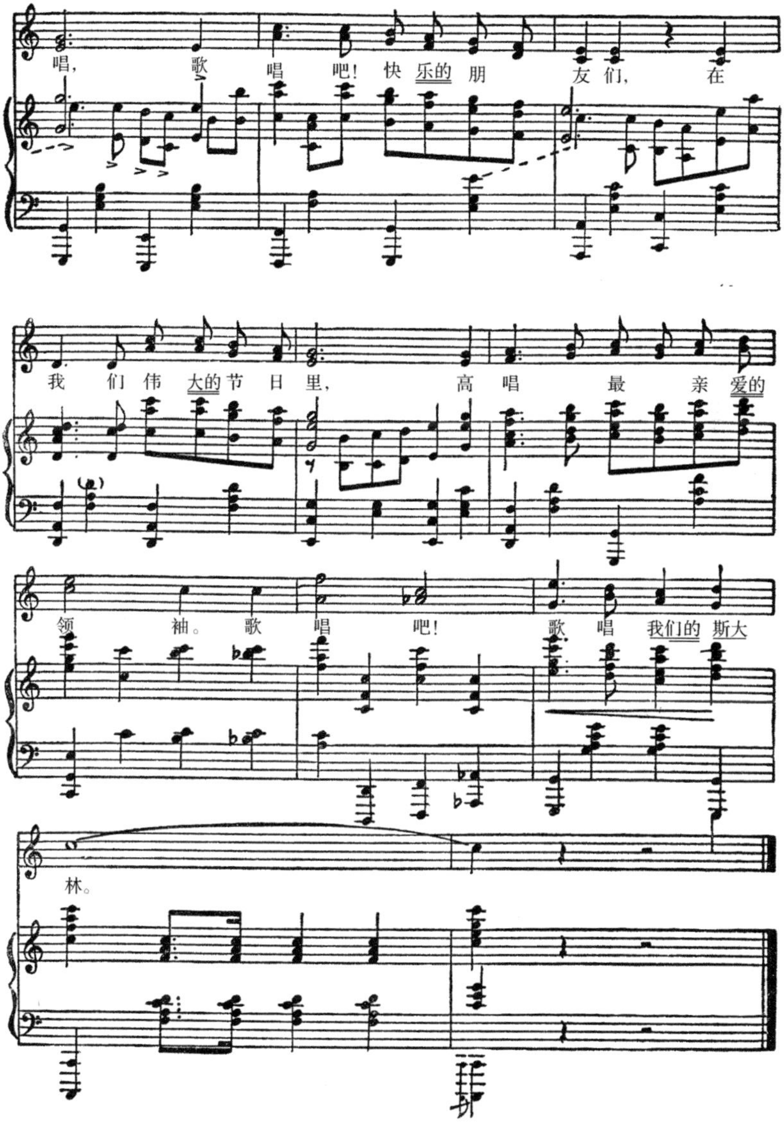
唱， 歌 唱 吧！快乐的朋 友们，在
我们伟大的节日里， 高唱 最亲爱的
领 袖。歌 唱 吧！ 歌 唱 我们的斯大
林。

2.他愿我们锻炼得<u>坚强</u>如钢,

　他祝我们<u>青春</u>美丽<u>智慧</u>高,

　他叫我们担<u>负起重大</u>的使命,

　好让祖国为我们<u>感到</u>骄傲。

3.他教我们学习要<u>不断</u>提高,

　他愿我们<u>光辉</u>灿烂像星光,

　要将<u>克里姆林</u>宫照<u>耀</u>得更辉煌,

　在我们的国土上<u>生活</u>要更美好。

4.他比任何人都懂得赞扬

　唱歌、舞蹈和<u>高声</u>的微笑。

　他使<u>我们</u>的生活活跃而有劲,

　他爱护青年,他永远年青。

[<u>杨今豪译词(第四节歌词朝耘补译)</u>]。

　　这首歌曲的性质是宽广、热烈且富有旋律性的。吸气要深,以便唱完整个乐句。唱歌词"歌唱吧,同志们歌唱"一句中的最后一音"唱"时,必须唱足一个附点二分音符的时值,而只用极短的时间来换气。起声是硬的,语音要清晰。必须集中注意于大三和弦的三度音。歌词的发音要柔和,音量是"中强"(mf),应唱得非常富有节奏。在最后一节歌词的副歌部分之后,要接唱歌曲的结束部分。唱这一结束部分时音量是"最强"(fff)。第二个声部中的半音进行是很难唱的。

独坐黄昏后

（选自歌剧《霍凡希那》）

穆索尔斯基曲

独坐无聊黄昏过后，点着松明等候已久。

义士，义士啊，点着松明等候已久。

点着松明等候已久。余烬已尽火光幽。

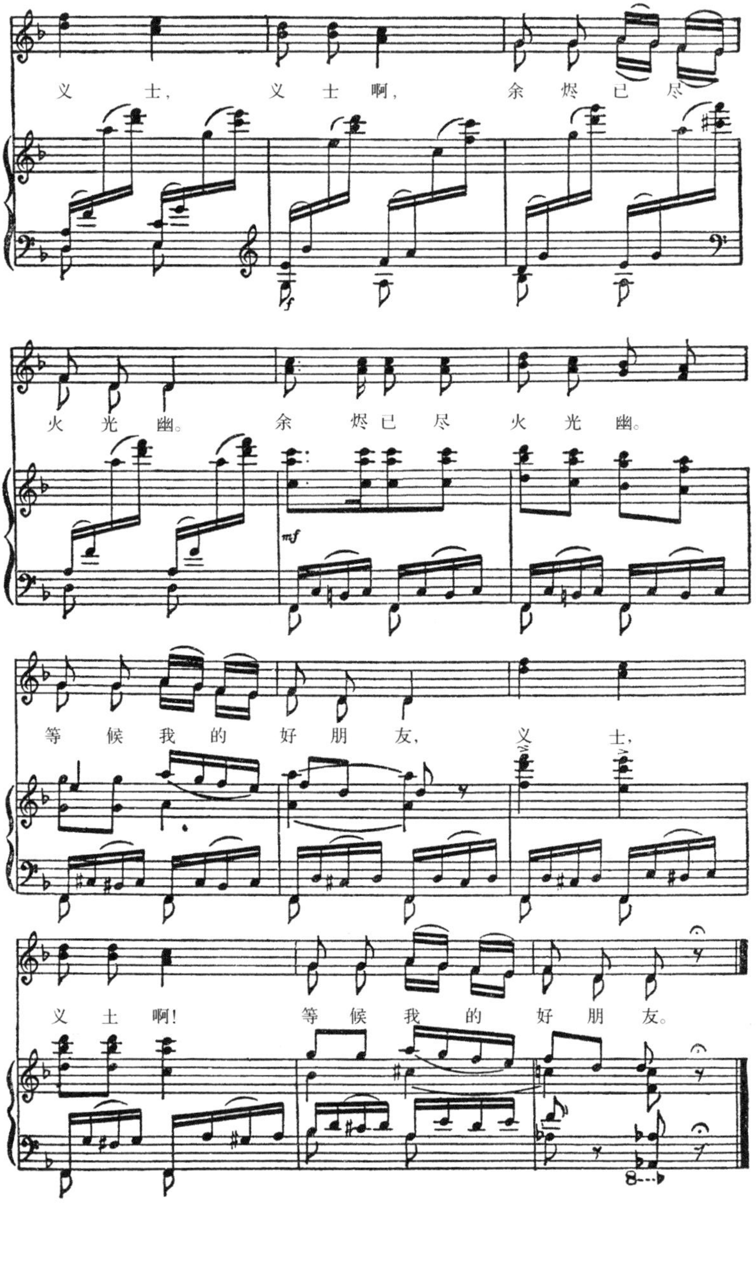
义 士， 义 士 啊， 余 烬 已 尽
火 光 幽。 余 烬 已 尽 火 光 幽。
等 候 我 的 好 朋 友， 义 士，
义 士 啊！ 等 候 我 的 好 朋 友。

这首歌曲的性质是急速的、诙谐的。开始唱歌之前应急速地吸进一口气。起声是硬的。要很轻快而活泼地唱这首歌曲,在附点八分音符之后的十六分音符要很清楚地唱出来。二部合唱时,第一个和第二个声部之间的音量要完全均衡。唱副歌中的"义士,义士啊"时必须使声音一下子从小字一组的 d 音跳到小字二组的 f 和 d 音上去;这两个音的位置是很高的;这首歌曲的第二段的变奏式的伴奏,使合唱音准方面的训练复杂化了。这首歌曲要用快速度来演唱;在演唱中必须力求获得声乐的艺术性。

苏萨宁(历史歌曲)

勃拉戈奥勃拉佐夫改编

1. 在严寒的冬天,来了一班强徒。这一班强徒,却不认识道路。这

一班强徒，却不认识道路。   2.'我

2."我的上衣湿透，

　　没有一处干。"

　　波兰强徒喊着，走进茅舍来。

3."主妇快拿酒来，

　　我们冻得难熬，

　　你快快拿出来，免得我拔刀。"

4. 雪白的食桌布，

　　铺在桌子上，

　　啤酒和酒杯，也放在桌子上。

5. 强徒吃过晚餐，

　　躺下来就睡，

　　只有老苏萨宁，独自在守卫。

6."苏萨宁，苏萨宁，

　　为什么祷告？

　　现在没工夫，快领我们上道。

7. 快领路,不要慌,

　　我们有重赏,

　　若不赶快走,喂,我们将遭殃。"

8. 白桦树和枞树,

　　蒙着白衣裳,

　　只有脚下的雪,冻得沙沙响。

9. "领我们到哪里?

　　远得了不得!"

　　苏萨宁回答道:"道路我认得!"

10. 狂风大雪来到,

　　"我们迷路了!"

　　波兰人迷失路,时候已迟了。

　　这首歌曲是戏剧性的、宽广的。紧张的引子导出了一个带着富有表情的伴奏的沉着而严峻的旋律,就音调上说这首歌曲是很难唱的,应特别注意音调的纯净和小音阶中的第一、第二和第七个音级。唱这几个音级时要竭力把它们唱得高些。这首歌曲要唱得首尾连贯,虽然它的节奏是清晰分明的(慢速度)。声音要饱满而充实。起声是软的。

　　练唱这首歌曲时应不用乐器伴奏,要等到仔细地学会了之后,才可以加进伴奏而歌唱。

为和平宣誓

鲁勃辽夫词
哈恰图良曲

我们要保卫世界的和平，我们为幸福反对战争。同志们坚持斗争直到胜利，为了使大地不被战火烧毁，为了使世界不被灾祸侵袭，同志们不能置之不理。

合唱

在　　战斗中争　取　大地
我　　们庄严地宣誓：争取

和　　平，人类幸　福，
和　　平，永不后　退。

在　　紧要关头，　我们奋
没　　有一种友谊，　能和纯

在上的声部是独唱。

不　顾　身　地　捍卫真　理。

朴　人的　友　谊　相　比!

这首歌曲具有朝气蓬勃的、进行曲的性质,它的内容是为和平而斗争。歌曲开头的几个号召式的和弦引导出那具有同样坚决的性质的领唱部。刻划分明的节奏加强了旋律的活跃的性质,旋律的向上的进行具有号召的性质。起声是硬的。声音要饱满有劲。这首歌曲的速度虽是快的,但也应尽量唱得富有旋律性。

领唱部中的旋律进行是相当难唱的。歌曲开端的 C—$^\sharp$D 的进行以及"同志们坚持斗争……"一句中的六度跳进和后一乐句中的八度跳进都应力求唱得准确,要一下子就把这些音应有的高度唱准确。副歌部分是二部合唱,性质明朗,音量是"强"(f),第一个和第二个声部的音响要保持均衡。当第二个声部的旋律不是与第一个声部的旋律构成三度关系时(特别是在"在紧要关头,我们奋不顾身地捍卫真理"这一句中),第二个声部是很难唱的;在这里,第二个声部使第一个声部的和声变得丰富起来。歌曲的结束是在高音区,必须唱得特别准确。

光荣属于苏维埃强国

伊萨科夫斯基词
查哈罗夫曲

2. 你坚强和警觉地保卫着

民族弟兄的联盟,

自己胜利的旗帜绝不从

那强大的手里放下。

苏维埃,你永远强盛,

在全世界闻名,

我们劳动的国家,

　　　　在全世界受尊敬！

　　3.你年青有力,你不断前进,

　　　　忠实于列宁的遗训,

　　　　斯大林的不朽真理

　　　　永远伴随着你。

　　　　光荣属于苏维埃强国,

　　　　属于胜利的祖国！

　　　　光荣属于列宁斯大林！

　　　　光荣长存万万年！　　　　　　　　（田羽、鲁伟译词）

　　这首歌曲是庄严的、宁静的,它赞扬我们苏维埃国家的强大力量。旋律宽广而悦耳(它的风格像俄罗斯的民间歌曲)。要用饱满的声音来唱这首歌曲,起声是硬的。呼吸要长,每吸一口气应力求足够唱完四个小节。在各乐句的末尾处应把时值精确地唱足,要等到乐句的最后一刹那才可以换气而接唱下一乐句("美丽""荣誉""闻名""尊敬")。强弱变化是:"中强"(mf)和"强"(f)。整个副歌"苏维埃,你永远强盛……"要唱得响亮有力。唱到最后一节歌词的副歌的末尾时才转缓慢。必须用心练唱,竭力使声音在力度上和音色上融洽一致。练唱时不用乐器伴奏。

卡列里的斯大林颂歌

李哈列夫词
列 维 曲

宁静地

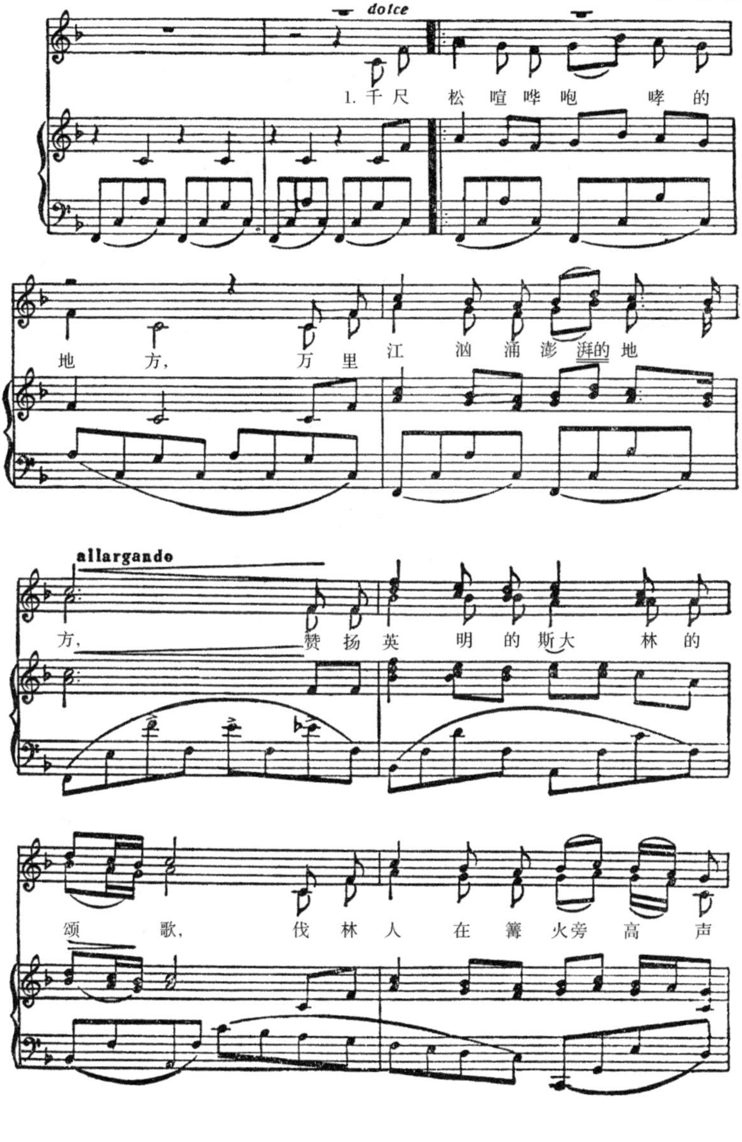

allargando

唱。　　　赞扬英明的斯大林的

颂歌，　　伐林人在篝火旁高声

1. 2. 3.　　　　　　　　4.

唱。　　　2.卡列明！

2.卡列瓦拉的积雪的国中，

有茂林和明湖的国中，

空前未有的黎明的光芒，

像天鹅翼膀展开在天空。　（两次）

3. 在禁卫的卡列里国土中，

黄金、森林、皮毛无尽藏。

赞扬英明的斯大林的颂歌，

伐林人在篝火旁高声唱。　（两次）

4. 感谢斯大林给我国光荣，

使它永远幸福和平，

英明的斯大林的美丽的名字，

比卡列里的雪更加光明。　（两次）

　　这首歌曲是宽广、宁静而富有旋律性的；歌曲的伴奏支持住主要的旋律。必须注意大三和弦的三度音和导音3。在歌曲的结尾处，应注意八度音程的构成。在这首歌曲中要有宽广的如歌的咏唱。

米哈尔科夫
爱尔-列吉斯坦　词
亚历山大罗夫　曲

苏联国歌

自由共和国结成永远不可摧
毁的联盟。万岁各民族意志所
建立的统一而坚强壮大的苏维埃联邦。
啊我们自由的祖国，你是无上

mf
光 荣。 各 民 族 友 爱 的 坚 固 的 堡 垒，
fff
让 苏 维 埃 的 旗 帜， 让 人 民 的
1.2.
旗 帜， 从 胜 利 引 向 胜 利！ 2.自
3.
从 胜 利 引 向 胜 利！

1. 伟大的俄罗斯把各个自由共和国

    结成永远不可摧毁的联盟。

    万岁各民族意志所建立的统一

    而坚强壮大的苏维埃联邦。

    　啊我们自由的祖国，

    　你是无上光荣。

    　各民族友爱的坚固的堡垒，

    　让苏维埃的旗帜，

    　让人民的旗帜，

    　从胜利引向胜利!

2. 自由的太阳穿过雷雨照耀我们，

    伟大的列宁给我们照亮了路，

    斯大林教导我们要忠实于人民，

    他鼓舞我们劳动去建立功勋。

    　啊我们自由的祖国，

    　你是无上光荣。

    　各民族幸福的坚固的堡垒，

    　让苏维埃的旗帜，

    　让人民的旗帜，

    　从胜利引向胜利!

3. 在无数的战斗中我们建立了红军，

    要把可耻的强盗们一起肃清。

    我们在斗争里要决定后代的命运，

    要引导自己的祖国向无上光荣。

啊我们<u>自</u><u>由</u>的祖国，

你<u>是</u>无上光荣。

各民族光荣的坚固的堡垒，

让苏<u>维埃</u>的旗帜，

让人民的旗帜，

从胜利引向胜利！

（萧三、曹葆华原译，朱子奇改译，李焕之配词）

这首歌曲是雄伟而壮严的，旋律很宽广，能充分表达出歌词的内容。开始唱歌之前应急速地吸一口气。因为乐句与乐句之间没有休止符，所以上一乐句的最后一拍不得不稍稍缩短。

唱副歌"啊我们自由的祖国"之前应深深地吸气；当一个乐句在休止符处转换到另一乐句时，也应深深地吸气。

在这首国歌中，语音方面会引起很大的困难。必须注意正歌和副歌中的高潮。旋律中的跳跃进行使旋律变得宽广，同时又雄伟壮丽。

应当用饱满、谐美而宽广的声音来演唱这首国歌。

这首歌曲的第二个声部十分难唱，因为它不成为独立的旋律。必须注意从"中强"（mf）到"倍强"（ff）的音量变化，并注意使这种变化逐渐地进行。这首国歌要唱得宽广而雄壮。

祖国进行曲

列杰柴夫－库马奇词
杜那耶夫斯基曲

歌词:

我们祖国多么辽阔广大,它有无数田野和森林!我们没有见过别的国家,可以

ff
这 样自由 呼 吸。 我们
ff
没 有 见 过 别 的 国 家， 可 以
mp
这 样 自 由 呼 吸。
Fine
打 从
mp
Fine
莫 斯科走 到 遥 远的 边 地， 打 从

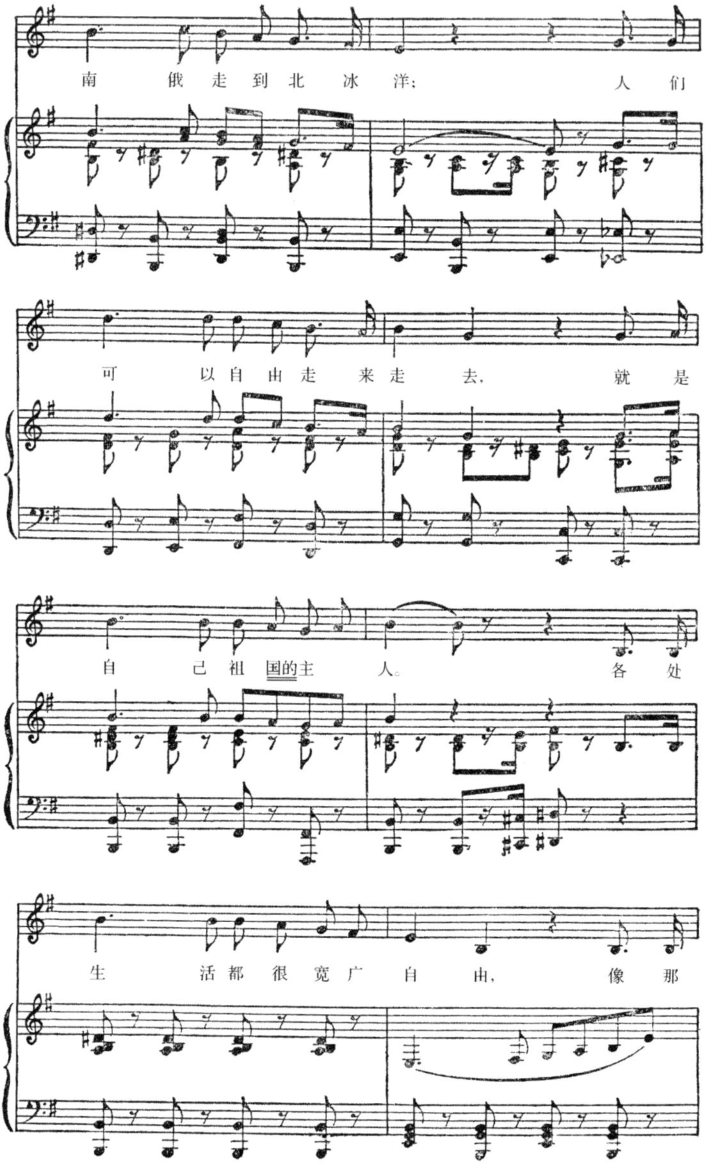
南 俄走到北冰洋；人们
可 以自由走来走去，就是
自 己祖国的主 人。各处
生 活都很宽广自由，像那

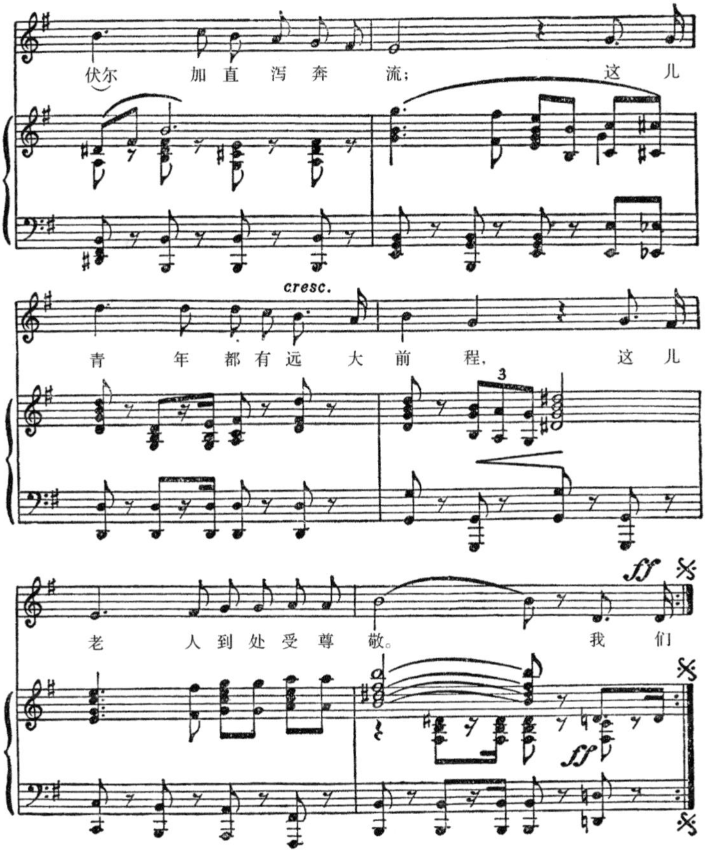
伏尔 加直泻奔 流；这儿
cresc.
青 年 都有远 大 前 程，这儿
ff
老 人到处受尊 敬。我们
ff

1. 打从莫斯科走到遥远的边地，
   打从南俄走到北冰洋；
   人们可以自由走来走去，
   就是自己祖国的主人，
   各处生活都很宽广自由，
   像那伏尔加直泻奔流；
   这儿青年都有远大前程，
   这儿老人到处受尊敬。

   副歌：
   我们祖国多么辽阔广大，
   它有无数田野和森林；
   我们没有见过别的国家，
   可以这样自由呼吸，
   我们没有见过别的国家，
   可以这样自由呼吸！

2. 我们田野你再不能辨认，
   我们城市你再记不清；
   我们骄傲的称呼是同志，
   它比一切尊称都光荣，
   有这称呼各处都是家庭，
   不分人类黑白棕黄红；
   这个称呼无论谁都熟习，
   凭着它就彼此更亲密。

   （副歌）

3. 我们都是劳动的人民，

　　各尽所能各取所值；

　　我们用着金的字母写成

　　全人民的斯大林宪法，

　　多么伟大光荣的斯大林宪法！

　　可以永远保障我们；

　　人人都有工作和休息权利，

　　人人都有学习的权利。

　　（副歌）

4. 春风荡漾在广大的地面，

　　生活一天一天更快活；

　　世上再也没有别的人民，

　　更比我们能够欢笑，

　　如果敌人要来毁灭我们，

　　我们就要起来抵抗；

　　我们爱着祖国有如情人，

　　我们孝顺祖国像母亲。

　　（副歌）

[姜椿芳译词，吕骥配歌（第三节歌词齐坚补译）]

这首歌曲十分宽广且富有旋律性。

唱这首歌曲时声音要悦耳而明朗。在这首歌曲中，二声部的结构并不是通篇采用的，而且第二个声部是从属于第一个声部的，第一个声部是主要的、基本的声部（第二个声部只不过是用新的色彩来使第一个声部更加丰富而已,它并不具有独立性)。要求得协调,必须使主要旋律突出。合唱音准方面是相当难的,特别是第一个和第二个声部中的半音进行,在其他的地方也都保持着那出自大音阶和小音阶(G 大调和 E 小调)的合唱音准的练习方面的一切特性。

这首歌曲在音量变化上是很多样化的:"弱"(p),"次强"(mf),"强"(f),以及乐句中的"渐强"等。练唱这首歌曲的结果应该是唱得富有情绪和表现力。

识 谱 法

音乐艺术，正如其他各种类型的艺术一样，是社会意识形态之一。作曲家在音的艺术形象和生动的音画中，反映出周围的现实和他对现实所取的态度，从而帮助人们去认识现实。但是音乐艺术并不单是一种认识生活的手段，同样地它也在社会生活中起作用，它能使人们的感情、思想、意志和道德原则得以形成。为要理解音乐艺术，不但需要了解音乐作品的内容及其构思，而且还要研究音乐的构成和它所含有的各个要素。

识谱法使我们了解：一、音乐的结构；二、音乐的表现手段；三、记录音乐的方法（音符、谱号等）。

关于音、高度和记谱法的一般概念

任一物体的振动，当它传播在空气中并被我们的听觉器官觉察到的时候，就产生出一种声音的感觉。

在自然界中所能听到的声音，可分为以下两类：乐音和非乐音（噪音）。

我们能确切地听出它的高度的那种音，叫做乐音。例如人们在歌唱时所发出的音，乐器（长笛、小提琴等）所奏出的音，都是乐音。

在一定时同(一秒钟)内,发音体在不均匀和不固定的振动频率中所产生的音,叫做非乐音(噪音)。如簌簌声、敲击声、噼啪声等是。

乐音的特性

乐音有以下四种特性:一、高度——视发音体每秒钟振动数的大小而定。振动数越大,声音越高;振动数越小,声音越低。二、长度——取决于声音延续的时间。三、强度——视振动的力度(发音体的振幅的大小)而定。四、音色——就是声音的特殊色彩,它是依据发音体的本质而定的。从音色上我们可以把某一乐器从其他的乐器中辨别出来,也可借以认知我们所熟悉的人们等等。

高度　当我们把几个乐音作一比较时,就会觉察到这些音的高度并不相同。较高的音听起来像是明朗而轻盈的,如童声(女高音,童高音);而较低的音则像是淳厚而沉重的,如男子的低音(男中音,男低音)。

乐音依其高度可划分为若干组,我们称之为音区。

音区　我们通常把乐音划分为三个音区:一、高音区——在合唱中,女高音能唱这一音区中的一部分音,而在上端的一大部分音则不可能唱出;最高的音只能在某些乐器如小提琴、长笛或钢琴上奏出[在钢琴上,高音区中各音位在键盘的右方]。二、中音区——在合唱中,女低音和男高音能唱这一音区中所有的音(女高音也能唱这一音区中的一部分音)。在钢琴上,中音区中各音位在键盘的当中。在小提琴上,所有能在第一把位四条弦线上奏出的音,都是中音区中的音。三、低音区——在合唱中,男低音能唱这一音区中的音(最低的一些音则不可能唱出;和最高的音一样,这些最低的音只可能在某些乐器如低音提琴或钢琴上奏出)。

在钢琴上,低音区中各音位在键盘的左方。

在小提琴上,完全没有低音区中的音。

钢琴的键盘和音区

低音区　　　　　　中音区　　　　　　高音区

音区的表情作用　我们试比较写在各种不同音区中的音乐作品,就能得出一个关于音区的色彩和它的表情作用的明确的概念。

熊

列比科夫

《熊》(列比科夫作曲)是一首写在低音区中的乐曲,它描绘出一只粗笨的熊的形象。

木偶兵进行曲

中庸速度

柴科夫斯基

柴科夫斯基的《木偶兵进行曲》和他的芭蕾舞剧《胡桃夹》中的另一
进行曲,都是写在中音区和高音区中的;这两个乐曲之所以具有小进行曲(玩具进行曲)的性质,主要是因为写在中音区和高音区中的缘故。如果把这两个进行曲移在低音区中弹奏,那么它的性质就会完全改变了。

歌曲的图解　我们如果仔细倾听任何一首歌曲的旋律,就会觉察到旋律中的音的排列并不是固定在同一水平线上,而是有时往上有时往下地移动着的。

试分析《祖国进行曲》(杜那耶夫斯基作曲)的第一个乐句的旋律。

《祖国进行曲》第一乐句旋律圆解

| 我 | 们 | 祖 | 国 | 多 | 么 | 辽 | 阔 | 广 | 大 |

以上所引证的《祖国进行曲》第一乐句的旋律图解,只说明了旋律进行的方向,而没有指出旋律中各音的实际高度(即应唱多高),也没有说明旋律中各音应当延续的长度。因此,像那样的记录歌曲的方法是不完全且不精确的。

为要准确地按高度来记录乐音,就得应用一种标记,我们把这种标记称为谱表。

组　在音乐中需要用到一百个左右高度不同的音。如果倾听由不同的声部(女高音和男低音)同时唱出的同一首歌曲,我们将会觉察到,虽然男低音和女高音是在不同的音区,但他们却能齐声把一首歌曲唱得融洽一致;换句话说,在各个音区中有一种同一的、融洽的、相类似的音存在着,这些音仅因音区的位置有异而在高度上有所不同而已。

现在我们从钢琴的键盘上来寻找这种类似的音,试连续地自左而右弹钢琴上的白键。我们将会听到第八个音像是和第一个音融合为一似的。这个听起来像是第一个音的重复的第八个音,叫做八度音。让我们再继续我们的实验。

往更高的音上去寻找,我们将会再遇到和那第一个音相类似的音,不过它比第一次找得的八度音还要高。这一个音是以前的八度音上的高八度音。由此可见,再继续从这些音弹向更高的音,我们还会遇到另一些重复的、相类似的音(每一次找出的音都比前者高)。每一次找出的音都是前者的八度音(就发音体每秒钟的振动数来说,每一次新找出的音的振动数,都比和它同在一个八度中的下方第一个音的振动数大一倍)。由两个相类似的音之间所含有的音组成的一列音,叫做组。如下图所示,每一组都是由十二个不同的音组成的,但是在这十二个音当中,只有七个音(与钢琴键盘上的白键相符合的音)有它自己独立的音名 P395。

唱名和音名   唱名:до,ре,ми,фа,соль,ля,си。[1] 音名:c,d,e,f,g,a,h。[2]

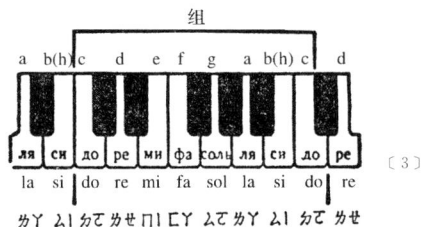

音与音之间的距离(高度)并不全是一样:e 和 f,或 b 和 c 之间的距离较小,叫做半音;其余各音之间的距离,都比半音大一倍,叫做全音。

---

[1] до,ре,ми,фа,соль,ля,си,是苏联的写法,用我国国音字母注音为:ㄉㄛ,ㄖㄜ,ㄇㄧ,ㄈㄚ,ㄙㄛ,ㄌㄚ,ㄙㄧ。——译者注

[2] h 是德国的写法——h 相当于 b,b 相当 ♭b。——译者注

[3] do,re,mi,fa,sol,la,si,是意大利的写法。——译者注

变音记号　我们在上面已谈到过：组是由十二个不同的音组成的，但是其中只有七个音（与钢琴键盘上的白键相符的音）有它自己独立的音名。其余的五个音没有独立的音名，且被看作是从那顺次排列的七个基本的音级派生出来的。我们升高或降低基本的音级，就会得到派生的独立音。像这样升高或降低，叫做变音。写在音符的左方用来表示基本音级的升高或降低的记号，叫做变音记号。变音记号有：升记号——表示升高半音；降记号——表示降低半音。

原位记号——用来表示升记号或降记号不再继续发生作用。

重升记号——表示升高两个半音；重降记号——表示降低两个半音。

♯——升记号　　　　×——重升记号

b——降记号　　　　bb——重降记号

♮——原位记号

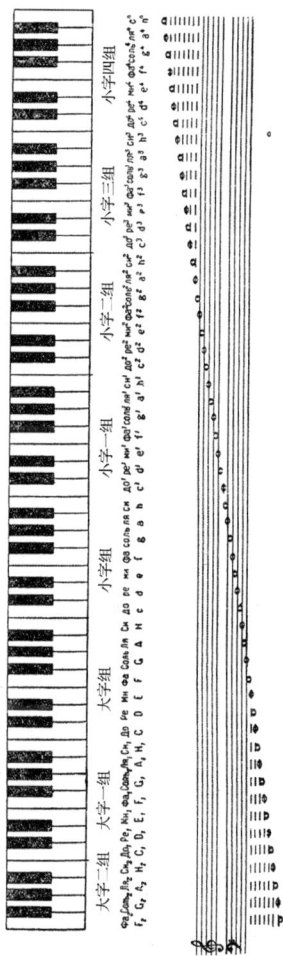

变音记号有用作调号的和用作临时记号的两种。写在谱表的开端紧接在谱号之后的变音记号，叫做调号。作为调号的每一个变音记号，对它所在的一行上的所有同音名的音符都发生作用。直接写在音符左方的变音记号，叫做临时记号。临时记号的作用仅及于它被安置的那一组中，且限于与它最相靠近的小节线的范围之内（小节线是一种横切谱表的垂直线)。

组的名称   为了确定音的绝对高度起见,我们把音域划分为以下几组:大字二组,大字一组,大字组,小字组,小字一组,小字二组,小字三组,小字四组。

音高的记录   用来记载音符的谱表,是由五条平行的横线组成的。

计算谱表上各线的次序是由下往上数的。我们把音符记在乐谱的线上和线与线之间。

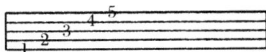

音符在谱表上的位置是和它的音高相符的:音越高,则它在谱表上的位置也越高;音越低,则它在谱表上的位置也越低。

加线   在谱表的五条线上和间里,只能写上十一个音,为要记写数量较多的音,就得在谱表的上方或下方添用加线。

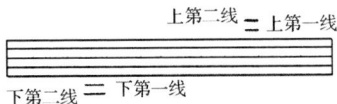

音符在加线上的记录法与在谱表上相同,即记写在加线的线上或间里。

高音部谱号和低音部谱号   音符只有在写有谱号的谱表上才有它的确定的作用。

G 谱号,或称高音部谱号——是确定小字一组中的 G 音在谱表上的位置(在第二线上)的一个记号。

F 谱号,或称低音部谱号——它表明小字组中的 F 音是在第四线上。

现代所有的声乐曲、小提琴曲、钢琴曲和极大多数的合唱曲,都采用这两种谱号:高音部谱号和低音部谱号。

从小字一组中的 G 音和小字组中的 F 音这两个已被确定的高度出发,我们可以把高音部谱表和低音部谱表中其他各音的高度全给确定下来。

我们把音符写成带有一条直线(符干)或不带直线的椭圆形(符头)。大多数的音符都带有符干。这种符干如依附在谱表第三线以下的音符上时,必须写在符头的右边,符干向上;如依附在谱表第三线以上的音符上时,则应写在符头的左边,符干向下。在五线谱中,乐音的高度的记录是既明显而又准确的。

作   业

1. 在下列各音的唱名下写出它的音名来:

ㄉㄝˋ,ㄉㄚ˙,ㄇㄧ,ㄙㄧˋ,ㄙㄛ。

2. 把小字一组中的 a,d,e,c 和小字组中的 f,b,a,d,g,c,e 等音记写在谱表上。

最常用的省略记号(反复记号)   音乐作品中的部分的或整段的重复,可以用反复记号来表示。

如果一个乐句或乐曲的片段在反复时结尾有了改变,那么可以在谱表的上方用方括弧把第一次和第二次的结尾标明出来。

以下两种记号都可以用来表示整篇乐曲的反复:D. S. (Dal segno)——从写着"𝄋"的地方开始反复;D. C. al fine(Dacapo al fine)——从头到尾反复一遍。

节奏、节拍和速度

节奏   当我们听一首歌曲或乐曲的时候,就会觉察到所有组成这一首乐曲的音在时值上并不都是相同的:有些音比较短,另一些音则比较长。

我们现在一边打拍子一边唱我们所熟悉的两首歌曲:"田野里有一株小白桦","我们亲爱的小女伴们"——很明显地我们可以看出所有组成各种音乐作品(如歌曲、乐曲)的音,在它的时值上是并不相同的。

音在时值上的有系统的序列,叫做节奏。为要标明音的时值,须用到许多种主要的音符。

最常用来作为音的时值的计算单位的是四分音符(相当于跨一步或脉搏的一跳,在时间上相当于一秒)。四分音符是由符头和符干构成的:♩。

比四分音符的时值短一半的音符,叫做八分音符。八分音符的形状如下:♪♪这个音符是由符头、符干和一条符尾构成的。

作   业

把下列各首民谣和歌曲中的音的时值记写下来:《麻雀安德列》《狐狸沿着小路走了》《小兔儿》《小白兔在花园里跑》《喧嚷》。

除了以上所说的四分音符和八分音符之外,我们在歌曲或乐曲中还会遇到一些时值比这些音符长或短的音。

音的时值及其形状   音的时值可用以下几种形状表示出来:

全音符
二分音符
四分音符
八分音符
十六分音符

休止符　用来表示音乐的中断的记号,叫做休止符;休止符的时值和音符的时值是相符合的。

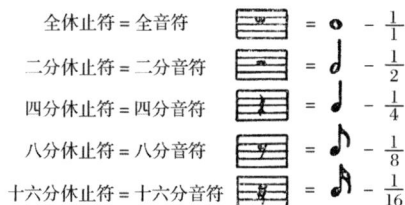

全休止符＝全音符		$=$ $\circ$	$-\frac{1}{1}$
二分休止符＝二分音符		$=$	$-\frac{1}{2}$
四分休止符＝四分音符		$=$	$-\frac{1}{4}$
八分休止符＝八分音符		$=$	$-\frac{1}{8}$
十六分休止符＝十六分音符		$=$	$\frac{1}{16}$

附点音符　在音乐中有一些音,是不可能用我们现在所知道的音符(如全音符、二分音符、四分音符、八分音符和十六分音符等)来记出它们的时值的。为了记录这些音的时值,我们应用以下三种方法。

1. 用连接线 ⌒ (连接线把两个或两个以上同一高度的音符连接起来,表示唱时应把这几个音的时值连在一起);

2. 用附点(附点写在音符的符头的右边,表示增加该音符的时值的一半);

3. 用延音记号 ⌒ (延音记号主要是用在不断精确地确定音的时值的地方。这个记号表示该音符的时值大约增加了一倍)。

节拍　当我们听乐曲的时候,就会注意到:音乐像诗歌一样,有强拍和弱拍之分。

这种同时值的节奏单位——强拍和弱拍——不断地反复的序列,叫做节拍。

拍子　如果用确定的节奏时值(如二分音符、四分音符等)来标明节拍中的各拍,这时候我们就把节拍称为拍子。拍子是用分数来标明的:分子表示其中拍子的数量,分母表示每一拍的时值。

小节　乐曲的细分部分,也即相当于在谱表上从某一强拍开始到下一强拍前为止的部分,叫做小节。安置在强拍之前借以把各个小节划分开来的、横穿谱表的垂直线,叫做小节线。

二拍子和三拍子　强拍和弱拍的交替,在所有的歌曲和乐曲中并不都是一样的。

<h3 style="text-align:center">二拍子</h3>

在某些歌曲和乐曲中,一个强拍上的音和一个弱拍上的音轮流出现。

例如民谣:《狐狸沿着小路走了》。

这首民谣是二拍子的。我们数数看,从一个重音到另一重音之间可能数出多少个强拍来:

уж	как	Ⅲ ла	ли-са	по	тро-пке[1]
1	2	1	2　1	2	1　2

我们看到,在这之间只能有一个强拍,由此可见,在这里很方便地可以数为两拍(强拍——1,弱拍——2)。

<h3 style="text-align:center">三拍子</h3>

在另一些歌曲和乐曲中,一个强拍上的音和两个弱拍上的音轮流出现。

---

〔1〕　中译为:狐狸沿着小路走了。——译者注

В пол-ном раз-га-ре стра-да де-ре-вен-ска-я[1]
1 2 3 1 2 3 1 2 3 1 2 3

农村里的农事正　是最繁忙时候

这一首歌曲是三拍子的,在这里很方便地可以数为三拍(强拍——1,弱拍——2 和 3)。

在以上所引证的例句中,每一拍都是以一个旋律音来表明的。在另一些歌曲中,每一拍可能有若干个旋律音。例如,在歌曲《小公鸡》中,强拍上有一个音,而弱拍上有两个。

四拍子和六拍子　除了单拍子(二拍子和三拍子)之外,还有一种由两个单拍子(二拍子和三拍子)结合而成的复拍子(四拍子和六拍子)。四拍子和二拍子的分别在于:二拍子只有一个强音(在第一拍上),而四拍子则有两个——第一个强音在第一拍上,第二个强音(次强音)在第三拍上。在六拍子中,强音在第一拍上,次强音在第四拍上。

除开以上所述的二拍子、三拍子、四拍子和六拍子之外,我们还会遇到另一些复拍子:五拍子、七拍子、九拍子和十二拍子等,这些复拍子都是二拍子和三拍子的各种结合。

在俄罗斯民歌中,我们常可遇到有五拍子的。在这些民歌中,我们还可遇到许多在同一歌曲中更换拍子的例子,例如从二拍子换到三拍子,或从五拍子换到六拍子等。

二拍子、三拍子、四拍子和六拍子的各种节奏图例如下:

―――――――――

〔1〕　中译为:农村里的农事正是最繁忙时候。——译者注

六拍子、九拍子和十二拍子的乐曲,通常是以八分音符作为拍的计算单位的。

小节中的拍数,就是该曲所属的拍子的说明。

在舞蹈性的(与动作配合的)乐曲中,拍子是非常明显地可以被感觉到的。

作　业

1. 记记看你所熟悉的诗歌和歌曲中有哪些是属于二拍子和三拍子的。

2. 写出下列各首民谣和歌曲中的音的时值,并用小节线把各个小节划分开来:《麻雀安德列》《狐狸沿着小路走了》《来吧,太阳》《喧嚷》。

3. 写出几个二拍子的例句来,使每一小节包含:①一个音符,②四个音符,③三个音符,④两个音符。

4. 写出几个三拍子的例句来,使每一小节包含:①五个音符,②一个音符,③三个音符,④六个音符,⑤两个音符,⑥四个音符。

5. 写出几个四拍子的例句来,使每一小节包含:①两个音符,②四个音节,③八个音节,④五个音符,⑤六个音节,⑥一个音符,⑦三个音符。

弱起小节　歌曲和乐曲(像诗歌一样)并不永远是从强拍开始的。

《在严冬里的一天》(涅克拉索夫)或歌曲《我们亲爱的小女伴们》都是从弱拍开始的;像这种位于强拍之前的不完全小节就叫做弱起小节。弱起小节可以由一拍、两拍或三拍构成,但是构成弱起小节的拍数不可以多至该拍子中整小节的拍数。像歌曲《我们亲爱的小女伴们》中开头的两个音,就叫做弱起小节;这不完全小节中所缺少的拍数(构成完全小节)在歌曲的结尾处补足。

我们　亲爱的小女　伴们到树　林里采浆果

作　　业

1. 写出指定的歌曲的拍子,并划出小节线,如有弱起小节,还应把它指出。

2. 写出指定的例题中的音的时值,并标明小节线和拍子。

在这绿草地上。哎!嗨!

小小白　兔在花园里跑。

我们亲爱的小女伴们……………………………………

二拍子、三拍子、四拍子和六拍子的指挥图式　当我们在剧院里听歌剧或在音乐会上听交响乐或合唱时,我们会注意到一位指挥者。这位指挥者用他自己的手的动作和脸部的表情来帮助演奏者(或演唱者)明晰而整齐地演奏(或演唱),和表达作曲者所赋予该作品的中心内容。

指挥者对该作品所作的时间上的图解,是使得集体的演奏能达到均匀整齐的首要条件。每一种节拍各有不同的手臂动作的图式:强拍要用有力的、向下的手臂动作来表示,弱拍则用较柔和的、向一边或向上的动作来表示。

二拍子

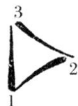

四拍子

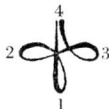

三拍子

四拍子（下）

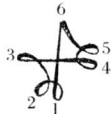

六拍子

作　业

用以下各种拍子来练习指挥:

$$\frac{2}{4}, \frac{3}{4}, \frac{4}{4}, \frac{6}{8}。$$

速度和乐曲(歌曲)演奏的特性　乐曲中的音的进行的快慢——更准确地说,即节拍中各拍的搏动的频率——叫做速度。

速度通常可分为快、中庸和慢三种。其中最主要的列举如下(意大利文):

allegro——快板

moderato——中板

andante——行板

adagio——慢板

强弱变化　个别的音和整篇乐曲的音响在力度上的对比,在音乐中叫做强弱变化。

强弱变化的采用是富有表情的乐曲演奏的重要条件之一。最主要的强弱变化记号列举如下:

forte(f)——强

fortissimo(ff)——倍强

mezzo forte(mf)——中强

piano(p)——弱

pianissimo(pp)——倍弱

crescendo(cresc)——渐强

diminuendo(dim)—渐弱

强弱变化是由歌曲的内容——歌词和音乐所决定的。

当旋律往歌曲的顶点上升时,力度通常是增强的;当旋律降低时则是减弱的。

乐曲(歌曲)演奏的特性　乐曲演奏的特性在某些情况之下可以用专用的记号来表示。例如写在音符上方或下方的小点表示是一种断音的奏法(这时候旋律中每一个标上小点的音在其时值上都有所缩减):

写在若干个音符上方或下方的弧线,表示是一种连音的奏法:

＜表示声音的增强,＞表示声音的减弱。

音阶、静音和动音

乐曲中的音服从于一定的协调法则,而音与音之间又互有连带关系,所以我们从一首乐曲中所听到的音,这不是各自分离的,而是互相联系着的。

应用在歌曲中的音在作用上并不都是一样。在歌曲中有一些音能给予我们一种稳定和终结的感觉,我们可使歌声非常适宜地停止在这些音上,像这一类的音是歌曲的支柱音。现在我们唱大家早已知道的一列音,并试一试在ㄙㄦ音上停留下来。我们将会觉得这是不适宜的,因为这会造成一种没有终结的感觉,而我们还会要求它继续进行到ㄙㄦ音之后的ㄉㄛ音上去。这个ㄉㄛ音能使我们感到这一音列是稳定和终结的,因为它在这一列音所构成的音阶中是一个支柱音——静音(稳定音);而ㄙㄦ音在这一音阶中则是一个动音(不稳定音)。

现在我们反过来从上而下地唱这一列音,并停留在ㄌㄝ音上,这同样地会造成一种没有终结的感觉(虽然比上行时好些);ㄌㄝ音需要进行到下一个ㄉㄛ音(即静音)上。

这一音列中的静音是:

而动音是:

表示静音和动音的关系的音列,叫做音阶。

静音中(在音阶或歌曲中)最主要而特出的ㄉㄝ音,叫做主音,这个音和其他两个静音——ㄇㄧ和ㄙㄛ——结合在一起,组成该音阶中的主三和弦。

ㄥㄧ——导音——是最特出的一个动音,它解决到主三和弦的根音上。

歌曲大都是从音阶中的某一静音开始,并结束于同一音阶的主音的。

作　　业

1.把下列各首歌曲中的静音和动音分别标写出来:《在绿草地上》《小白兔在花园里跑》《我们亲爱的小女伴们》。

2.唱以下两首歌曲,并凭听觉区别出歌曲中的静音:《在薄冰上》《我走,我出去》。

3.唱以下两个歌曲片段,在最后加唱一个终结该片段的音:

4.唱三和弦中的ㄉㄛ—ㄇㄧ—ㄙㄛ等音。

大音阶和小音阶　　当我们听乐曲或歌曲时,我们会注意到这些乐曲或歌曲具有各种不同的性质(色彩)。以下这一首歌曲《我拿花圈行走》具有一种坚强果断的特性:

我拿花圈行走,我拿鲜花圈行走,我不知道怎样拿这鲜花圈,我不知道怎样拿这鲜花圈。

同是这一首歌词,但在李姆斯基-柯萨科夫配的另一曲调中则具有柔和而忧郁的特性：

从这两首歌曲的比较中，我们可以得出这样一个结论：歌曲的各种不同的性质——刚毅的或柔和的——是由这些歌曲在音阶的构成上的差异而起的。

在以上第一音具有刚毅的特性的歌曲中的静音如下：

而动音为：

在第二首具有柔和的特性的歌曲中的静音如下：

而动音为：

大音阶　具有较坚强果断的特性的音阶，叫做大音阶。在这种音阶中按和弦[1]形式排列的静音，构成大三和弦：

小音阶　具有较柔和的特性的音阶，叫做小音阶。在这种音阶中按

〔1〕　同时响出的若干个音，称为和弦。

和弦形式排列的静音,构成小三和弦:

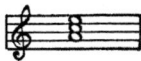

我们把大音阶中的静音和动音按其高度依次排列出来,就会得到以下这一音列:

我们把小音阶中的静音和动音按其高度依次排列出来,就会得到以下另一音列,这一音列中全音和半音的配置已与前者不同:

有时候但凭歌曲中所具有的大音阶或小音阶,还不能确定歌曲的性质。音乐的其他表现手段(如旋律、速度等)在确定歌曲的性质上比音阶尤为重要。用小音阶写成的歌曲《田野里有一株小白桦》,由于它的旋律进行具有活泼的和舞蹈的性质(但同时听起来又是柔和的),因而并没有造成忧伤的印象;用大音阶写成的歌曲日出日没却留给我们一种忧伤的印象,这是由它的徐缓的旋律进行和旋律的特性所引致的("哨兵日日夜夜……看守我的窗户")。

音　　　程

当我们听歌曲或器乐曲的时候,我们会注意到其中的音的进行有时候是按级一一相继的,而有时候则隔有较大的距离(好像跳跃一样)。

在歌曲《田野里有一株小白桦》的第一个乐句中,音的进行是平稳流畅的,并没有跳跃进行:

田野里有 一株小白桦

在歌曲《快乐的旅行者之歌》的第一个乐句中,有几个音的距离是很宽广的(第一个音和第二个音之间是一个大跳跃):

沿 湍急 或 缓慢 的 小溪,走险峻的小路上 山

由此可见,在旋律进行中,两个邻近的音相互间的关系是多种多样的。像这种音与音之间在高度上的相互关系就叫做音程(интервал,源自拉丁文,意即间隔)。

音程下方的一音,叫做该音程的低方音;上方的一音叫做高方音。

同度音程 同一高度的音的重复(第一级音——另一第一级音),并没有形成音高上的差距;但是像这样的两个音之间虽然没有"差距",这种同一高度上的音的重复,还是要称为同度音程(可简略地用数字 1 来标明)。

音程的大小是以构成该音程的两个音级之间所含有的全音或半音的数量来衡量的。同度音程所含有的音级的数量等于零。

作   业

1.写出以下各音上的同度音程来:

2. 唱出以下各音上的同度音程来：

3. 用音的唱名唱以下这一乐句：

二度音程   二度音程是由两个紧相邻接(往上或往下)的音级构成的。

仅含有一个半音的二度音程,叫做小二度音程;如含有一个全音的,则叫做大二度音程。

二度音程可用数字 2 来标明。

作   业

1. 以下列各音作为低方音,写出二度音程的高方音来：

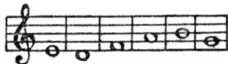

2. 以下列各音作为高方音,写出二度音程的低方音来：

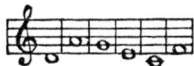

3. 以下列各音作为低方音,唱出二度音程的高方音来：

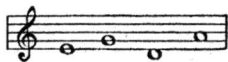

4.以下列各音作为高方音,唱出二度音程的低方音来:

5.用音的唱名唱以下这一乐句,唱时并按指挥图式打拍子。

6.用音的唱名唱以下两首歌曲:《小白兔在花园里跑》《夜莺,不要飞去》。

三度音程　任一音级和它上方(或下方)的第三个音级(其间相隔一个音级)所构成的音程,叫做三度音程。三度音程可用数字 3 来标明。

2全音　　1½全音

含有两个全音的三度音程,叫做大三度音程;含有一个全音和一个半音的,叫做小三度音程。

作　　业

1.以下列各音作为低方音,写出大三度音程的高方音来:

2.以下列各音作为高方音,写出大三度音程的低方音来:

3.以下列各音作为高方音,写出小三度音程的低方音来:

4.以ㄙㄜ,ㄌㄜ,ㄇㄚ为低方音,唱出大三度音程的高方音来;以ㄈㄚ,ㄌㄝ,ㄌㄜ和ㄙㄜ为高方音,唱出小三度音程的低方音来。

5.从下列各首歌曲中找出大三度和小三度音程来:《在薄冰上》《我拿花圈行走》《冬日渐逝》《田野里有一株小白桦》《篱笆》。

构成大音阶中的主三和弦的三个音,其相互间的距离如下:

由此可见,大音阶中的主三和弦是由两个三度音程组成的:大三度和小三度。

构成小音阶中的主三和弦的静音,带有另一种色调,这些静音之间的相互关系也与大音阶不同。

小音阶中的主三和弦,也是由两个三度音程构成的,但是它的第一个三度音程是小三度,而第二个是大三度。

作　　业

1.判定下列各三和弦的性质(大和弦或小和弦):

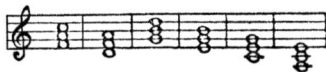

2.把以上这些三和弦唱出来。

四度音程　任一音级和它上方(或下方)的第四个音级(其间相隔两个音级)所构成的音程,叫做四度程程。四度音程含有两个全音和一个半音。四度音程可用数字"4"来标明：

作   业

1.用音的唱名唱以下这一例句：

2.以ㄉㄛ,ㄙㄛ,ㄉㄝ,ㄉㄚ为低方音,唱出四度音程的高方音来。

3.把歌曲《仙鹤》中的四度音程找出来,并把各个含有四度音程的乐句唱出来,唱时须按指挥图式打拍子。

五度音程   大音阶中的主三和弦(ㄉㄛ—ㄇㄧ—ㄙㄛ)两端的音(ㄉㄛ—ㄙㄛ)之间的距离和小音阶中的主三和弦(ㄌㄚ—ㄉㄛ—ㄇㄧ)两端的音(ㄌㄚ—ㄇㄧ)之间的距离是相同的(指这两个音程所含有的全音和半音的数目)。像这种由第一个音级和它上方(或下方)的第五个音级所组成的音程,叫做五度音程。五度音程含有三个全音和一个半音,五度音程可用数字5来标明。

作   业

1.以下列各音作为低方音,写出五度音程的高方音来：

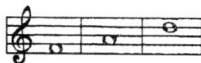

并以下列各音作为高方音，写出五度音程的低方音来：

2.用音的唱名唱以下这一例句，唱时并按指挥图式打拍子。

3.从下列两首歌曲中找出五度音程来：《田野里有一株小白桦》《我拿花圈行走》。

4.用音的唱名唱以下的旋律，唱时并按指挥图式打拍子。

六度音程　六度音程是由四度音程和三度音程(或由三度音程和四度音程)组合而成的。

大六度音程含有四个全音又一个半音，小六度则仅含有四个全音；六度音程可用数字 6 来标明。

作　　业

1.以 ㄅㄝ,ㄙㄛ 为低方音，写出各该音上的大六度音程来。

2.以 ㄇㄧ,ㄌㄚ,ㄙㄨ 为低方音，写出各该音上的小六度音程来。

3.用音的唱名唱以下的旋律，唱时并按指挥图式打拍子：

查尔科夫斯基

德拉戈米罗夫

4.从下列两首我们所熟悉的歌曲中找出六度音程来:《少先队员的理想》《同志们,勇敢地齐步走!》。

七度音程　七度音程仿佛是由三个首尾重叠的三和弦组合而成的。

大七度音程含有五个全音又一个半音,小七度则含有五个全音(七度音程可用数字 7 来标明)。

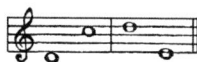

作　　业

1.以ㄅㄛ,ㄈㄚ为低方音,写出各该音上的大七度音程来。

2.以ㄙㄛ、ㄌㄝ为低方音,写出各该音上的小七度音程来。

3.用音的唱名唱以下的旋律,唱时并按指挥图式打拍子:

4.把歌曲《有位小姑娘在松林里散步》中的七度音程找出来。

八度音程　把大三和弦或小三和弦的主音扩增一倍,就可得到八度音程。

八度音程是由音阶的第一级音和它上方(或下方)的第八级音构成的。八度音程含有六个全音;八度音程可用数字 8 来标明。

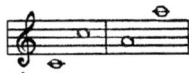

作　　业

1. 以下列各音作为低方音,写出各该音上的八度音程来:

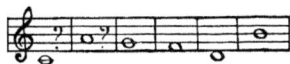

并以下列各音为高方音,写出各该音下的八度音程来:

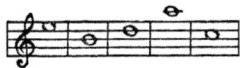

2. 用音的唱名唱以下的旋律,唱时并按指挥图式打拍子:

3. 凭听觉从下列两首我们所熟悉的歌曲中找出八度音程来:《祖国进行曲》《海港之夜》。

以上我们所看到的所有的音程,都是在一个连续的音列中构成的。

在两个声部的歌唱中,我们可以看到:音程中的两个音是同时响出的。

这首歌曲的记录法如下:第一个声部的音符的符干朝上;第二个声部写在第一个声部之下,音符的符干朝下。如两个声部同唱一音时,则在该音符上画两条符干,其中一条朝上,另一条朝下。

作　　业

1. 用音的唱名唱以下的例句(合唱或重唱):

2. 看着乐谱唱以下两首二部合唱曲:《果园里葡萄开花了》《哦,箍裂了》。

和弦　三个或三个以上同时响出的音,构成和弦。按三度音程关系排列的音在和弦的构成上是具有很大的意义的。

三和弦就是由三个按三度音程关系而排列的音组合而成的一个和弦。

三和弦的性质视组成该三和弦的两个三度音程的性质而定;如果和弦中的下方的音程是大三度而上方是小三度,这种和弦就叫做大三和弦:

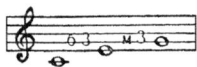

如果和弦中的下方的音程是小三度而上方是大三度,这种和弦就叫

做小三和弦：

〔1〕

大音阶和小音阶

大音阶　按音级排列的音的向上或向下的进行,叫做音阶。音阶的组成是从一个调的最主要的音——主音上开始,结束于这一主音的高八度的重复音上。

C大音阶　在以上"音阶"一节中,我们仅提到音与音之间的相互关系,而没有指明音的绝对高度。一个八度音程包含有十二个不同的音,从这十二个音中的任一音上都可构成一个大音阶(只要这些音阶中的全音与半音的配置是和C大音阶相同就行),这些音阶仅在音的高度上有所不同而已。音阶中各音的绝对高度叫做调。

试从C大调开始,每次以前面的音阶的第五级音作为新调的主音,我们就会得到每次增加一个升记号的一系列的近关系调;如果每次以前面的音阶的第四级音作为新调的主音,我们就会得到每次增加一个降记号的一系列的近关系调。

我们可以在十二个调中建立起大音阶来。

---

〔1〕　б.3＝大三度音程,м.3＝小三度音程。——译者注

升记号调一览表

〔1〕

降记号调一览表

〔2〕

---

〔1〕　T＝主音，D＝第五级音（属音）。——译者注

〔2〕　T＝主音，S＝第四级音（下属音）。——译者注

作　业

1.用以下三种节奏来练唱 C 大音阶和 D 大音阶：

2.唱出 C 大调、G 大调和 D 大调的主音上的三度音程以及 C 大调、G 大调、D 大调和 F 大调的主音上的五度音程来。

3.举出带有 #C 音的一个音阶来。

4.从 C、F、G、D、A 等音上各构成一个大三和弦。

5.判定歌曲《罂粟花》是用哪一种调写成的,然后用音的唱名唱这首歌曲,唱时并按指挥图式打拍子(不用伴奏)。

6.判定下列各首歌曲是用哪一种调写成的,然后用音的唱名唱这几首歌曲,唱时并按指挥图式打拍子(不用伴奏):《在薄冰上》《枞树》《少女们播种蛇麻草》。

小音阶　小音阶的组成跟大音阶一样,也是从主音上开始,结束于这一主音的高八度重复音上的。如 a 小音阶便是。自然小音阶是主要的一种小音阶。

除自然小音阶之外,还有和声小音阶和旋律小音阶两种形式。

全　全　半　全　全　全　半
音　音　音　音　音　音　音

旋律小音阶在下行时,通常是采用自然小音阶的形式:

大调及其平行小调一览表
（升记号调）

大调及其平行小调一览表

（降记号调）

作　　业

1.用以下各种节奏来练唱 a 小音阶：附点二分音符，四分音符；四分音符,附点八分音符,十六分音符。用以下的节奏练唱 e 小音阶:四分音符,四个八分音符。

2.唱出 a 小调、e 小调和 b 小调的主音上的三度音程和五度音程来。

3.在哪些音阶中可以遇到 ♯C 和 ♯G 音?

4.判定歌曲《小鹌鹑》《田野里有一株小白桦》《伏尔加船夫曲》是用哪一种调写成的?

5.从 A、D、E、B 等音上各构成一个小三和弦来。

6.用音的唱名唱以前各练习中所列举的歌曲和习题。唱时并按指挥图式打拍子,不用伴奏。

移调   一首歌曲如果由于某种原因而不适于用某一调(太高或太低)演唱时,我们可以把它移到另一较为适合演唱的调子上去。乐曲(或歌曲)从某一调到另一调的移动,叫做移调。

移调时必须保持所有的音与音之间的音程关系(像在原调中一样)。

试将以下这一个旋律向上移高一个大二度:

D 大调

如向上移高一个纯五度则为:

为某一声部进行乐曲移调时,必须估计到该声部的音域,因为移调后可能有一些音是该音部所不能唱出的(太高或太低)。

曲体　一篇音乐作品本身就是一个整体,但同时它又像文学作品一样分为若干个互相关联的部分。部分与部分之间的对比与联系,乃是曲体研究的对象。由音乐作品的内容所决定的乐曲的结构,叫做曲体。旋律在曲体的构成上具有非常重要的意义,像我们在前面已提到过的,旋律可以细分为若干个部分。从旋律中划分出的最小的部分,叫做动机(由若干个音组成)。动机与动机的结合构成乐句,由乐句构成乐节,由乐节再构成乐段。两个乐段组成二段体。如果第一乐段在第二乐段之后又重复一次,则组成三段体。

分节歌　最普通的歌曲形式是分节歌;在分节歌中,同样的一个旋律反复若干次。

歌曲通常是由正歌和副歌两个部分构成的。

作　　业

把以下三首歌曲划分出正歌和副歌来:《我们亲爱的小女伴们》《田野里有一株小白桦》《冬日渐逝》。

小学唱歌教学法

学校音乐教育的任务和内容

音乐教育是学校中的儿童美学教育的一部分。它以音乐为手段来执行共产主义教育的任务。

音乐的形象具有鲜明的富有感情的色彩,它能唤起思想,激起深刻的感情并发挥人们的想象力。通过音乐,我们能更深刻、更清楚且更充分地认识生活中的现象。

必须在学校里教儿童领会音乐,并教他们自己去演唱音乐,即教他们唱歌。教师应当发展儿童的艺术鉴赏力,并培养他们对音乐的爱好和兴趣。

在唱歌课上,教师应当教儿童在齐唱(一个声部)或二部合唱(两个声部)时要善于领会曲趣且唱得富有表情,应当教给他们一些识谱方面的初步知识,并教他们在练唱歌曲时应用乐谱。

小学的唱歌课是由合唱、识谱和音乐欣赏三部分组成的。其中合唱是一种主要的、基本的工作。合唱能把学生组织起来,培养他们谐和一致地进行工作的才能。让儿童自己演唱歌曲,表达歌曲的内容,并表明他们自己对所唱的歌曲的态度,这样,就能加深那被歌曲所唤起的思想和感情。

识谱方面的任务是:使儿童了解音乐的内容和性质——首先是了解他们所唱的歌曲的内容和性质,使儿童对歌曲的结构和音乐的表现手段有一个概念。

关于识谱方面我们可以用歌曲中的短小而完整的旋律片段或个别的例子来学习。

在唱歌课上,教师还应使自己的学生熟悉一些较为复杂的歌曲和一些器乐作品,使学生获得关于各种体裁的音乐的概念和有关音乐与作曲家等的一般知识。

唱歌教学

唱歌课是班上所有的学生都参加的。起初,在每一班上时常会有音唱不准的学生;这些学生妨碍了全班的歌唱,破坏了音调的一致性;但是我们必须记住:儿童的听觉正是在教学过程中,在共同的音乐课过程中逐渐地发展起来的。因此,我们无权剥夺那些听觉和嗓子的发展都较薄弱的儿童参加唱歌课的权利。

如果学生唱得纯净、准确,那就是说,他的听觉是正常的,也就是一般人所谓"好的",但是如果学生唱得不准确,那还不能说他的听觉不好。可能他听得准,但是他的嗓子不听话,不受听觉的管辖。只要过些时候,当他的歌声器官发达起来,音域也扩大了的时候,就会发现,他是既有良好的听觉,又能唱得准确的。

还常常有这样的情形:有些学生能唱得十分准确,但不是所有的音都这样;我们要他唱的那些音他唱不好,而只能唱好高的音或低的音。

像这样的儿童,他们所受到的限制不是在听觉方面,而是在声音的可能性方面。因此,我们不能急急忙忙地就下结论,说这些孩子的听觉不好。我们对待那些听觉不好的儿童,不但不应该阻止他们参加唱歌,相反地,我们应当把他们当作暂时赶不上班上的进度的学生而更多地注意他们。

唱歌是一种艺术,它和其他各种艺术一样,我们如果想掌握它,就必须学习,必须在这方面时刻求取进步。在学校的唱歌课上,儿童不应当单纯地唱唱歌,而应当学习唱歌。

唱歌教学的意旨在于:发展儿童的听觉和艺术鉴赏力,尤其重要的是培养儿童正确的唱歌技巧(声乐方面的和合唱方面的)——没有这种技巧,就不可能有真正的艺术的歌唱。

教师在唱歌课上要教儿童学习正确的发声,呼吸的正确运用,延长声音的技巧(如歌的咏唱的技巧),明晰的语音,纯净的音调,不用伴奏的歌唱,使自己的歌声与同学们的歌声打成一片的技巧,以及富有表情地演唱的技巧。这些技巧是逐渐养成的,它们在日渐复杂起来的唱歌教材中逐年地巩固下来。

所有以上列举的技巧的培养,并不是循序进行的而是同时进行的,而且还必须逐渐扩大和加深。

我们应当教学生:从他们第一次在唱歌课上学唱歌的时候开始就不要用大喊大叫的声音唱歌,而要把歌词唱清楚,要善于领会曲趣且唱得富有表情。参加合唱的成年歌唱者所必需的唱歌技巧,也是儿童所必需的。

培养小学生的唱歌技巧,是逐渐进行的、不易被学生觉察到的,不能把所有这些唱歌技巧一下子都塞到儿童的意识中去。举个例说,当我们向成年人说明正确的呼吸方法的时候,我们向他们说明呼吸的类型,并告诉他们应当怎样呼吸,怎样检查他们的呼吸法是否正确等等;但是我们对小学生却只这样说:"吸气,平静地吸,两肩不要耸起……"

培养唱歌技巧的方法是:唱练习,选用最容易练好该种技巧的歌曲,以及在教学过程中经常观察这些技巧的掌握程度。

在唱歌课上开始唱歌之前,教师应当先检查一下,看看儿童坐(或站)的姿势怎么样。

站着唱歌对儿童说来是较为有益而舒服的,但是为避免儿童因长时间的站立而感到疲劳,练唱的时候也可以让儿童坐着。为便利唱歌时的呼吸起见,坐的时候身体要直,不可以曲背弯腰。两手应放在膝上。头要直。头部和身体要保持一种安静的而不是紧张的状态。

谐和的歌唱,首先是指儿童们唱得整齐,同时开始和同时结束。常常有这样的现象:教师开始唱歌或弹奏的时候,儿童并不是大家同时跟进来,结束时也是参差不齐的。这种情形在合唱中是不容许的。

教师注视着学生,检查一下,是不是所有的学生的视线都已集中在他的身上。唱歌前教师先给学生定下歌曲的开始音的高度——这样叫做定音。

为了要使歌声谐和一致,并使所有的儿童在唱歌开始和结束时像一个整体一样,我们必须培养儿童的注意力。儿童从教学初开始的时候起,就应当学习用心地注意教师的手的动作。

除谐和地同时歌唱之外,还必须使歌声像是融合为一似的,造成一种只有一个声音在唱的印象。每一个人的声音不论在力度上或音色上都不应当突出。对于这一点,我们应当特别使儿童加以注意。

宁静的不紧张的歌唱　在儿童的歌唱中防止大喊大叫的现象产生,是儿童声乐教育中非常重要的任务。这不但是教育的问题,而且是保护儿童嗓子的问题。

往往有一些儿童,他们本来是有很好的嗓子的,但是他们却永远丧失了它,因为他们把自己的嗓子给"撕裂"了。问题在于儿童的发声器官比成年人的脆弱。成年的歌唱者爱惜他自己的嗓子,设法不使它唱得过多,不使它疲势,不使它受感冒的侵袭;但是儿童就不懂得这一些:他们高声地唱歌,在街道上或学校里大喊大叫。这样一来,嘎哑声、晦暗不明的声音等都出现了,总而言之,唱歌的嗓子几乎都消失无遗了。教师的任务就是:在上述那样的情况之下止住儿童,并告诉他们太大声唱歌是有害的。

但是教师的任务并不仅限于此。在教学过程中就应爱护儿童的嗓子,注意不让他们用太高或太低的声音唱歌,而主要的是教他们不要使嗓子紧张,不要"扯破"嗓子。这对于那些喜欢高声而激烈地唱歌的男孩子们以及在十二至十三岁时(有些人还要早些)已开始呈现变声期的特征(如唱到高音区时就显得非常紧张以及声音开始嘎哑等)的男孩子们,是尤其重要的。在这一段时期中特别要慎重、小心,对儿童唱歌的音量方面要加以限制。学校的任务是:保护儿童的好嗓子,为国家培养良好的唱歌人材。

悠长的歌唱　唱歌的主要技巧在于:能悦耳而悠长地把音唱出来,能把母音"拖长"下去。必须唱得使一个音转换到另一个音上去——使声音在其次的一个音开始唱出之前不至于中断,并力求获得一条不间断的所谓"旋律线"。无怪乎有人这样说:"音响婉转","歌声婉转"。像这种婉转流畅的旋律叫做如歌的咏唱。我们如能获得好的如歌的咏唱和悦耳的音调,那就是说我们已获得最主要的东西了。

这一点在练唱谐和、流畅而悠长的歌曲时是最容易且最方便做到的。但是即使在进行曲式的歌曲中也应当把每一个母音唱得足拍。例如，儿童们唱亚历山大罗夫的歌曲《飞机》时，常把其中的每一个字都唱得非常短促，把每一个字都切断，就好像这首歌全是用断音写成似的。其实这种节拍分明的节奏、这种进行曲式的特性，一点也没有表示不必把歌曲唱得谐和悦耳。要这样做虽然会发生某种困难，但是我们必须克服这种困难，要不然我们的歌声就会像人们所说的那样，"不是唱出来的，而是砍出来的"。应当对儿童们说明：在歌唱中最主要的优点之一，就是把音唱得悠长，像小提琴奏出的那样把音"延长"下去。

纯净的音调　有些合唱队大体上还算能正确地把旋律唱出来，但是唱个别的音的时候却不完全准确——低一些或高一些，像这样的歌唱就失去了一切动人的力量。造成这种现象的原因，可能在于听觉不发达和旋律还唱得不够熟。不纯净的音调的产生，有时候是因为儿童的呼吸不及时和不正确，但有时候这却是儿童的精神状态所致。如果儿童疲倦了，他们通常会把音降低一些；如果儿童兴奋起来，他们就会把音提高一些。

教师如果听到学生们的歌唱中有不准的音出现，应当阻止他们唱下去，让他们的注意力集中，然后要他们轻轻地、从容地重复个别的音或旋律片段，教师自己用歌声或乐器来示范：应当怎样唱才正确。同时，还可以向儿童们提示："唱高些"或"唱低些"，并用手的向上或向下的动作来表示。

教师如能特别注意到那些程度较差的学生，是特别可贵的。在这些情况之下，教师应当找出学生能唱得准的音（这些音叫做基础音），并教他们练唱与基础音相邻的音，借此逐渐地扩展他们的音域，使达到标准。

缓慢而悠长的歌曲最适于用来练习音调的纯净。因此快速度的歌曲应当先用慢的速度来练习,以后再加快,使达到原定的速度。为了发展儿童的听觉,为了使歌声纯净,采用由两三个音组成的小型练习是很有效的。

呼吸   正确的呼吸是正确的歌唱的基础。儿童应当懂得在乐句开始之前吸气,正确地吸进来并保留住它,然后均匀地呼出。如果我们不把这些教给儿童,就无从获得那种响亮、美妙而流畅的歌唱。歌声将显得平淡、晦暗而缺乏趣味。所以必须使儿童的呼吸合乎条理,使他们懂得掌握呼吸并能加以调节。

应当在唱歌之前先吸气(儿童常常不这样做,而是迟了一些才吸气,有时候在一个词的中间换气,破坏了歌声的进行并打断了旋律)。

儿童在吸气时常常带有杂声,有时慌忙而激烈,同时还会耸起肩来。我们应当预先告诉学生,要从容地吸气,两肩不要耸起。有些学生吸了气之后,在还没有开始唱歌的时候,或者在唱第一个音的时候,马上就把气呼出。让儿童做以下的练习是有益处的:从容地吸一口气("就像你闻花香一样"),保持住它,然后在呼出时高声数到 5。这样反复地练习,计数就能逐渐地扩增到 8 至 10。这种简单的练习,将有助于练得保持气息的技巧,使气不至于一下子就完全呼出。

呼吸是在教学过程中、主要地是在悠长的歌曲的练唱中逐渐地发展起来的。

音的性质   儿童的歌声的优美性和吸引力,在相当大的程度上须视儿童用哪一种声音来唱而定。我们要求儿童的声音具有一种所谓"头声"的性质,这种性质能使歌声响亮而明朗。试唱出ΠI音或I音——你就会听得出:这一个音比母音丫更响亮且更明朗。

在儿童的歌唱中,我们要设法发展的正是这种对幼年儿童说来是最自然的"头声"。起初,我们要使儿童注意,他们怎样发出l音,然后要他们把所有的音都唱得像唱母音l时的音响一样。

儿童的歌唱应当富有内容而又美丽。在各种内容不同的歌曲中,音的性质是不一样的:那些唱得刚毅而果决的雄壮的歌曲中的音,较之那些唱得温柔而亲切的歌曲中的音更为坚定,有时候且更为浑厚。但是无论在哪一种情况之下,我们唱出的音都应当是悦耳的。应当教儿童重视和喜爱这种美丽悦耳的歌唱,并把它从那种粗糙、刺耳且极难听的歌唱中分别开来。

语音　必须教儿童把歌词的发音发得清晰而明确,因为这样可使听者不费力地就听得明白。

如果我们问儿童:要使歌词听得明白,应当怎样唱歌,儿童就回答说:"应当大声地唱。"其实这是不正确的。可能很大声地唱,但是歌词却听不清楚;也可能虽是很轻声地唱,而歌词却能听得明白。问题全在于:应当正确地发出母音,使嘴巴适合于各该母音所要求的形状。

唱歌时母音的正确发音在语音中起着首要的作用。但是子音的发音也是重要的:它应当发得坚定而明晰。

除那些为练习语音而作的专门练习之外,应当选择一些快速度的歌曲来练习,因为在这类歌曲中,发音的清晰和嘴唇的灵活性是特别重要的。

教师不仅应注意儿童的语音的清晰,而且应注意到歌词的正确发音,因为幼年的小学生有时候会把歌词的语音弄错。教师经常注意儿童的语音和歌词的正确发音,能帮助儿童的语言的发展,这在教学的最初阶段中是很重要的。

富于表情的歌唱　一切唱歌技巧都是为求达到艺术的和富有表情

的演唱的手段。

只有通过这种富于表情的歌唱,才能达成学校儿童音乐教育所规定的那些重要的教育任务。

我们有时候会遇到这样的演唱:表面上看来好像一切都像样,好像把所有的都唱出来了,但是实际上这种演唱听起来是枯燥无味的,它并没有在听者的脑海中留下印象,听者听了这样的演唱之后仍是漠然无所感受。

应当教儿童富于表情地唱歌,也就是在演唱中表达出歌曲的内容和情绪。为此,我们要使儿童对于他们所演唱的歌曲具有一个明晰的概念,要为儿童描绘出一定的形象。我们为儿童所揭示的这种形象应当是简单、清晰、鲜明而富有感情的,这为的是使儿童能亲自体味和感受到他们所唱的东西。我们引用一些歌曲来作为例证。

练唱斯塔罗卡多姆斯基的《航空歌》之前,教师对儿童讲述歌曲中所描绘的景象:伞兵从飞机上跳下,往祖国的土地上降落,这时,他安闲地哼唱这首歌曲:"金黄色的铃铛花,在我头顶上开放"(降落伞在空中展开时,从地面望上去好像是铃铛花似的)。但是近旁暗灰色的云朵一团团地涌现出来了。希望没有暴风雨才好。否则风会把伞兵吹得摇来摆去,雨会把他淋湿。伞兵严厉地命令乌云走开。乌云消散了,伞兵便继续唱他的歌曲。

这首歌开头是宁静、愉快的,而在中途,当歌词叙述到乌云的时候,音乐转为宽广、悠长,后来,当伞兵对乌云说话时,音乐又将为严厉的。

儿童明白、理解和体味了歌曲的艺术形象和它的内容与特性之后,他们就应当在自己的演唱中把这些表达出来。要达到这个目的,就得运用一切必要的演唱上的色彩;至于音的性质及其特性,音的强弱变化(即音响的力度），以及速度等问题，教师也都应精密地加以考虑。

必须强调地指出：能使听众感到愉快而兴奋的、真正的有表情的艺术演唱，只有在很好地发展的唱歌技巧的基础上方才可能。

应当教儿童倾听自己和同学们的歌唱，以批判的态度去对待自己的歌唱，并指出自己的和别人的歌唱中的优缺点。为此，儿童应当记住唱歌的一些基本规则，现大致分述如下：一、要唱得整齐；二、歌词的发音要分明；三、要唱得悠长，声音不要太大；四、要有表情。这种规则也可以写成标语的模式（"唱歌的规则"）悬挂在教室里。往后我们还可以在这些最基本的规则上添写一些更复杂的新规则上去，例如，"要正确地吸气"等等。增添新的规则不应当匆促从事，也不应当是形式上的，只有待儿童牢固而自觉地理解并掌握了以前所获得的唱歌技巧之后才可以实行。

发声练习　唱歌技巧的训练是在练习和演唱歌曲的过程中以及专门的练习中进行的。这种专门的练习不应占用很多的时间——每一课用两三分钟就够。像这样的练习是很有益的，因为做这种练习的时候，学生不受歌词的牵制，他们和教师就能集中注意于该练习所预定的发声课题了。

我们常可看到一些缺乏经验的教师，他们和儿童一道练习发声时，几乎全不注音儿童所唱的。其实练习发声这件事本身并不重要，而正确地去执行任务那才是重要的。应当记住：发声练习本身并不是一种目的，而是训练儿童正确地发声的一种手段。这种练习要在开始上课时进行，使学生应用这种练习来"练嗓"。我们往往把这种发声练习也叫做"练嗓"。

我们知道，发展儿童的自然的"头声"是非常重要的。这种头声是那些比较高的音的特征，因此发声练习最好是从高的音唱下来。从高的音唱下来时，儿童就能保持声音的这种特性。我们要用各种不同的方式，各种不同的速度和各种不同的母音来唱这些练习。

在发声练习的最开头,要教儿童用悠长的、悦耳的声音来练唱,把音"延长"。儿童依照教师的手势所指示的把音唱出来(例如唱ㄇㄧ音)。教师要注意使儿童宁静地唱这一个音,使儿童的声音不突出来,并使声音唱得均匀,在结尾时不低下去。其次可以让儿童唱ㄉㄚ音。在这里,当儿童唱母音ㄚ时要练习张开嘴巴;以后再唱ㄉㄛ音时,要练习使嘴巴成圆形,并保持这种口形直到唱完这一音时为止,务使ㄛ不要转唱为ㄚ。练唱这些音时应当采用适于儿童歌唱的中部的音——例如用ㄈㄚ音和ㄙㄛ音。然后我们可以给儿童练唱一些由若干个音组成的旋律片段。

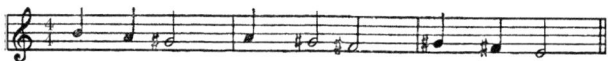

这一个练习可以用ㄉㄧ,ㄉㄚ或ㄉㄚ音来练唱。

在这一个练习中儿童可以学习流畅的和悠长的歌唱,学习清晰的母音发音。

从高的音开始往下练唱音阶的片段是很有益的:

在发声练习中要注意使声音——相继地流畅进行,这一点是很重要的。为了练唱轻快的音,这一个练习如用ㄋㄚ或ㄌㄚ音快速地、断续地和轻快地来练唱,也是很有益的。

我们应当把 C 大音阶也用来作为发声练习(用唱名从高的音开始唱下来)。在这时候,我们应特别注意唱出母音来,而子音的发音则仅是很短促的,除此之外还应注意使所有的儿童按时整齐地吸气。

我们让三年级和四年级的儿童练唱 C 大音阶(上行或下行)时,不仅用中庸的速度,而且也用很慢的速度,这样做同样地是很有益的。在这种慢速度的练习中,应使儿童每隔两小节换一次气。这种练习能帮助儿童练习深呼吸并使他们的音调富有旋律性。教师应注意使儿童均匀地用同样的力度和音色去唱音阶中所有的音。

为了教儿童唱出音的强弱变化,我们可以在三年级和四年级的课上拿任何一个单独的音来练唱:开始时唱得十分轻,然后增加力度到“中强”,最后逐渐地弱下去。

当然,发声练习是可以加以变化的。在歌曲中如遇到困难的地方,可以为它编一些专门的小型练习。

我们也可以让儿童做一些闭着嘴哼ㄇ或ㄋ音的发声练习。这种练习可以训练儿童发近似的“头声”,但是这样练习最好是让四年级的学生去做。

当儿童的音域因儿童的一般发育和他们在发声上的发展而扩展时,我们也要使发声练习的音域随之扩展。必须从简短的练习开始,并首先巩固中音区。然后再唱一些音域较为宽广的练习,但是要特别注意,音域的两极端的音应是儿童所能胜任的,使儿童唱起来不感到紧张才行。

当然,不是一下子就把所有的练习全都唱完;每一课唱两个到四个练习就够。其中一个或两个基本练习要在长时间内逐课地用慢速度来练唱;另两个练习可以轮流替换地练唱。

儿童由于练习发声而获得的一切技巧,必须全盘应用在唱歌中。因为常有这样的情形,例如有些儿童,他们在发展语音的练习中唱得很好,但是在唱歌的时候他们却把一切都忘记了,他们的语音仍是不能令人满意。

无伴奏的歌唱　合唱艺术,一般认为主要地就是指无伴奏的歌唱。

民歌原来的形式也大都是没有伴奏的。我们应当把这种无伴奏的歌唱作为学校中唱歌课的基础。在无伴奏的歌唱中,歌声不会被乐器声所掩盖,因此如有不纯净的音调就较易听得出来;无伴奏的歌唱在发展学生的听觉这一方面所起的作用较之带有伴奏的歌唱为大。在无伴奏的歌唱中,学生有更多的机会来检查他们自己的歌唱,并更多地注意同学们的歌唱。学生无法依赖乐器的帮助,他们应当独立地、自信地唱歌,应当成为主动的。儿童习惯了这种独立的、没有伴奏的歌唱之后,他们在家里、在课间休息或在散步的时候就可以更自由地唱歌,这一点是具有重大的教育意义的。

从一年级开始就应当教儿童学习无伴奏的歌唱。学校里有乐器设备,固然能帮助教师进行工作,使教师有可能去演奏器乐曲和原来附有伴奏的歌曲;但是学校里如没有乐器设备,仍然是有教唱歌的可能的。

　　在不用伴奏唱歌的时候,教师先用自己的嗓子来定音(唱出主三和弦中各音),然后唱出歌曲的开始音。

　　我们但凭听觉而不借乐器之助要想定出一个准确的音来是相当困难的。在这种情形之下,如利用音叉就很方便。音叉的音高多半是 C 音或 A 音。每一个有音乐修养的人都能够从音叉上的音去找出任何一个他所需要的音,因而他也能定出歌曲的开始音。我们也应当让儿童不用伴奏来唱一些原来有伴奏的歌曲。

　　二部合唱的训练　　儿童的合唱可以是单声部(齐唱)的,也可以分为两个、三个或四个声部的。在小学里,儿童所学的是齐唱和二部合唱。在四年级的合唱小组中还可以练习三部合唱。

　　二部合唱比齐唱复杂,但较有趣味,音响也较为丰满。若干个不同的声部同时发出的音乐,能发展儿童的听觉与谐和的感觉,并使儿童惯于彼此倾听,但又能独立地唱出各自的声部。绝大多数的民歌都有两个或三个声部,许多为幼年儿童写的优秀的歌曲,也是以二部合唱的形式写成的。在小学中二部合唱是必须采用的。

　　经验证明,如果能为儿童先做好准备,如果教师自己也能好好地先作准备,那么让儿童练习二部合唱是很容易的。

　　在二年级开始的时候,就可以进行二部合唱的训练。在一年级时还不宜练习二部合唱,因为在这时候首先应当培养儿童正确地唱单声部的初步技巧。只有等到儿童多少能整齐地即准确地唱歌的时候,才可以开始进行二部合唱的训练。

　　二部合唱的训练是要逐渐进行的,开头要使儿童听惯两个声部的合唱,并使他们独立地唱出自己的一个声部的旋律。这种训练应当从小型的发声练习开始。例如:让所有的儿童先唱小字一组的 a 音,然后唱 f

音;其次,把全班分为两组,其中一组唱 a 音,另一组唱 f 音,而且要让第一组儿童延长 a 音到第二组结束时为止。这样,就能获得一种三度的音响。当儿童学会了以上这种练习之后,可以再来练唱这个三度音程,但不是一先一后地,而是同时地唱出这一音程中的两个音;要唱得长久些,仔细听这一音程的音响;并把这一音程校准,像校准乐器一样。这时候教师要用自己的嗓子或乐器去帮助唱得不稳定、没有把握且不准确的那一组儿童。这一种练习最好要加以变化,例如:从各个不同的音开始,或变换声部,等等。

预备的练习必须教好几课,直到儿童已能掌握时为止。

接着,可以开始练习最简单的二部合唱曲,如《我们亲爱的小女伴们》。教师先唱出或弹出这首歌曲的旋律,然后把它的两个声部同时弹奏出来;或是唱第一声部的旋律,而弹奏第二个声部。教师应使儿童注意到在这里有两个声部,并使儿童注意到二部合唱是比单声部的歌唱更为动听且富有趣味的。

在上述这一歌曲中,两个声部的旋律进行始终保持着平行三度。但是经验证明,并不一定要从这样的歌曲学起,我们也可以用那些带有两个反向的声部进行的歌曲来作为练习的开始。俄罗斯民歌为这种合唱练习提供了丰富的材料。

《你好,冬季客人》这首歌曲很适于练习,因为在这首歌曲中只有一段是二部合唱,而且这一段合唱中的声部进行开头是平行的,后来是反行的。再进一步,儿童就可以学习像《果园里葡萄开花了》等歌曲而不觉得有困难了。练习二部合唱要耐心地、不匆忙地和有系统地进行。

为使二部合唱得以巩固,采用轮唱的练习是有益处的。两个声部唱同样的旋律,但是开始的时间不同。轮唱能使儿童习惯于独立地唱各自

的一个声部,还能使唱歌教学具有多样性,使唱歌课活跃起来。有专为
轮唱而写的轮唱曲。但是有些单声部的民歌,如《我走,我出去》等也可
作为轮唱之用。

我们练习二部合唱,绝不是要排斥单声部的齐唱,尤其是在最初练
习合唱的几年内。不能仅限于选用二部合唱曲,因为有很多适合于该年
龄的儿童歌唱的好歌曲,是用单声部写成的;如果要把这些歌曲改为二
部合唱,不一定是方便和恰当的。除此之外,我们必须常常回复到单声
部的歌唱练习,以便更多地注意音的性质和演唱的表情。

在三年级和四年级的唱歌课中,二部合唱应多于单声部的齐唱。

在合唱练习的最开头,不必按儿童的声音来划分他们所属的声部;
只要把班上的全体儿童分为两组就行。练习二部合唱曲的时候,要使两
组学生依次轮流地唱第一和第二个声部。最初练习的二部合唱曲是极
简单的,音域极狭小的,唱这样的歌曲不致使儿童感到困难,也不会损坏
儿童的嗓子,而所得的益处却是毫无疑义的:唱这样的歌曲能发展儿童
的听觉和独立性。[1]

独唱　一个人单独歌唱——独唱,在对儿童所进行的教学工作中是
运用得很广泛的。我们检查学生单独一个人唱歌时是否能唱得正确,如
有必要并改正他的错误。要让能力较差的学生单独地唱歌,也让能力强
的学生单独地唱歌;他们可以作为其他的学生的范例。当学生个别地唱
歌时,全班学生都应静听,并判别其优缺点,借以提高对自己的唱歌方面
的要求,以便更好地唱歌。能力强的学生可以担任合唱中的领唱,担任
领唱的学生可以有好几个,我们可以使他们轮流在各首歌曲中,甚至在

---

〔1〕　关于怎样练唱二部合唱曲一点可参看以下"练唱歌曲"等节。

同一歌曲的各节歌词中分别担任领唱。

当学校里过节日的时候,常常有儿童表演独唱,但是这种演唱绝不是常常成功的。小歌唱家在大会场上广大听众的面前唱歌时,总希望全场都能听到他的歌声,因此他就开始加速并过于大声地唱起来。我们应当以极其慎重的态度来对待儿童的演唱,不能滥用这种方式,要让儿童在不大的场所,在数量不多的听众面前演唱而且不应时常举行。最好是让两三个学生一同参加这种演唱(小型的重唱)。

练唱歌曲   正确地练唱歌曲,是具有重大的意义的。练唱歌曲的时候,实际上正是对儿童进行基本的唱歌教学的时候。

在练唱歌曲的过程中有下列几个步骤:范唱,练唱,末了,巩固它并进行最后的艺术加工。

范唱歌曲   愈是儿童所喜爱的歌曲,他们就愈乐意和愈迅速地去练唱它,并且愈容易克服困难。

教师如何范唱新歌,对学生的影响非常之大。如果教师在范唱一首新歌的时候漫不经心或缺乏信心,又唱得不流利,那么这首歌曲多半是不可能在儿童的脑海中留下印象的,即所谓"不能传达到"儿童的心里。同是这一首歌曲,教师如果范唱得好,范唱得富有表情,儿童就会高兴地接受它并喜爱它。必须考虑到:儿童——特别是幼年儿童,非常喜欢学别人的样子,他们总是努力要使自己唱得像教师那样。由此可知,教师范唱歌曲的准确工作为什么具有特别重要的意义。

教师应当很熟悉他所要唱的歌曲。他不仅应当正确地唱出歌曲的旋律,而且应当仔细地考虑怎样来演唱这首歌曲,才能传达出歌曲的内容并唱得富有表情,这样才能在儿童的脑海中留下印象,使他们自己想去唱它。

　　在范唱歌曲的时候,如有必要应向儿童解释歌曲的大意和内容,并讲解歌词中个别的不易理解的地方。但是作这种解释应当简单明白而富有感情,不要在这一点上花费很多的时间,也不要用多余的谈话使得儿童感到厌倦。歌曲的范唱必须是整首的,这样可使儿童对该首歌曲的内容和性质有一个概括的印象。

　　学习歌词　歌曲经范唱之后,就可开始练唱。如果歌词是简易的,那么可以结合着旋律同时练唱,例如歌曲《田野里有一株小白桦》或《山上有一株红莓花》,都可以用这一种方式来练唱。但是在另一些歌曲中,例如克尼彼尔的歌曲《熊为什么在冬天睡觉》,歌词是很长的,所以应当先单独地教学生学会第一节歌词的开头一段。

> 有一次,在寒冷的冬天里,
>
> 有一只熊穿着暖和的皮大衣,
>
> 沿着森林的边缘,
>
> 走回自己的家里去。

　　教师念出这段歌词,再重复一遍,然后在教师的提示和帮助之下,叫儿童把这段歌词诵读出来。

　　低声地但能听得分明地诵读歌词是有益处的,因为像这样诵读歌词的时候儿童会把全部注意力都集中于发音的清晰这一点上。

　　练唱旋律　歌曲的旋律可以结合着歌词来练唱。在练唱的过程中,最好分别用ㄊㄚ、ㄌㄚ和ㄅㄚ等音来练唱歌曲的旋律,这样可使儿童全部的注意力集中于记住旋律和保持歌声的纯净这几方面。教师自己唱这首歌曲,把它弹奏出来,并改正学生唱错的地方。教师应当用较多的时间来练唱第一个乐句;因为如果第一个乐句教得正确,那么往后再教下去就容易得多了。

歌曲范唱时用原来规定的速度,但在练唱的时候,则用缓慢的速度,因为这样可使儿童的注意力集中于音的准确和音的性质上。如果在练唱歌曲的时候,就用歌曲演唱时所应当用的那种速度来唱,那么儿童可能会唱得不精确而又草率。

如果发现儿童唱得不正确,应当立刻使他们停止歌唱,指出他们唱错的地方,并告诉他们应如何改正这错误。但是只限于指示儿童还是不够的,应当设法使儿童实现教师的指示,并改掉错误。

练唱个别的音调时,应当指示儿童:在这里,这个音要唱得高一些,而在这里要唱得低一些。如果儿童在唱歌时把节奏型给唱错了,可以用拍掌的方式把节奏型拍出来。

乐谱的运用是极有助于歌曲的练唱的。我们应使儿童把他们在识谱练习中所学到的那些基本知识,从最初练唱歌曲的时候起就加以应用,这样可以帮助他们更好地理解歌曲和记住歌曲。

简短的民歌或儿童歌曲,可以把乐谱全部抄在黑板上。教师为儿童演唱新歌曲时,要一边指着黑板上所写的乐谱。看乐谱可以帮助儿童去探索旋律的向上或向下的进行和理解歌曲的节奏型。通过视觉而得的记忆将有助于巩固所要练唱的旋律。在某些情况之下,可以不必把全部旋律都抄上黑板,而只须抄出其中短短的一段就行。例如,当我们遇到两个相同的乐句有两种不同的结尾时,利用记谱法对此是大有帮助的。

仔细地教会第一节歌词是非常重要的。往后的几节只是把歌词改变一下而已,但也应根据歌词的内容使演唱多样化起来。

在每节歌词很短的歌曲中,不能只限于练唱第一节歌词,因为这样儿童是会感到不够满足的。最好是教会两三节歌词(如教唱歌曲《田野里有一株小白桦》或《山上有一株红莓花》时就应这样)。但是像《熊为什么在冬天睡觉》那样的歌曲,一堂课的时间教唱一节歌词就已十分够了。

练唱歌曲的方法可视歌曲的结构而有所不同。例如在带有很多节歌词和正歌的歌曲中,开头可以只教儿童唱副歌。教师唱正歌,儿童接着唱副歌。这样,儿童将会不知不觉地记住正歌的旋律和一部分歌词,便能更快地学会全曲。

我们要让儿童把他们在上一课所学会的东西在下一课上再加以复习,然后再继续学下去。在儿童开始复习歌曲之前,教师应先把所要复习的歌曲作一番提示,并把歌曲的旋律和歌词重新唱一遍。教师可以提醒儿童,在歌曲中有哪些地方以前没有唱好,并告诉他们应如何去唱好它,务使儿童集中注意于这些地方。甚至可以从这些难唱的地方开始复习。

实际经验证明:儿童虽然常能学会唱好歌曲中个别难唱的地方,并改掉其中的错误,但是当他们唱整首歌曲或整节歌词的时候,还是会把那些难唱的地方唱错的,正像他们练熟这些个别难唱的地方之前一样。因此,我们教会儿童个别地唱好歌曲中那些难唱的地方之后,要结合着上一乐句来练唱它;或者提早暗示儿童,使他们特别留心这些难唱的地方。

各种教学法　在练唱歌曲的时候,必须多次地反复练唱旋律。如果旋律是简易的,儿童很快地就能记住它,但是要想一下子就能唱得完全正确、纯净,并把演唱上一切必要的色彩都表现出来,却是非常困难的。即使是最简单的歌曲,也必须下一番功夫去练习。良好的演唱必须通过坚持不懈的、细心的训练才可能获到。

　　同一个乐句,同一段旋律,或者甚至于同一个音,往往需要反复若干次地练唱。进行反复练习时,如果搞得不妥善的话,将会使儿童感到烦累不堪,因而也将使得这种练习成为不大适当的了。我们常可听到教师这样说:"再唱一遍。"儿童们再唱了,但是教师还是不满意。"你们唱得不好,要唱得好一些,我们再唱一遍。"像这样的反复练习是会使儿童厌烦的,而且也不可能获得必需的效果。照例我们在每一次反复练唱歌曲的时候,应当使儿童认识到他们所以要反复唱它的原因,要为儿童定下某一确定的任务。这样,这种反复的练习才会变为目标明确的、有意义的和有趣味的,同时儿童也会乐意地再三去复唱它。儿童感觉到一次比一次唱得更好了,他们知道为什么会好起来,而这样就会使全部教学过程都成为自觉的、活跃的和积极的。

　　以下是某些教师的经验中的一些实例。儿童复习他们在上一课中学会的歌曲。唱完了第一节歌词。教师说:"好的,但是如果有谁听到了我们的歌唱,其中有些字他们是听不出来的。再唱一遍,我来给你们指出,哪些字还唱得不清楚。"如有必要,教师可作提示:要怎样唱才能使歌词明晰地听得出来。很明显地,在这之后儿童的全部注意力都会集中于语音的明晰上,而他们也将会在这一方面把歌曲唱得更好。

　　如果有哪一个字还唱得不清楚,只要让儿童反复练唱这一个字,然后再练唱包含有这一个字的乐句,不必让儿童反复练唱全曲。

　　教师可指出:方才大家唱得有些粗糙、刺耳,唱歌要唱得柔和一些,即所谓令人听了感到"舒服",而不刺激他们的听觉。我们设想,儿童已经唱得较为好些了。这时候,教师要称赞他们一番,因为这样是能鼓励儿童的。"现在差不多已经全部唱得很好了,只是还有某一个人的声音还有些突出。要知道,在合唱的时候,所有的声音都应当融合为一,就像只有一个人唱歌那样,合唱的美就在这里。再唱吧,我来听听看,是不是还有什么人的声音突出来,大家也彼此好好地听一听。"或者这样说:"现在我们轻轻地唱,仿佛歌声是从远处传来一样。"练习唱歌的时候,可以不必让全班学生都唱,而让其中一组儿童先唱,然后再让另一组儿童唱,把这两组的歌唱作一比较,指出哪一组唱得比较好,并说明原因。

我们不一定要在唱歌之前给儿童提示,可以在唱歌的时候改正他们唱错的地方,用他们早已熟悉的手势来提醒或暗示他们。例如:如果合唱的声音低了,可以用手向上举的动作来给儿童提示;如果应唱得轻一些,可以把手指头放到嘴唇上去;如果要得到良好的语音,教师可以夸张地、但同时又是无声地作出发母音时的口型;如果需要把音延得更长,可以用手做出平稳而缓慢地向一旁移动的动作来表示。在唱歌练习的过程中应用类似的指示,可以节省练习的时间,并且可以避免那些无益的反复练习。

不要太常在唱歌的中途使儿童停歇下来,因为这样会使儿童扫兴。他们希望能从头到尾地唱完整个曲子,我们应当记住这一点。

常有这样的情形:儿童对一首还需要继续练唱的歌曲却开始感到厌倦了。在这种情况之下,可以把它暂时搁置下来,过一些时候再去复习它。那时候儿童可能会更乐意地去唱它,并把它唱得更好。

唱歌之前必须使课堂里完全肃静,使儿童能聚精会神地集中注意力准备唱歌。没有这种事前的准备,就不可能有良好的歌唱。这在训练声音、训练轻声的歌唱和纯净的音调时尤为重要。在进行需要集中而紧张的听觉的工作的时候,教师自己说话的声音也要轻一些。我们可以采用以下这种方法使教室里肃静,例如,可以对学生这样说:"小朋友们,现在我们就要开始唱歌啦。我们需要使教室里肃静,静待使那些走过走廊的人以为我们教室里一个人也没有。"教师自己从座位上走到一边去,装做谛听的样子,然后轻轻地走回座位上来,就开始唱歌。

唱歌训练的全部过程都应当是能使儿童感到兴趣的。必须生动而坚毅地来练唱歌曲。我们对儿童说明,为了使歌曲唱得好,必须在歌曲的练唱中多下功夫;不下苦功是任何事情也做不好的。应当培养儿童耐心地工作的能力,但是我们绝不可滥用它。唱歌课必须是充满情感的,是有声有色的。

二部合唱曲的练唱过程比单声部歌曲的练唱更为复杂。在练习二部合唱时必须使每一个声部都唱得稳定而坚决,并保持住两声部间的均衡。

教师先把歌曲中的主要的旋律唱给儿童听;这主要的旋律大都就是第一个声部的旋律。然后把两个声部的旋律都弹奏出来。如果没有乐器,教师要分别地唱出每一声部的旋律,然后开始练唱歌曲。

练唱二部合唱曲最好先从作为主要声部的第一个声部开始。在某些情况之下,如果唱第二个声部的儿童在二部合唱中觉得难于胜任时,可以先从第二个声部开始练唱。这样做是为了使那些唱第二个声部的儿童不至于搞乱他们自己所唱的旋律,也不至于跟着人家唱那较为明显且易于记住的第一个声部的旋律。但是无论在哪一种情况之下,教师都必须随伴着奏出或唱出另一声部的旋律,好让儿童听出和声以及两个声部之间的关系,使他们感到自己的声部是整个歌曲的一部分。

我们不应长时间接连不断地练唱一个声部的旋律。应当尽快地也练唱另一声部的旋律,使两个声部按次序地轮流练唱,并把两个声部结合起来练唱歌曲中短短的一些片段。必须记住:当某一声部在练唱时,另一声部只能在那里听着,这种比较消极的情况,对儿童——特别是幼年儿童说来是不应拖得太长久的。所以在练唱由正歌和副歌两个部分组成的简单的民歌时，开头应当教每一个声部都唱好正歌部分，其次，使他们合在一起唱，最后才教副歌。

练唱二部合唱曲的时候必须注意到声部的均衡，不要使任何一个声部突出来。

我们试以民歌《乡村姑娘种亚麻》为例。

教师先把整个曲子都唱给儿童听，并极扼要地对儿童说明歌曲的内容：姑娘们在田野里干活，播种亚麻，锄除野草；这时来了一个年青小伙子，他踩坏了亚麻，还把它抛到小河里去。但是这条小河好像是在生那小伙子的气，不肯接受亚麻，反把它冲回岸边来。应当对儿童们说明，这是一首古老的民歌。

这首歌曲的旋律是由正歌（歌词"乡村姑娘种亚麻"一句反复两遍）和副歌（"拉达拉达种亚麻"一句也反复两遍）组成的。正歌和副歌的结合构成了一节歌词。这首歌曲有若干节歌词。每一节歌词各不相同，但旋律都是一样的。像这样的歌曲叫做分节歌。

在这一首歌曲中儿童常会唱错的地方是：第一，十六分音符唱得不够清楚；第二，把正歌中第二乐句的结尾部分唱得跟第一乐句一样，即把"亚麻"的"麻"字唱成两个音。

应当提早暗示儿童，使他们注意这不同的结尾，并指出这两个结尾部分的不同之处，然后要他们唱出第一个和第二个结尾部分。至于节奏型方面，在这些情况之下，我们最好用拍手的方式拍出节奏型来，并用ㄊㄚ或ㄋㄚ音来练唱旋律，唱时使每一个旋律音都配上一个字。

练唱这一首歌曲的正歌时，要先练唱其中的一个声部，然后再练唱另一声部，最后使两个声部合在一起。接着也用同样的方法来练唱副歌。练唱歌曲中某一声部时,要使另一声部的儿童静听他们的歌唱;因为教师对某一声部所作的指导,时常也是与另一声部有关的。例如,在这一首歌曲中我们差不多时常会注意到儿童的语音是否清晰这一方面,而这一点对两个声部说来都是有关系的。

如果儿童在练唱歌曲之前已经熟悉记谱法,那么可以用乐谱把所要练唱的旋律记写在黑板上,并指出旋律的进行和它的节奏型,这样做对学生说来是很有益处的。

个别的唱歌技巧的训练最后应当综合在通过思考的和富有表情的演唱中。

在儿童的演唱中表达歌曲的内容及其特性——这是唱歌教学中最重要的一个任务。

儿童歌曲的选择　为儿童选择歌曲或演唱节目,应经过严格而周密的考虑,因为练唱歌曲的成功与否,是与此大有关系的。

我们教儿童练唱的歌曲,应当是有艺术价值的,能对听众起作用,能感动和激发听众的。为儿童选择歌曲应有确定的思想方针。我们应当时常想到我们的主要的教育任务——我们的学生的共产主义教育。通过苏联作曲家的歌曲,学生可以认识到苏联人民所赖以生活的思想和感情。这些歌曲展示着现实生活中的动人的景象,并表现由于共同的志望而联系起来的苏联人民的团结一致。

一年级的学生唱着描绘以下的景象的歌曲:儿童们将去参加十月大检阅,那时候飞行员将从天空中望下来看他们,他们也就对飞行员挥起小旗。儿童们想象自己是这一个全国人民共同的节日的参加者(《飞机》,亚历山大罗夫作曲)。

第二学年终了的时候,儿童就已学唱《苏联国歌》,这首歌曲的伟大和庄严的力量使儿童们充满了骄傲。这一年级的学生也练唱亲切而纯朴的歌曲:他们在草原上采集了一束束美丽的花朵,把它献给最亲爱的人——斯大林同志(《礼物》,劳赫维尔盖尔作曲)。

三年级和四年级的学生练唱和听赏关于儿童园艺家、少年米丘林式工作者、少年旅行家和少年地理学家的歌曲。这些班级的学生们还学唱关于和平的歌曲,并听赏教师演唱这类歌曲。

教师应使他的学生熟悉俄罗斯民歌。人民的诗与音乐的天才在民歌中表现了出来。民歌的特征是:内容深刻,富有表情,单纯朴素。教师应指明民歌的内容的多样性。列入教学大纲中的歌曲有悠长的(例如《夜莺,不要飞去!》)、催眠的(如《小猫》)和舞蹈的(如《红莓花》)等类型。

各兄弟共和国民族的歌曲培养了儿童对苏联各民族的敬爱和友谊。

熟悉易解的古典作品,能提高儿童的一般音乐文化水平,并发展儿童的音乐艺术鉴赏力。

给儿童练唱的歌曲必须多样化。这一点是很重要的,因为我们是在培养全面发展的人——这些人对那最多样的生活现象必须能敏感地反应,他们必须能感受忧愁、快乐、温柔和英勇的热忱。

我们所选择的歌曲应当是该班级儿童力所能胜的。困难常是多方面的。例如,有些歌曲给儿童演唱也许是过于复杂或不适宜的,因为在这些歌曲中可能遇到一些太高或太低的音。在这种情形之下,我们可以用这样的方法来补救,即把歌曲移到另一调上,这通常是移低一点。

在音调和旋律进行方面,也可能遇到困难。例如,旋律中连续的半音进行对幼年儿童说来是不容易唱的。

歌曲的歌词应当是儿童易了解和接近的,只有在这种情况之下,儿童才可能唱得富有意义和表情。

我们在学校里练唱的歌曲最好是能使儿童喜爱的。这一点非常重要,因为这样可以使儿童喜爱音乐——包括唱歌在内。儿童唱他们所喜爱的歌曲的时候,是情绪热烈、津津有味且兴高采烈的。

并不是每一首儿童所喜爱的歌曲(即使是易于了解的歌曲)都适于作为学校中的练唱材料。我们不应当迎合儿童的趣味来选择歌曲。良好的趣味是在儿童的一般发展及其文化水平的提高等方面的努力的结果。儿童对良好的音乐的兴趣并不是一下子就能培养起来,而是需要长时间来培养的。因此,我们要竭力设法教儿童学唱他所喜爱的歌曲,但是同时我们也应当记住并考虑到我们给自己定下的艺术上和教育上的任务。我们所选择的歌曲应当符合于以上所指出的各项要求。

有时候儿童对那些有价值的和有益的、适于练得某种技巧的歌曲,在开始练唱时却表示冷淡。这种情形不应阻碍教师的工作,首先因为"在学习中,并不是所有的东西都有趣味,一定有,而且也应该有一些东西是枯燥的"(乌申斯基)。除此之外,也常有这样的情形,有些歌曲在开始练唱时不受欢迎,要等到儿童唱得较熟的时候,他们才开始喜欢它。

我们为任一班级的儿童选择歌曲时,必须注意保证儿童唱歌技巧的循序渐进的有系统的发展。

为了练习悠长而流畅的歌唱,我们在一年级和二年级里采用像李亚多夫改编的《摇篮曲》那一类的歌曲,而在三年级里采用舍赫捷尔的《少先队员的理想》。为了练习语言,我们在低年级里教唱民歌《我走,我出去》,而在高年级里教唱契切林娜的《小溪》等曲。

音乐作品的欣赏

提高儿童一般的音乐文化和扩大儿童的音乐视野,是学校音乐教育的重要任务之一。实现这个任务的极为有效的方法,就是让儿童欣赏音乐作品,对儿童叙说音乐作品的内容、音乐的表现手段和作曲家等。儿童非常喜欢欣赏音乐,而这种上课方式会使唱歌课多样化且富有生气,并使唱歌课成为更有内容、更丰富多彩和更富有感情的。欣赏音乐能促进儿童对音乐的感受力的发展,培养儿童对音乐的爱好和兴趣,并可帮助造就有文化素养的听众。

儿童所欣赏的音乐必须符合于和他们所练唱的歌曲一样的要求。音乐作品是否容易被接受,首先取决于它的内容,取决于它的主题是否接近儿童的兴趣。

对于幼年儿童说来,音乐作品是否能被接受,也决定于它的演唱时间和内容。经验证明,低年级的儿童只有在欣赏那些演奏时间不超过一分钟或最多一分半钟的简短的乐曲或歌曲时才能集中注意。逐渐地儿童集中注意的程度扩大了,他们也就养成了欣赏较长的乐曲的能力。

经验证明,在器乐曲中那些舞蹈性的乐曲(进行曲包括在内)、描写性的乐曲以及具有歌曲风并带有简单、明晰而容易记忆的旋律的乐曲,是最容易被接受的。

柴科夫斯基的《儿童钢琴曲集》就是根据这些原则写成的。在这钢琴曲集中有舞蹈性的乐曲(波尔卡舞曲、圆舞曲和马祖卡舞曲)、描写性的乐曲(《云雀》和《玩木马》)和具有歌曲风的乐曲(《古法兰西之歌》和《那不勒斯之歌》)等等。所有以上指出的乐曲都是简短的,而其主题又都是与儿童的兴趣有关的。

三年级和四年级的欣赏教材的范围较广,内容也较复杂。在一年级和二年级时教师主要地教儿童熟悉那些专为儿童而写的音乐作品;而在三年级和四年级的教学大纲中也采用了一些为成人而写的音乐作品。

儿童在低年级时欣赏柴科夫斯基的《儿童钢琴曲集》中的一些乐曲;在三年级和四年级时他们也欣赏柴科夫斯基的芭蕾舞剧或歌剧中的一些选曲以及某些钢琴作品。

我们应当对儿童讲解音乐作品的各种不同的类型,音乐作品的结构,音乐的表现手段,旋律和伴奏等。我们要使儿童认识某些杰出的作曲家的生活;要联系音乐作品而授给儿童所有这些知识和技巧,并以音乐作品来加以补充和说明。

音乐的解说   除开教材的选择之外,教师为所要欣赏的作品而作的解说,是具有很大的意义的。音乐的解说能使听者获得一般的音乐知识,能帮助听者领会所要欣赏的作品,使他们领会得更加鲜明而深刻。音乐的解说就应能引起听者对所要欣赏的音乐的兴趣,使听者能集中注意地欣赏。

必须记住:音乐的解说应当简短,不可使解说多于欣赏。重要的是发展儿童的观察力,发展他们对所欣赏的音乐的关心和自觉的态度,但同时也不应妨碍他们的直接的感受。要记住:儿童由于获得了音乐知识和技巧的结果,他们就应该喜爱音乐,欣赏音乐应当使他们感到愉快。

在我们的教学实践中,教师的解说的缺点有时候不但是在于讲得太噜苏,而且也在于他企图臆想作品的内容——没有足够的根据,也没有作曲者的指示而去幻想作品的内容。在解说器乐曲——主要是描写性的器乐曲时,常有这种情形发生。这种情形时常会使解说变成拙劣而简陋,有时候且会歪曲作曲者的意图。

如果音乐作品的总的性质表现得很明显,那我们就可以给儿童们讲解这作品的总的性质;如果在这作品中作曲者的意图也表达得明显而易解,那么我们还要向儿童说明作曲者是怎样表达他的意图的。

例如,我们为儿童唱一首摇篮曲。首先我们应当讲解《摇篮曲》这一个名称的意义,然后再根据这个意义去阐明这首歌曲的性质——是一首宁静、温柔而亲切的歌曲。作曲家怎么会写得这样的呢？我们就对儿童说明,这是因为这个旋律写得流畅、比较缓慢而宁静的缘故。这一番有儿童热烈地参加的简短的谈话,可以在演唱前或演唱后进行。例如关于《摇篮曲》的性质的说明可以在范唱之前进行,而有关它的表现手段的说明则应在范唱之后进行。可以单独弹奏伴奏部分,也可以单独弹奏或演唱旋律,然后再把全曲从头到尾演唱一遍。

儿童一般是很喜爱柴科夫斯基的《儿童钢琴曲集》中的《古法兰西之歌》的,但是当他们开始听的时候,有时对这首乐曲却表示十分冷淡。我们要对他们讲述:柴科夫斯基很喜欢游历,也曾在法国住过,在那里他听到了一首古老的法兰西歌曲,他非常喜爱这首歌曲,就把它记录下来,后来并把它编在他的《儿童钢琴曲集》中。后来柴科夫斯基又把这个旋律应用在他的歌剧中(《奥列昂少女》)。这首歌曲是宁静、谐和而略带忧郁的。

像这样的解说能起一种"推动"的作用,它能使儿童的注意力集中于乐曲上,使儿童的想象力活跃起来,并使他们带着更大的兴趣去欣赏音乐。

在欣赏声乐曲的时候,我们要使儿童不仅注意到旋律,而且也注意到伴奏的作用(例如《摇篮曲》中的轻盈的摇荡,卡林尼科夫的歌曲《篱笆》中的配合歌词的描写,和歌曲《我走,我出去》中对某一种民间乐器的模仿)。

在分析音乐作品、阐释并认识音乐语言的个别要素及其表情作用的时候,应用比较和对照的方法是很有价值的。例如我们让一年级的儿童听一首愉快的舞曲。问他们:像这样的音乐是怎么样写成的呢? 如果我们用缓慢的速度来弹奏或演唱这首舞曲,是否能得到这种愉快的效果呢? 如果我们用十分低微的声音来演唱,是否也能得到那样愉快的效果呢? 如果我们改变它的伴奏又怎样呢? 等等。

这样,我们就得出了结论:这些表现手段并不是偶然的;为了要达到作曲家所希望的那样,这些手段也都是必需的。

对照性的比较能帮助我们更好、更清楚也更明显地去了解现象。例如我们把进行曲、歌曲和舞曲作一比较。起先可选用对此很明显的例证来作比较,而后来则用较为近似的、相差微细的例证,这样,我们就发展了儿童的音乐感受力、思考力和观察力。

我们要使小学里的儿童熟悉柴科夫斯基、格林卡、李姆斯基-柯萨科夫、格利格、莫差特和某些苏联作曲家的一些作品。我们让儿童看这些作曲家的画像,并对儿童讲述他们的生活中的一些突出的、容易记住的、有教益的事件。儿童对作曲家的个性感到兴趣之后,毫无疑义地就会希望更多地了解这位作曲家,更多地欣赏他的其他作品。儿童从收音机里听到他们所熟悉的作曲家的名字时,他们就会对所演奏的乐曲发生兴趣,并会回想起他们在课堂里已经听过的那些乐曲来。

我们已经说过,在学校中儿童应当积累音乐方面的知识,应当熟悉一些声乐作品,并尽可能去熟悉一些器乐作品。儿童要记住这些乐曲,要能认得出它们,并在心里把它们复唱出来。

　　在上课的时候,我们偶尔演奏一些用来说明某种音乐理论的音乐作品。在这种情形之下,我们的目的并不是要儿童记住它和掌握它。例如按照教学大纲的规定,我们要使一年级的儿童熟悉进行曲式的歌曲。我们让儿童听各种类型的歌曲,包括儿童熟悉的和不熟悉的,然后要他们判定这些歌曲中哪些是进行曲式的。这些歌曲可以都只弹奏一遍。

　　因此,欣赏教材可以分为两大类:第一类是基本教材——就是教学大纲中所规定的必须掌握的那些音乐作品;第二类是有例证作用的教材——仿佛是一种帮助学生巩固并学会音乐理论的概念的补充教材。

　　为了使儿童记住基本的音乐作品,要常常在这一课和在以下的课上反复地欣赏它。熟悉的音乐比较容易听,学生越听得多,就越乐意且越完善地领会并记住其中的细节,而音乐本身也就越来越令人喜爱了。

　　教师不应担心这种反复的欣赏会妨碍往后的工作,也不应担心音乐的印象积累得太少。给儿童欣赏的乐曲最好要少些,但要常常反复地欣赏。儿童除了欣赏新的作品,也常常自动要求欣赏那些已经听熟的作品。

　　起先,当儿童还不喜欢,而且也还没有好好地熟悉歌曲或乐曲的时候,为使这种反复的欣赏不至于令人厌烦,最好每一次都能从一个新的角度来欣赏作品,使儿童注意到作品的各个不同的方面。例如,在第一次欣赏时使儿童注意作品的一般性质,而在另一次则注意其伴奏;然后注意各部分的更换,注意正歌和副歌,注意每一个部分的特征等等。这样,次数频繁的反复的欣赏,应当成为熟悉音乐作品的教学工作的基础。

　　必须使学生习惯于十分肃静地欣赏音乐。如果教室里的肃静的气氛即使是稍微有一点儿被扰乱,教师也应当立即停止歌唱或演奏。从第一次上课的时候开始,儿童就应当把这当作一种严格的规则去遵守。应当对儿童说明,如果有人打扰了表演者,他就很难,甚至于不可能演唱或演奏。在音乐家——歌唱家、提琴家、钢琴家或整个管弦乐队——上台表演的音乐会上,常有很多听众,他们都很肃静地倾听音乐,甚至于一个人也不动。

这种习惯的养成具有很重大的教育意义。它能培养儿童的坚毅精神,使儿童习惯于尊重表演者。

留声机和收音机的运用　在学校中,留声机和精选的唱片可以多多地采用;因为借此我们就能保证所欣赏的音乐作品的表演的优良质量,并可借以说明管弦乐、歌唱家的各种声部的歌声和各种乐器。

收音机在儿童音乐教育中能起巨大的作用。专为儿童广播的节目和一般的音乐广播节目中的个别节目,往往长久地在儿童的记忆中留下深刻的印象。但是这绝非经常如此。许多没有音乐素养的儿童是不可能适当地领会这一类的无线电广播的。应当指点儿童所应注意的东西,帮助他们收听无线电广播的音乐,那时他们才会自动地对无线电广播发生兴趣,他们也就会叙述他们收听到些什么,他们喜爱哪些音乐作品等等。当我们介绍某一作曲家的时候,我们可以问问儿童:是否在收音机中听说过这位作曲家,是否在收音机中听到过演奏这位作曲家的某些作品。在我们这番问话之后,儿童自然地就会去注意这些方面了。当我们讲到歌唱中的语音时,我们可以这样说:听到歌唱者或合唱队把歌词唱得不清楚的时候是很不愉快的,我们劝这些人多去听听收音机中的歌唱者的歌唱,他们可唱得多么清楚啊……

小学的唱歌课

唱歌课的组织　唱歌课的教学过程是否能获得成功,在相当大的程度上得视唱歌课的组织和进行是否正确而定。

一般的学校是在原教室里上唱歌课的,而在有钢琴的学校里,则在放置钢琴的专设的音乐教室或大厅里上课。儿童排队进教室上课;当一年级和二年级的儿童进教室时,最好由教师弹奏进行曲。

每一个学生都应当有他自己的固定座位。第一个声部坐在一边(最好是左边),第二个声部坐在另一边。所有的学生的座位都应当是教师能看得到的。儿童的座位要安排得合理:要让那些听觉的发展较弱的儿童坐近些,并在他们当中安插上一些听觉和嗓子都较好的儿童;他们将会帮助那些能力较差的儿童,并将作为他们学习上的榜样。如果学校里有平台钢琴,可使儿童坐在钢琴的周围;如果只有竖形钢琴,则不应使儿童坐在教师的背后,要使他们坐在钢琴的旁边,坐成三行或四行,让教师能看得到所有的儿童。

在完全没有乐器设备的学校里,教师用他自己的歌声来教儿童唱歌。这样是较难于进行工作的,但是绝不是说工作就不可能进行。很多教师在有系统的审慎的工作中,虽没有乐器也获得了很好的效果。

唱歌课上应备有一些教学用具。最好准备一些关于识谱法和歌曲的拼图。这应购置一些伟大的作曲家——首先是俄罗斯作曲家——的画像。谁都知道,要上课就必须有一块黑板,没有黑板就不可能教儿童识谱。学校里最好还要备一个留声机和一些特选的唱片、一些乐谱和一些为儿童而写的有关音乐和伟大的音乐家的书籍。

唱歌课的进行 唱歌教学应当是易被接受的;教师应考虑到儿童的年龄、他们的可能性和兴趣。例如,如果我们常常给儿童唱些过于难唱的歌曲,那么我们就不可能获得演唱上必需的质量。如果我们老是教儿童唱些过于简易的、不需要克服任何困难的歌曲,那么我们就很少可能使儿童学到什么东西,而且他们对这些歌曲也将不感兴趣。

我们要逐渐地、循序渐进地、有系统地用越来越复杂的教材来培养学生的唱歌技巧。如果我们忽略了技巧练习的整个链条中的任何一个环节,那就会使以后各个环节的练习发生困难,而儿童对往后的教材的掌握就不稳固。可是知识的巩固却是最重要的教学原则之一。

往往有一些缺乏经验的教师,他们没有先检查过,是不是所有的儿童对教材(例如谱表上的音的配置等)的理解都已够稳固,就管自往后教下去,而后来却又对儿童所作的错误的答案感到诧异。例如,教师在课堂上教会了一首二部合唱曲,儿童已经正确地唱出这首歌曲。但是在以后的课上,教师却没有个别地检查每一声部是否都还能唱得正确,这样,儿童的歌唱就变得不纯净,第二个声部在某些地方和第一个声部混杂起来了。

教儿童唱歌时,我们应用直观教学的原则。教师亲自示范,告诉学生应当怎样唱,并在解释识谱方面的某种现象时,引用一些熟悉的歌曲来作为例证。一切音乐知识都是以学生的音乐概念为依据的。

儿童在唱歌课上所获得的知识,要随时把它运用到唱歌上去。例如教会儿童分辨音的高低,使儿童熟悉了某些乐音的记录法之后,我们应在这当儿把这些知识应用到抄在黑板上的歌曲上去。我们在发声练习中,或在练得某种唱歌技巧时,要立即把该技巧运用到歌曲的演唱中去。

如果儿童所学得的知识不是形式上的,也不是抽象的,而是儿童所能理解和意识到的听觉上的印象的结果,他们就能把这些知识运用到实践中去。

　　我们常可遇到这样一种现象:儿童知道音符的名称,但是不会自己看乐谱唱歌。这是因为他们是机械地学会这些音符的,他们没有去听,也没有十分清楚地去想象这些音符之间的对比关系。同样地在音程方面的学习也常是如此:儿童能"认得"音程,也就是说,他们能说出怎样从某一音上构成三度音程,但是不会唱这个音程,也不会凭听觉去辨认它——教师往往对这种情况感到满足。其实诸如此类的知识几乎全是无用的;而且这种脱离音乐的、不切合实际的知识,是不能引起儿童的兴趣的。

　　儿童越有意识地、越积极地去接受他们所学习的东西,则他们所获得的知识和技巧将会带给他们越大的益处,而且这些知识和技巧所起的作用也将越大。教师的任务在于:使儿童了解歌曲的思想内容和形式,并给儿童指出可能有的各种不同的唱法。教师应启发儿童参加讨论,引导他们得出正确的结论。这样,儿童就可以积极地参加工作,就像同教师一道创作一样,而不仅仅是执行教师的指示而已。应用这种建立在儿童的主动性和积极性的基础上的教学法,儿童的歌唱就能变为生动、真挚而令人神往的了。

　　儿童自己看着乐谱,认出他们所熟悉的歌曲。在欣赏音乐作品时,他们把它和别的作品相比较,并说出自己所得到的印象。

　　唱歌教师应力求使每一堂唱歌课都成为内容丰富和充满感情的。

　　周密地考虑唱歌课的内容和应用多样化的教学方法,就可以达到这个目的。运用丰富的例证、方式和比较,联系儿童的活生生的经验,联系周围的生活等,都能促使唱歌课富有趣味而引人入胜。课程进行的速度——生动而充满精力的,但同时是不太快也不匆促的速度——对这一方面也有帮助。在这样富有内容的和有充分准备的课上很容易建立起课堂纪律;没有这种纪律,就不可能顺利地进行教学工作。

必须教儿童常常看着教师,留心他的指示,并教所有的学生在唱歌时都望着教师。应当使学生习惯于在教师要他们停止唱歌的时候就立即停止下来。

唱歌课的教育工作　唱歌课具有进行教育工作的广大可能性。正如前面已经说过的,唱歌教材及其思想方针能促进共产主义世界观的基础的形成,并能培养未来的共产主义社会建设者所必需的感情。教师的话,他对歌曲所作的说明,能帮助儿童窥见作品的意义和思想,并激发高尚的苏维埃爱国主义感情。

儿童欢欣地从教师那里得知:我们苏维埃的艺术是世界上最先进的艺术;它鼓舞着全世界的劳动者;优秀的苏维埃歌曲广泛地流传到世界各国。教师对他的学生讲述:在所有的国际音乐竞赛中,苏联的音乐家总是占据首位。教师说明获得这些成就的原因,他说:这是因为在我们的国家里具备着良好的条件,使有才能的人们得以学习和创作。

在合唱教学的过程中,具有培养学生的集体主义感情的广大可能性。儿童在领会和演唱歌曲时的那种共同的感情和体验,能促进他们的团结。除此之外,为了把歌曲唱得有表情、悦耳和有意义,所有参加合唱的人都必须非常准确而谐调地歌唱。每一个合唱队员所起的作用在这一点上是特别显而易见的:个别唱得不准确或唱得太响的学生都会破坏总的印象,妨碍集体的工作。教师很容易使他的学生了解:只有依靠大家共同一致的努力,才能胜利地达到总的目的。

在上唱歌课的时候,我们培养儿童一系列的文化方面的才能(例如欣赏音乐的能力),并教育儿童尊重歌唱家、演奏家、作曲家和指挥家的劳动。

教师要培养儿童苦修苦练的习惯,使他们习惯于不屈不挠地力求获得演唱上的最高质量,坚持不懈地把工作进行到底。我们对儿童说:这样做不仅是为了尊重我们所练唱的歌曲的作者,而且也是为了尊重听众。

工作的计划和总结　　正如任何一门功课一样,唱歌课的每一课也应有精细的计划。应当先拟好课堂上所应做的一切,并适当地支配好时间。必须很好地掌握全部教材,尽可能地预料到那些可能遇到的困难,并考虑克服这些困难的方法。应当挑选一些有助于练唱歌曲的练习和一些能帮助理解识谱法中的某些问题的例子。

除此之外,还必须拟定:用什么作为课程的中心,要复习哪些旧的功课,准备上哪些新的功课。

唱歌课中的各部分都应尽可能保持相互间的联系。如果在识谱方面讲解了某些新的东西,例如强拍和弱拍、拍子等,那么就得在这一课上所唱的和所听的作品中巩固它,这是非常重要的。

唱歌课大都是混合式的,即在课上既教新课,又巩固知识和技巧,并且复习以前各课所学习的东西。由于唱歌课每星期只有一课,因此大都采用这种混合式的教学。如果不复习以前各课所学习的东西,儿童就很容易把以前教过的东西忘掉。

我们所要拟订的不但是一课的计划,而且是一学季和一学年的计划,这一点是很重要的。教师应当知道:按照教学大纲在学年终了的时候应当达到怎么样的一种结果,应当培养儿童哪些技巧,应当教会哪些歌曲,在识谱方面应当教会哪些东西,需要多少时间,等等。如能做到这一点,则所有的工作都将富有目的性,而不是模糊不清的,我们给儿童们上课也将较为容易,且能获得较好的效果。

教师应当知道全班学生是怎样掌握教材的,每一个学生又是怎样各别地掌握教材的。当全班学生看着乐谱唱歌,或是唱那些已经学会的歌曲时,教师就能看清楚学生们所掌握的知识和他们在唱歌方面的成就的一般现象。但是这还不够,重要的是个别地去了解每一个学生的情况。

有些教师在学年终了时分别为每一班上一堂总结课。在这种总结课上邀请别的教师和学校当局参加。儿童唱一年来所学的歌曲,回答教师提出的问题,总而言之,把一学年以来的成绩展览出来。这种实验是很有成效的。学生和教师都津津有味地准备上这一课。在这一年中所做的一切都得到了总结、审查,并达到一个结束。

学校合唱队

学校里的"学校合唱队"或"合唱小组",是一种最广泛的音乐课外活动。通常我们对这两种组织的概念总是分不清楚,其实这两者之间是有一些区别的。"合唱小组"以志愿参加为原则,而"学校合唱队"则是由教师送拔声音好的儿童组织而成的。应当允许那些虽然没有充分的天赋,但表示极愿参加合唱队唱歌的学生参加学校合唱队。像这样的学生,由于非常努力的学习,因而获得迅速而巨大的成就,而且在将来也不会落在其他同学的后面。

一个合唱队至少要有三四十人,最多不应超过七八十人。

合唱队主要是由三年级和四年级的学生组成的。这种年龄的儿童的声音比较响亮、有力。但是除此之外,同时也可以组织低年级儿童的合唱队。

　　教师在吸收学生参加合唱队时要考查每一个人的声音和听觉;学生应能正确地唱出他们所熟悉的歌曲。

　　考查学生的声音和听觉的同时,还应弄清楚学生适合于唱哪一声部——第一个声部或是第二个声部。这个问题可以从音的范围(音域)和音的色调(音色)两方面去解决。具有高的、轻快的和响亮的声音,且能自由地唱到小字二组的 e 或 f 音的学生,可确定为第一个声部。唱高音有困难的、但能自由且有把握地唱比较低的音(小字一组的 c 或 d 音)的学生,可确定为第二个声部。教师使学生唱高的和低的音,通常很快就可以确定他们的声部。遇有不易确定的情形时,教师多半是使学生(特别是听觉好的学生)加入第二个声部,因为第二个声部应该比较坚强有力。教师在往后再加以观察和反复考查,就能更准确地确定学生所属的声部。

　　教师在拟定合唱队的工作计划时,应把各种不同性质的、保证能给儿童充分而多样的音乐印象的歌曲列入练唱曲目中。例如,在曲目单上可以包括诺维科夫的《和平之歌》,波洛文金的《感谢》,阿连斯基的抒情歌曲《黄昏之歌》或《摇篮曲》,格列特利的谐谑歌曲《驴子和杜鹃》,舞曲《采浆果》或《我去,我出去》等等。

　　教师选择练唱用的歌曲时,也应注意到关于合唱队必须参加的朝会和节日集会的题材。

　　练唱曲目适宜这样编制:其中应包括一些较为复杂而需要用比较长的时间才能掌握的作品,同时又须包括一些较为简单而比较容易掌握的歌曲。为了使参加合唱队的儿童能积蓄起多量的歌曲,以便他们在课上和在家里歌唱起见,以上所述的较为简单易唱的歌曲是很需要的。但是那些较为复杂的歌曲也同样需要,因为合唱队在练唱这些歌曲时,需要克服种种困难,这样可以使他们进步得更快。儿童在一年之内可学唱十至十二首歌曲。

为了使唱歌练习具有足够多样的变化,教师可同时教儿童练唱性质不同的两首或三首歌曲。除此之外,也要经常复习那些已经学会的歌曲。

如果学生觉得他们的合唱队唱得好,觉得他们的合唱受到听众的欢迎,那么他们就会特别乐意地参加练唱。

学校合唱队一年之内的表演,不应超过三至四次。过多的表演会妨碍合唱队的有计划的工作,而且不能保证应有的演唱水平。合唱队表演时,可演唱四至五首内容不同的歌曲。

合唱队应仔细地准备演出。应当养成儿童对听众的责任感,并对合唱队的荣誉负责。应当也考虑到演出上的一些组织问题,预先排定合唱队的陈列,演习合唱队的进场和退场等等。表演应在稍带庄严的气氛中进行。

表演之后最好举行一次座谈会,谈谈哪些歌曲唱得好,哪些歌曲唱得不好,检查一下有哪些缺点,今后应如何清除这些缺点等。

识谱法教学

任务和内容　唱歌课的教学大纲要求学生学会很好地、通过思考地且富有表情地唱歌。为要做到这一点,必须使学生有意识地去对待他们所练唱的歌曲,使他们学会根据歌曲的内容和性质去理解歌曲,并使他们懂得记谱法。

　　我们对一年级的儿童已经可以提出这样的一个任务——让他们制定他们所唱的歌曲是进行曲式的、舞蹈性的还是悠长的(宁静的)，是愉快的还是忧伤的。在一年级的唱歌课中有符合于这些类型的歌曲。例如，亚历山大罗夫的歌曲《飞机》是一首进行曲，在这首歌曲中描写儿童去参加十月的节日大检阅。摇篮曲"小猫"是一首宁静的悠长的歌曲。歌曲《快乐的鹅》的名称本身就已确定了它的愉快的性质。

　　我们在一年级所唱的歌曲中的确找不到明朗的舞蹈性的歌曲，因为演唱这种非常活泼而生动的歌曲，对幼年儿童说来还是有困难的。但是教师可以为他们演唱像《我去，我出去》那样的歌曲。而让他们自己唱那些较为宁静的轮舞歌曲，例如《田野里有一株小白桦》。但是，儿童不仅能够从歌曲的内容了解到歌曲的一般性质，而且也懂得某些表现手段，如速度和强弱变化等。举个例说，他们毫无困难地都懂得：舞蹈的曲子要唱得快，而任何一首忧伤的歌曲都应唱得慢；雄壮的进行曲要唱得响，而摇篮曲则应唱得轻。

　　学生随着班级和学年的递升，就能歌唱和欣赏越来越复杂的、应用到更多样的表现手段的歌曲。不过，如果我们的音乐的听觉不发达，如果我们不能够听出和理解歌曲中的音阶的结构和节奏的结构以及旋律进行的方向等，那么我们就不可能理解音乐的各种表现手段。

　　没有很好地发展的听觉，就不可能深刻地领会音乐，也不可能准确地演唱音乐。

　　识谱法教学　　了解记谱法对领会音乐和演唱音乐有很大的帮助。看着乐谱唱歌能帮助我们有意识地去记住旋律；练唱歌曲的全部过程借此就能加速和简易化，而且可以更周详而牢固地记住歌曲。同样地，依靠乐谱的帮助，我们就能很容易地重新回忆起那些已经忘掉的歌曲。

　　但是教师应当记住,识谱方面的知识之所以重要,并不在于识谱法本身,而只在于它可以被用来作为更好地记住和演唱音乐的一种手段。因此,应当把发展听觉和理解记谱法这两方面的全部工作建立在与唱歌的直接联系上,并在儿童所曾听过且能理解的教材的基础上灌输给他们音乐知识。

　　一年级的教学工作　我们应当使一年级的儿童获得关于音的高度和长度的最初的概念。一年级的第一个学期,在识谱方面说来是一个全无知识的特殊时期。儿童只能凭听觉学唱歌,听教师演唱歌曲,并开始了解他们所听得的印象。实际经验证明,在一年级的第一学期是不适于教儿童识谱的。这时候我们还需要把他们导向识谱这一方面去。

　　正如我们所知道的,乐谱的记录表现出音的准确的高度和长度。应当使儿童在还不记识乐谱的时候就能清楚地想象到:音是有各种不同的高度的;并使他们理解:"高的"音和"低的"音的定义是怎样的。每一位教师都知道,儿童是能很好地听出低的音和高的音之间的差别的,但是不会为它们下定义。他们往往说:"钝的"音,"尖的"音。即使他们应用"高的"音或"低的"音的说法,也时常要弄错。同时,我们教儿童认识乐谱的时候,最重要的是告诉他们一种知识,那就是:比较"尖"的音就是指比较高的音。应当让他们知道,"尖"的音叫做高音,而"钝"的音叫做低音。

　　在"识谱法"一章中我们曾引用了列比科夫那首写在低音区中的乐曲《熊》。而柴科夫斯基的乐曲《云雀》则是写在高音区中的。这两个作品的形象能帮助儿童理解音的高度。我们绝不会把粗笨的熊的声音(在低音上)和那尖声地歌唱的云雀的声音(在高音上)连同起来。

　　应当使儿童尽可能多多注意音在高度上的差别,为此我们应采用各种不同的例证。人的声音,不论是说话声或唱歌声,都可以这样加以区别。总的说来,男声比女声低;在低而钝的男声(男低声)和高而明朗的女声(女高音)之间的差别最为显著。同一首歌曲,由嗓子不同的人来演唱,就含有各种不同的效果:有的较为浑钝,有的则较为清澈。如果教师在唱歌课上能利用某一种乐器,他可以把同样的一首歌曲用各种高度,在各个音组中来弹奏。这时候他应当使儿童注意到:歌曲的性质怎样随着演奏时所用的音区而发生变化。

为了检查儿童对以下这几个问题了解到什么程度,例如哪些音叫做高的音,哪些音叫做低的音,哪些音属于中音区等,我们可以做这样的练习:如果教师在高音区中弹奏歌曲,儿童应把手向上举起;如果在中音区中弹奏,应把手向前伸出;如果在低音区中弹奏,应把手垂下。儿童如能正确地做这样的练习,就表示他们已经有了音的高低的概念。这时候就可以转到下一个课题——掌握歌曲中的音的高度。起先,儿童辨别歌曲中的旋律进行的能力是很差的。他们觉察不出,也不能断定歌声是否保持在同一高度上,或是向上或向下进行。由于儿童对这方面的概念是模糊不清的,因此当他们唱错了旋律的时候,他们往往还不知道自己是唱错了。为了发展儿童关于音的高度方面的听觉概念,必须在唱歌的时候同时对他们指明旋律的进行。例如,教师在黑板上把他教儿童练唱的一首歌曲用所谓旋律图解法记录出来。

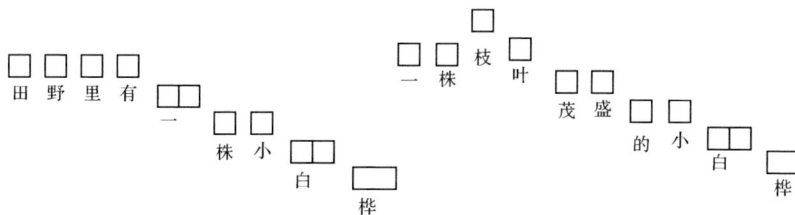

田　野　里　有　一　株　小　白　桦　一　株　枝　叶　茂盛　的　小　白　桦

　　教师应使儿童注意到：这首歌曲中的音时而升高,时而降低,时而保持在同一高度上；并使儿童注视着黑板上的旋律图解。所有的儿童都唱这首歌曲(或者唱其中的一段),而教师则用指挥棍指着黑板上的旋律图解,在这时候要使儿童的听觉与视觉联系起来。

　　在这旋律图解中不但显著地表明了音在高度上的对比关系,而且也表明了音在长度上的对比关系。这一点也应使儿童注意,因为准确地唱出延长的音,能促进练成演唱悠长的歌曲的技巧。

　　为了说明旋律的图解,可以应用识谱法挂图[1]；教师可以把这些挂画挂在黑板上。

　　教师可以模仿这种图解用手在空中画出旋律来。

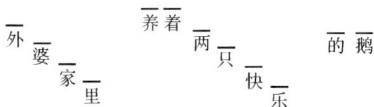

　　像这种用手来表明旋律型的方法,往后也应尽可能地多多运用。这种方法能帮助儿童养成对待歌曲的自觉态度,并能促进儿童的听觉概念的发展。

　　为了检查儿童对歌曲的旋律的概念究竟巩固到什么程度,可以在黑板上画出两首从前学过的歌曲的旋律图解,并说出黑板上所画的是哪两首歌曲,然后让儿童猜猜看,哪一首歌曲画在什么地方(《田野里有一株小白桦》画在什么地方,《笛子》画在什么地方)。

　　这个课题的实现将证实儿童的听觉概念的发展。

　　音高方面的训练的下一阶段,是理解关于音列,即关于按高低而排

────────────

　　〔1〕 鲁美尔:识谱法挂图(共十一图,附有供教师参考的用法说明),苏俄教育部国立教科书出版社,一九四九年版。

列的音的序列的概念。教师说明,如果连续地唱出一列音,这时候歌声就像是沿着扶梯一级级地上升似的。

音乐中的音分为七个不同的音级:C、D、E、F、G、A、B。继这七个音级之后的仍是这几个音级,但较前者为高。这时候最好是指着这些像梯级一样的音级,自下而上地或自上而下地唱出自 c_1,至 c_2 之间的音列,唱时要注意歌声的升高和音级的图解。

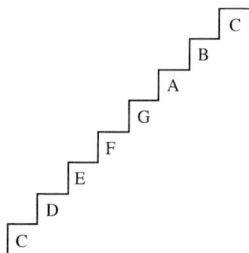

用这种方式来练唱音列,能帮助学生了解音级是什么样的东西。

不过,往往最好练唱音列中的个别片段,唱时从中间一音(基础音)开始,这样比较容易些。

音列　我们可以从 G 音开始,唱出下行的音列:G、F、E、D、C,和上行的音列:G、A、B、C。

如果学生还不认识乐谱,可以利用这种音级的图解来练唱短短的一段旋律。教师用指挥棍指着学生所要唱的音级。遇到某一音级需要反复时,教师就按其节奏两次指着这同一的音级。

举例如下:

1.G—F—E—D—C(都用四分音符,最后一音加以延长);

2.G—G—F—E—E—D—C(G 和 E 用八分音符);

3.G—F—E—D,G—G—F—E—D(G 用八分音符)。

最后的一个例子就是歌曲《跳呀跳》。练唱以上这些旋律时,我们也可以用手的动作来表明音的高低。儿童自己也可以做这种手的动作。最重要的是使儿童意识到:从一个音级进行到另一音级是什么意思,停留在同一音级上又是什么意思。

从儿童认得了音列的时候开始,就可以让儿童学习看乐谱,但同时仍不能停止那种跟着手的动作或音级的图解而唱旋律的练习。这一点是很重要的,因为儿童很难记住什么音记在哪里,因此不可能立刻就开始看着乐谱唱歌。

除此之外,在转移到儿童看乐谱之前,我们应当告诉儿童,在记谱法中有哪些特殊的音乐字母——音符。

我们知道,音符因其时值不同而在写法上也有一点差别。一下子就想说明各种时值不同的音符,那是不可能的。因此在一年级中,我们只用到两种在儿童歌曲中最常遇到的时值不同的音符——四分音符和八分音符。我们在最初的时候把这两种时值不同的音符称为长音符和短音符,因为儿童还不懂得什么叫做"四分音符"或"八分音符"。长音符的时值相当于均匀的步伐,其形状为:♩;短音符的时值相当于跑步,其形状为:♪。

在应用图解式的记录法(用方块)来记录歌曲的时候,儿童早已有这种长音符和短音符的概念。因此,要了解这两种音符对他们说来并没有什么困难。

懂得了音符的写法之后,可以用音符来做图解式的记录,但暂时还不应用谱表。歌曲《田野里有一株小白桦》可以用音符按图解式的记录法写成以下的样式:

　　所有以上指出的学习记谱法的准备工作,在一般情况下是在第一学期中进行的。从第二学期起,才开始让儿童认识记谱法。

　　记谱法　教师说明:乐音是用音符记录在五条横线上的,这五条横线称为谱表。音符写在谱表中的线上,或线与线之间。音越唱得高,则它记录在谱表上的位置也越高。我们要让儿童知道,只有五条线是不够记载所有的乐音的。因此必须加上几条线。这些线叫做"加线"。加线是一种短的横线,在每一条加线上只能记录一个音符。

　　写在每一行谱表开头的地方的特别记号,叫做谱号。这种谱号仿佛为我们揭露了一个秘诀——使我们得以知道写在谱表上的音是属于哪一音区的。当我们记录低音区中的音的时候,就用低音部谱号;如要记录中音区或高音区中的音,则用高音部谱号。

　　女声和儿童是属于高音区和中音区的;这两种声音俨如小提琴的声音。因此这个高音部谱号也叫做小提琴谱号。

　　一年级的儿童应当记住从 c_1 到 g_1 这五个音在谱表上的位置。

　　起初应牢牢地记住三个音——E、F 和 G。儿童应记住,这几个音中的每一个音应写在什么地方。教师起初逐次地指出这三个音,让儿童说出它们的音名来。后来再颠倒次序而做同样的练习。但应尽可能快地转为看乐谱而唱这几个音的练习。起初为了定音,可以唱出整个音列: g_1 至 c_1,后来只唱 G—F—E,这三个音可以反复唱若干次。可以把这样的唱法加以变化:例如按上行的次序来唱这几个音(E—F—G),也可以把每一个音都重复一次。最后,可以使儿童看乐谱唱歌曲《我们亲爱的小女伴们》的第一段。

等到儿童都能掌握这三个音之后，可以再增加 D 和 C 两个音。

运用四至五个音，已经可以唱相当多的歌曲或歌曲的片段了。

当然，这大都还不是读谱，而是用音名来唱已经听熟的歌曲。掌握五个以内的音，在一年级中是一项很重要的任务。因此，我们要给儿童尽可能多的用音名来练唱的曲例，这是很重要的。

在练唱歌曲的时候运用儿童所懂得的有关乐谱的知识，是极其重要的。儿童常常不能觉察出，他们把歌曲中的哪些地方唱错了。

在这些情况之下，运用乐谱是极有帮助的。例如，在歌曲《红罂粟》中，儿童唱歌词"红而大的"的一段旋律唱得不准确。

应当把这一段唱得不准确的旋律摘录在黑板上，然后用歌词和用音名来练唱它。如果一开始就让全班儿童这样做有困难的话，应当先让成绩好的学生照这样唱，然后再推及全班。教师自己可以随伴着唱，帮助那些唱得不准确的儿童改正他们唱错的地方。

二年级的教学工作。音列的掌握　儿童一年级时所学得的知识，在二年级时扩展起来了。儿童应当掌握从 c_1 到 c_2 这一个音列。

应当运用在一年级时所用过的那些方法——看着乐谱练唱音列中以前还没有学过的片段（a_1—b_1—c_2），练唱在这几个音的范围之内的旋律和歌曲，练唱包括整个音列（c_1—c_2）的歌曲。

其次，在练唱新歌曲的时候也要应用乐谱。如果在这新歌曲中没有不懂得的符号（如附点音符、变音记号），可以把整个歌曲都写出来，或者摘录其中个别的片段，像以前在一年级的歌曲《红罂粟》中所指出的那样。

最后，要应用乐谱来练唱短小的歌曲或歌曲中的片段，练习所谓"看谱"唱歌,即练习视唱(例见下)。

音阶　在二年级时引导学生去了解音阶,是很重要且有意义的一个课题。在二年级中,这工作只限于对歌曲的终止和非终止的理解以及关于作为结束音的主音的概念。在"识谱法"一章中所引用的关于主音的例证,对二年级的学生也是完全适用的。

在二年级时除了教学生练唱音阶之外,也要教他们练唱主三和弦。在练唱歌曲之前,为了定音也可以先练唱三和弦。起先,在练唱 C 大调的歌曲之前,可以唱三和弦 C—E—G 来定音。不过往后必须根据所要练唱的歌曲的调子而决定用哪一音上的三和弦来定音,例如用 F—A—C 或是用 G—B—D 等。而且只能用音名来练唱三和弦,不可以用音名来练唱全曲,因为学生还不认得变音记号。例如,在练唱民歌《我走,我出去》之前,可以练唱三和弦 f_1—a_1—c_2 和它的逆行 c_2—a_1—f_1,然后再开始用歌词来练唱这首歌曲。

要使儿童不仅仅习惯于唱 C 音上的主三和弦,这一点是很重要的。学生对主音和主三和弦的概念有时候极不正确,他们以为主音一定是 C 音,而主三和弦一定是 C—E—G。应当竭力设法避免形成这种错误的概念。

关于音的时值系统和拍子的问题,是二年级中识谱方面的很重要、很新和很复杂的问题。

音的时值　儿童在一年级时已有这样的概念:歌曲中的音有的较长,有的较短;他们也已知道如何记录这种长的音和短的音。

二年级的儿童在认识音的时值的整个系统之前,应当好好地掌握过去学过的时值不同的音和时值更长的音,应当学会或感觉长音与短音之间的关系,学会自由地从快的进行转为慢的进行,或相反地从慢的进行转为快的进行。

教学实验中证明:结合着语言(而不是结合着歌唱)的,但能十分明显地使人感觉到各种时值的练习,是正确可用的。这种练习的方法如下。

把两种时值不同的音符摘录在黑板上,并在音符的下面写上这样几个字:

走.　　　走.　　快　　跑.　　快　　　跑。

起先,让儿童根据教师的指示,依照黑板上所写的次序把这几个字按节奏朗读出来,这种练习要连续反复若干次。然后教师更换这些字的排列次序——一会儿指着长音符下的字,一会儿指着短音符下的字,像这样指着练习若干次,而学生则应集中注意于教师所指的字,并准确地回答出来。这种练习通常是容易做的。在这之后,还应增添另一种时值不同的音符——很长的音符(　)。

在以前所摘录的字("走,走,快跑,快跑")之后再增添一个　,在这一个音符的下面写上一个"停"字。这一个字的时值要唱得准确,要充分地延长它的尾音。

现在我们可以用语言来做以上列出的这个练习,把"停"这个字也加进去。

为了举例说明各种不同的音的时值,我们可以让儿童回忆在一年级时唱过的歌曲《红罂粟》;在这首歌曲中,上述三种时值不同的音都可遇到。我们可以从这首歌曲中摘出一段写在黑板上,把它唱一遍,并分析在这一旋律片段中的音——哪些是短的音,哪些是长的音,哪些是很长的音。

应当对儿童说明,在歌曲中常常还有更长的音和更短的音。我们可以把音的时值(从全音符到八分音符)列图表明出来:

并说明音符的名称:全音符,二分音符,四分音符,八分音符。时值最长的音符是全音符。比全音符短的音符是二分音符,比二分音符还要短的音符是四分音符,比四分音符还要短的音符是八分音符。

当然,二年级的儿童还不懂得什么叫做分数,但是我们可以从实际生活中引用一些例证,向儿童说明全音符、二分音符和其他各种时值的音符在量的方面的关系。所有的儿童都很清楚地知道,如果我们把一个完整的苹果切成两半,那么我们将会得到两个二分之一的苹果;如果我们再把每一个二分之一的苹果各切成两半,那么我们将会得到四个四分之一的苹果。相反地,如果把两个八分之一的苹果拼在一起,我们将会得到一个四分之一的苹果;如果把两个四分之一的苹果拼在一起,我们将会得到一个二分之一的苹果;如果把两个二分之一的苹果拼在一起,将会得到一个完整的苹果。

我们可以像以上所述的那样用苹果来作比较,借以更直观和更易解地说明音乐中的时值的关系。

当儿童熟悉了各种时值不同的音符的名称之后,我们应当应用每一首歌曲的乐谱,借以巩固儿童对音的时值的概念,并帮助他们更容易地去记住这些音符的名称。

拍子　我们对成人所作的关于拍子的概念的说明,对低年级的儿童说来是难以理解的。诚然,儿童读过诗,而韵律在诗当中是明显地表出的,但是这种现象他们却没有意识到。他俩常常从自己的直接的生活经验中认识到,在音乐声中是可以计数的。兵士跟着进行曲的音乐而在"一、二"的计数声中行进。学生上体育课时也是像这样行进的。如果我们听到进行曲式的音乐时,我们是可以跟着音乐而计数的。

我们应当扩大这一个在音乐中计数的概念。应当指出,这种计数是有各种各样的。在快速度的行军的进行曲中,我们可以数为两拍;而在圆舞曲中,则应数为三拍。音乐的性质在极大的程度之内是与拍子有关的。柔和流畅的音乐是三拍子的,较为坚强明晰的音乐则是二拍子的。

用这种一般的说法——即数二拍和数三拍(二拍子和三拍子)——来解释拍子的概念,是儿童所能理解的。但是,我们还可以使这种拍子的概念更加明确化,并把它与记谱相联系起来。

在拍子的概念中最重要的就是把强拍划分出来。在歌唱中最重要的是划分出歌曲中有重音的音节[1]。研习词句的工作有助于划分歌唱中的重音,反过来说,歌唱中的这种工作,也有助于语言上的工作。

我们应对儿童说明,在乐谱中的重音上并不加上重音记号,而是把一根垂直线画在重音的前面。在两个重音之间的歌曲片段(在乐谱中——即在两个垂直线之间的歌曲片段),叫做小节;重音前的垂直线,叫做小节线。在乐谱最开头处,小节线可以不必写上(请参看本书"合唱"一章中"合唱练习和视唱"一节中的歌曲《小白兔在花园里跑》和《仙鹤》)。

---

〔1〕 俄文的单词往往是由若干个音节组成的,其中有一个音节带有重音,这带有重音的音节通常应放在节拍中的强拍上。中文也有类似的情形,例如,虚字一般是不放在强拍上的。——译者注

现在我们数数看,在这两首歌曲中每小节各包含几个四分音符。我们看到:每小节各有两个四分音符(四个八分音符等于两个四分音符)。这就是说,我们可以把这两首歌曲按二拍子来计数。在乐谱中时常把这种计数标记在歌曲开头的地方。

同样地我们也应当为儿童说明那种按三拍子计数的歌曲的记录法。往后在记录歌曲时应时常注明这种计数。

应当对儿童说明,教师在指挥歌曲时是用手的动作来表明计数的。在第"一"拍、即在强拍时,手通常是往下打;这一个动作应当较为有力。在第"二"拍或在第"二"和第"三"拍时,手的动作则较微弱。

可以让儿童自己用手的动作来表明某一首二拍子的歌曲的计数。但是不应当要求他们一边唱歌一边指挥,因为这样做是很难的。

最好是让全班中一半儿童唱歌,另一半儿童则按指挥的图式打拍子;第二次重复一遍练习时再对调一下:唱歌的改为指挥,指挥的改为唱歌。

让儿童过于长久地练习计数是不适宜的。因为这需要很多的锻炼和时间。

读谱　在二年级的读谱练习中,不仅可以像在一年级时那样地运用那些以音的按级进行(即音阶式进行)构成的实例,也可以运用那些以按三和弦形式排列的音的进行所构成的包含二分音符、四分音符和八分音符的实例。儿童不仅应学会顺次地唱出三和弦中各音,而且也应学会不按次序地唱出三和弦中的音来。例如,在练唱三和弦ㄅㄛ—ㄇㄧ—ㄙㄛ和ㄙㄛ—ㄇㄧ—ㄅㄛ之后,只部分地唱出ㄇㄛ—ㄇㄧ或ㄙㄛ—ㄅㄛ或ㄇㄧ—ㄇㄛ等等。这种方式同样地也适用于三和弦ㄈㄚ—ㄌㄚ—ㄌㄛ的练唱。

我们可以选取儿童早已熟悉的歌曲中的旋律片段来作为读谱的练

习,但不对儿童说出歌词和曲名。

练唱每一个实例之前,应当和儿童一同练唱相应的三和弦和在歌曲中将要遇到的三和弦中的各个音。

三年级的教学工作　在说明三年级的教学体系时,我们要特别加以注意的是那些包括在三年级教学大纲中的新课题,我们不准备详细地去讨论那些作为在二年级时已谈过的内容的继续和发展的问题。我们所要谈的新课题就是关于调式,关于大调和小调,和关于音程的问题。

调式(大调和小调)　儿童在二年级时对调式方面可算已经有了一定程度的概念。儿童由于熟悉了主音和三和弦的结果,他们已能了解:歌曲并不是音的偶然性的堆砌。我们可以对儿童说明:每一首歌曲中的音都是相协调的,每一首歌曲都有它自己所属的一种调式。歌曲的调式有各种各样。最常用的两种调式是大调和小调。

从"识谱法"一章中,我们已知道了大调和小调之间的差别。儿童应学会从听觉上去分辨大调三和弦和小调三和弦的音响,因为在练唱大调或小调的歌曲之前,我们是用符合于该首歌曲的三和弦来定音的。在一年级和二年级时很少唱小调歌曲,而在三年级时唱得多一些。应当向儿童们说明,忧郁的歌曲大部分是用小调写成的,而愉快的、富有朝气的和坚信的歌曲则大都是用大调写成的。例如,在三年级所唱的歌曲中,《苏联国歌》《苏沃罗夫的教导》《在小船上》和《你好,冬季客人》等曲都是用大调写成的,而《列宁之歌》(《静静的四月》)《土拨鼠》和《秋天》等曲则是用小调写成的。

我们最好为儿童指明在古老的革命歌曲《丧葬进行曲》中的大调和

小调的表情作用,因为在这首歌曲中这两种调式是用来作为对比的。[1]
这首歌曲的开头和结尾,即对那些为人民的事业而捐躯的战士所说的
话,是用小调写成的。中间一段"时候将来到,伟大的、强有力的、自由的
人民觉醒起来了",则是用大调写成的。

　　往后我们在练唱歌曲时,应使儿童注意到歌曲的调式。当然,同时
也应注意:用小调写成的歌曲,并不一定全是忧郁的歌曲。例如,《田野
里有一株小白桦》是用小调写成的,但是它并不是忧郁的。不过由于它
具有小调的性质,因而造成了一种非常柔和的印象。契切林娜用小调写
成的歌曲《小溪》也是这样的——它也完全不是忧郁的。为了使儿童学
会从听觉上去辨别歌曲中的大调和小调的调性,应当唱出符合于该首歌
曲的三和弦来定音。儿童常能根据三和弦而判别歌曲的调性。

　　我们常常不用音名来唱三和弦,而用母音或ㄌㄚ、ㄌㄚ等音来练唱,
这是因为儿童还不认得变音记号的缘故。同时,我们应使儿童注意三和
弦中那决定歌曲的调式的三度音的准确的高低(例如:大三和弦 F—A—
C 中的"A",和小三和弦 F—$^{\flat}$A—C 中的"$^{\flat}$A")。我们如能准确地唱出大
调和小调的三和弦,就是为四年级的教学大纲中所规定的掌握全音和半
音这一任务做好了准备。

　　音程　音程这一个名词的俄文 интервал,不单是用在音乐中的。在
军队或运动员的队列间都保持一定的间隔,即一定的距离,我们把这种
队列间的距离也叫做 интервал。因此,интервал 这一个单词含有间隔和
距离的意义。在音乐中,интервал 这一个单词是指音与音之间在高度上

---

　　[1]《丧葬进行曲》"为了热爱人民,你们在决定命运的斗争中牺牲了",是一九〇五
年革命时期广泛流传的一首歌曲。高尔基在他的长篇小说《母亲》中曾提到过这首歌曲。

的距离。当然,在三年级里儿童对于音程的认识是不可能很精确的。我们要用儿童所熟悉的歌曲作为实例,对他们说明:歌曲中的音的进行是有各种各样的——有很大的跳进,也有很小而近的级进。这就是说,在歌曲中我们可以遇到各种不同的音程。音的最短距离的级进(从音列中的某一音级转移到和它相邻的另一音级),叫做二度音程。

最好把儿童早已学过而熟悉的、其中含有许多二度音程的歌曲检查一遍,以便使儿童了解我们以上所说的。为要达到这个目的,我们可以运用一年级时所唱的一首歌曲——《跳呀跳》,在这首歌曲中由二度音程构成的旋律进行,就像是小鹡鸟沿着台阶跳跃的样子。

我们应当竭力设法巩固儿童对二度音程的概念:使儿童注意他们在学唱的歌曲中所遇到的二度音程,使他们凭听觉或从乐谱上去判定歌曲中的二度音程,或使他们在读谱时指出二度音程来。为使"二度音程"这一个术语成为儿童所习惯的,我们应当时常应用它。但是必须告诫教师,不可以脱离歌曲去死记二度音程以及其他任何音程。儿童所需要的关于音程的知识,其范围只限于那些能帮助他们更好地了解所听到的旋律、能帮助他们看乐谱唱歌和练唱新歌的知识。

总之,儿童对二度音程的掌握是以对按级进行的音列的概念(即移转到次一音级)为基础的。对三度音程(第三个音级)和五度音程(第五个音级)的掌握是以三和弦为基础的。不管是大三和弦或小三和弦,都是按三度音程的方式构成的。三和弦上下两端的音构成五度音程。二年级中有许多歌曲实例是由三和弦构成的。我们宜乎把这些歌曲回忆一下,分析一下,听一听其中的三度音程。

儿童在三年级时已经学唱二部合唱曲,在这些歌曲中也可遇到同时发声的三度音程。我们也应当教儿童用心地听一听这些三度音程(例如在《花园》和《争论》等曲中的三度音程）。

为求获得关于三度音程的明晰的概念，最好给儿童听三度音程的跳进，然后一级一级地逐渐回到起音。

时值和拍子　在三年级时应当使儿童认识十六分音符——这是没有什么特别的困难的；除此之外，还应使他们认识附点音符和休止符[1]。

关于附点音符和休止符，在"识谱法"一章中已说明过。现在只要使儿童注意这些现象的表情作用。

附点四分音符常能使配上这个音的那个字突出来，使它具有一定宽广的性质。试把歌曲《你好，冬季客人》中"你好"（здравствуй）这一个词上的附点四分音符的附点除去，而用一个四分音符来唱它。这时候就可明显地看出，由于加上附点而获得的字尾的延长，可以产生怎样一种鲜明性。

休止符有时候只用来分隔歌曲中的各个段落。但是在某些歌曲中，它具有很大的作用（例如在《伏尔加船夫曲》中的喘息）。

当我们说明四拍子的时候，应使儿童注意到，这种拍子时常是用在进行曲中的。但是 4/4 拍子的进行曲，比较均匀而不很急速。因此，庄严的节日进行曲通常是用四拍子写成的。《苏联国歌》和《国际歌》便是其例。此外，如杜那耶夫斯基的《热情者进行曲》和许多别的节日歌曲也是这样。

读谱　在三年级中，我们还可以给学生一些 G 大调的读谱练习，因为学生在这时候已能运用超出从 c_1 到 c_2 的范围之外的音列。

---

〔1〕　见"识谱法挂图"第八图和第九图。

　　我们可以应用许多学过的歌曲或歌曲片段来作为读谱的练习。在学唱二部合唱曲时要应用两个声部写成两行的乐谱，这一点是很重要的。

　　四年级的教学工作　在四年级的教学工作中最复杂和最重要的一件工作，就是使儿童认识全音和半音，以及变音记号——升记号和降记号。要做到这一点，需要有很好的预先的准备、听觉的发展和音乐的悟性(在"识谱法"一章中，曾引证过用同名的大调和小调写成的曲例)。

　　应当对学生说明，在音乐中，音与音之间在高度上的差距是被准确地测量过的。度量音距的标准是全音和半音。应当应用键盘来说明全音与半音之间的区别，这样可以使二度音程的级进明确化。在从 c_1 到 c_2 这一音列中，我们可遇到大二度和小二度两个二度音程。应当让儿童仔细地倾听半音进行和全音进行这二者之间的差别，即大二度与小二度之间的差别。这样可以帮助儿童把音唱得准确。在歌唱中凡是遇到有不十分准确的音调出现时，应当运用该首歌曲的乐谱，使学生注意到音程的大小，并要求学生把大二度音程唱得准确而宽广，把小二度音程唱得接近和紧密。

　　在四年级里应当比三年级里更广泛地采用看乐谱学唱歌的方法。可以用作视唱练习材料的歌曲(或歌曲片段)，应当让学生自己看着乐谱唱出来，而其他的可在教师的帮助之下，让儿童尽可能地看乐谱来练唱。毫无疑义地，儿童如能这样有意识地应用乐谱，他们就会在音乐方面获得很大的进展。

　　最后必须指出，应当逐渐地让儿童认识记谱法中关于音的力度、音的加强和减弱、音的延长(延长记号)、音的反复和音的演奏的性质(断音和连音)等最常用的记号。

所有这些记号,在儿童的概念中都应当与音乐的声音和音乐语言的表情联系起来。

我们不应当把识谱法单独地划分开来,而应直接联系唱歌并在唱歌的基础上来讲授它。这样,识谱法才能在儿童的概念中更好地巩固下来,并使儿童在练唱歌曲时得到直接的帮助。

音乐欣赏知识

绪　论(音乐的一般知识)

音乐的内容　音乐是艺术形式之一种,它反映环境现实,而为认识生活的一种手段。音乐通过了艺术形象——在这里是通过了音乐形象——而特殊地反映环境现实。音乐形象的力量在于它的综合性和深刻的情绪内容。

每一个乐曲都具有固定的内容,表现人的某种思想、感情或心境。

音乐的内容是很多样的:音乐可以表现英勇感情、欢乐、悲哀、惊慌、热情、幻想、凝神、沉思、幽默等等。

作曲家常常在自己的作品中反映并坚持一定阶级的观点和趣味。因此音乐是观念形态的一种,是思想斗争的手段。例如,一七八九年法国革命的思想激励了贝多芬,使他的大部分作品中充满了英雄的、戏剧性的内容。

我们俄罗斯的古典作家常常在自己的剧作中反映他们那时代的进步的思想和感情。例如,俄罗斯六十年代的社会高潮,在艺术中也唤起了很大的高潮,在音乐中也如此,它确定了音乐内容的基本特色——人民性和现实主义。

在伟大的十月社会主义革命之后,艺术——也包括音乐——获得了新的内容:它反映苏维埃人的热情、劳动者为美好未来的英勇斗争、自由人民的幸福、他们的创造性的劳动和光荣的过去。这种作品绝大部分具有乐观的性质。歌曲创作获得了很大的发展。

形式主义倾向的作曲家否认音乐中的内容。他们企图在自己的作品中表现抽象的音乐游戏。

在一九四八年十一月十日联共(布)中央"关于穆拉杰里的歌剧《伟大的友谊》的决议"中,谴责了这种倾向,说:

"这种音乐的显著特征就是:否定古典音乐的基本原则;鼓吹无基调性、不协和音与不谐和声,好像这一切是音乐形式发展中的'进步'与'革新'的表现;抛弃音乐作品中像旋律这样最重要的基础;迷醉于各种混乱的神经病似的声音结合,把音乐变成不协和的噪音,变成乱七八糟的音乐堆积。"〔1〕

在乐曲中,可以反映各种生活现象,可以表现各种文学题材(例如柴科夫斯基的交响诗《罗密欧与朱丽叶》、贝多芬的序曲《埃格蒙特》等)。这种乐曲叫做标题乐曲。但标题这个概念是非常广泛的:每一个表现一定的思想感情内容的乐曲,都是标题乐曲,例如柴科夫斯基、贝多芬、鲍罗丁等的交响曲便是。

音乐可以表现自然界的情景或现象(例如李姆斯基-柯萨科夫的歌剧《萨特科》的引子《青色的海洋》、柴科夫斯基的《云雀》)。

在许多乐曲中,特别是在标题乐曲中,都有描写的成分(例如李姆斯基-柯萨科夫的《萨旦王的故事》中的《海》和《三奇迹》),有时又有根据的

---

〔1〕　译文根据人民文学出版社版《苏联文学艺术问题》第一二七页。——译者注

成分(例如穆索尔斯基的歌剧《鲍利斯·戈杜诺夫》)序幕第二景的引子中的钟声、李姆斯基-柯萨科夫的歌剧《萨旦王的故事》中的黄蜂的飞鸣声)。

有不少乐曲和舞蹈动作相关联。凡内容为各种舞蹈、游行、行进的作品,通常概称为"舞蹈音乐"。

音乐表现的手段　音乐是由乐音构成的,乐音的基本特性是高度、长度、强度和音色。乐音在旋律与和声中作最多样的配合,能在音乐中创造无限制的可能性,是表达乐曲的各种内容的表现手段。构成音乐基础的最重要的要素是旋律。

人的感情、体验和心境,以及作为音乐的基本内容的东西,主要地是由旋律来表现的。旋律的结构(旋律的音调、节奏、音区、音色等)在基本上决定着旋律的这种或那种性质。

例如在安东尼达的浪漫曲《我不为此悲,女朋友们》(格林卡的歌剧《伊凡·苏萨宁》)中,是用带有如怨如诉的音调的悠长流畅的旋律来表现悲哀和苦痛的。这感情增长起来,旋律也扩展起来,变成更充实,而且具有紧张的性质了。

另外举一个例——柳德米拉的咏叹调(格林卡的歌剧《卢斯朗与柳德米拉》):她对发拉夫唱的《不要动怒,高贵的客人》是戏谑而充满热情的,用断断续续(断音)的、轻快活泼而优美的旋律来表现。

在歌曲《从边疆到边疆》杰尔仁斯基的歌剧《静静的顿河》)中,用节奏清楚而分明的、宽广的旋律来表现革命的、战斗的、号召的性质。

音区、音色和速度等,在音乐中具有很大的表现意义。例如,李姆斯基-柯萨科夫为了要表现严寒的北方的特性,在歌剧《萨特科》中让瓦良格客商的部分用低嗓子——男低音——来唱。这严肃的旋律结合着描写波涛滚滚的管弦乐伴奏。

李姆斯基-柯萨科夫为了要创造慵困的、冥想的、仿佛要引诱人到他那神奇国土里来的印度客商的形象,他就让这部分用高嗓子——男高音——来唱。

又如,在李姆斯基-柯萨科夫的歌剧《萨旦王的故事》中,天鹅公主的部分由花腔女高音来唱。这声部的活跃性,使作曲者能够创造出神奇的天鹅公主的魅惑的形象。他在天鹅公主的咏叹调中应用了特殊的音调,应用了嗓子的灵活而奇离的抑扬变化,这种抑扬变化给天鹅公主的形象以幻想的性质。

速度在音乐中也具有很大的意义。例如,表现沉思、熟虑、悲哀、忧愁等的音乐作品,大都写成徐缓的、安闲的、均匀的进行速度。表现愉快、勇健、激动、突发的作品,则需要较快的进行,都写成快速度。

音的强弱,即音量的变化,在音乐中是很重要的。例如,表现欢乐、愉快、强盛、雄伟的庄严音乐,声音大都是响的(《苏联国歌》、格林卡的歌剧《卢斯朗与柳德米拉》的序曲);表现深思、冥想、温柔、忧郁的乐曲,则声音大都是轻的,或者适度地轻的(《摇篮曲》、格林卡的《云雀》)。逐渐地接近来或离开去,或者情绪和感情的高涨,用逐渐加强和逐渐减弱的声音来表现,效果是很好的(《伏尔加船夫曲》)。

乐曲中结合着一切表现手段,但其中某些仿佛是主要的、占优势的。例如在格利格的《小鸟》中或柴科夫斯基的《云雀》中,主要的表现手段是颤音、高音区和短乐句的轻快而断续的声音的结合。

在穆索尔斯基的乐曲《牲口》中,同时用好几种主要表现手段:货车的笨重而发吱喳声的行动用低音区上的沉重的和弦来表现;农人的歌曲用凄怆而宽广的旋律来表现。货车的接近来和远离去,用起初声音渐强、音域渐广,而后来声音渐弱、音域渐狭的手段来表现。

乐曲中最重要的表现手段之一,是调式。在古典音乐中,最常见的调式是大调和小调。在表现忧愁、悲痛、哀伤的乐曲中,大都用小调,结合着徐缓的速度和低弱的声音(例如《受尽监禁苦》)。但小调尚结合了快速度和一定的节奏型,也能表现完全不同的性质;例如莫差特的《土耳其回旋曲》的第一部分或者民歌《田野里有一株小白桦》,虽然是小调的,但声音勇健而愉快。

乐曲的结构。曲式　每一个乐曲都有一定的结构,即一定的形式。我们研究一下乐曲的结构,便可知道曲式是建筑在两个原则——对比和反复——上的。

如果乐曲中所表现的是某一种思想或某一种情绪,那么这里面就或多或少含有单一的性质;这样的乐曲便是单段体的。

如果乐曲中音乐的性质是变化的,那么就有较多的段数:二段体、三段体、回旋曲体、变奏曲体等。

有时乐曲的形式决定于调子和陈述方法的变换。例如,在白俄罗斯舞曲《布尔巴》中,虽然其进行具有一致共通的性质,但旋律型和调子变更了,于是就变成了二段体。

二段体的标记是 AB(A＋B)。

二段体大都被采用在舞蹈音乐中,也采用在声乐中,即由正歌和副歌组成的歌曲中。

三段体的乐曲中,第一段在第二段(中段)之后又反复一遍。第二段作成对比,使乐曲中具有多样性。第一段的反复有时完全照样,有时加以变化。在舞曲中或描写的乐曲中,这反复往往是照样的;在抒情的乐曲中,第三段反复第一段时大都是加以变化的。

这曲式的标记是 ABA(A ＋ B＋A)。

三段体的例,在器乐中可举格利格的《圆舞曲》(E 小调)、柴科夫斯基的《夜曲》(C 小调),在声乐中可举柴科夫斯基的《草色青青》、斯塔罗卡多姆斯基的《航空歌》。

"回旋曲"这种曲式,其基本部分(第一段)反复不止三次,而中间各段各不相同,各有新的内容。回旋曲的特色是屡屡回复到基本部分。最简单的回旋曲的字母标记,是 ABACA(A＋B＋A＋C＋A)。回旋曲式的例是:格林卡的歌剧"卢斯朗与柳德米拉"中的《发拉夫回旋曲》、莫差特的《土耳其回旋曲》(即《土耳其进行曲》)等。

"变奏曲"的曲式是这样:一个主题,用完整的二段体或三段体来简洁地陈述,以后就变形,即在其后继续一系列的变奏曲(数量随意)。每一个变奏曲的结构大都和主题相符,而陈述方法、表现手段以及音乐性质,则各有变化。这样,每一个变奏曲都有和前面的变奏曲不同的地方。这种曲式中既含有对比,又含有反复,因为每一个变奏曲都表出主题要素的某种反复,同时又表出对主题和别的变奏曲的对比。

在声乐中,我们常常在伴奏里听到变奏,这就是说,在或多或少正确地反复旋律的时候,钢琴伴奏或管弦乐伴奏适应了歌词的内容而变化。其实例便是格林卡的歌剧《卢斯朗与柳德米拉》中的《波斯合唱曲》、穆索尔斯基的歌剧《鲍利斯·戈杜诺夫》中伐拉阿姆的歌曲《在喀山城中》和他的歌剧《霍凡希那》中玛尔发的歌曲《女郎走遍了》,或者儿童歌曲约尔丹斯基的《夏天的歌》、阿连斯基的《杜鹃》。

较复杂的是连环曲式,这曲式由若干个独立的部分组成,这些部分由共通的构思和共通的内容所统一。属于这类的,是组曲、奏鸣曲、交响曲。

　　旧时的"组曲"是若干个舞曲的连续。从十九世纪起,组曲不限于舞曲了;它的各部分的内容可以很多样;大都是性质上相对比的各部分互相对照。

　　在"奏鸣曲"(为一个或两个乐器而作的乐曲)中,同在其他每一种连环曲式中一样,也包含若干乐章:普通是三乐章或四乐章,依照一定的顺序排列。第一乐章和最后乐章是快速的,中间是徐缓的乐章。倘奏鸣曲是四乐章的,则在徐缓的第二乐章之后继以舞曲性质的一乐章(小步舞曲、谐谑曲、圆舞曲)。

　　奏鸣曲的第一乐章用奏鸣曲快板形式写成。在这乐章的开始处,即在呈示部,奏出两个主题,这两个主题大都是性质相异的,有时是对比的,而且一定作在不同的调子上。第一个主题叫做正主题,第二个叫做副主题。在呈示部之后,继续的是发展部。在发展部中,同上的两主题在各种调子上奏出,但所奏的不是主题的全部,而是其小小的断片。整个发展部造成一种不稳定的、紧张的、斗争的印象,然后导向再现部。在再现部中,或多或少正确地反复呈示部,但都作在主调上。奏鸣曲快板形式(整个奏鸣曲也如此)为作曲家展开广大的可能性,使他能创作出表现深刻思想的巨大作品。所以奏鸣曲形式创始于十八世纪中叶之后便不断地发展,直到现在还保持着其主导的意义。奏鸣曲、交响曲、三重奏曲、四重奏曲、协奏曲,以及别的重奏曲,其第一乐章大都是用奏鸣曲形式写成的。

　　在声乐范围内,我们区分为小型作品(歌曲、浪漫曲)和复杂的大型作品(歌剧、清唱剧、声乐大曲)。

　　"歌剧""清唱剧",是大型的音乐剧作品,其中所有的登场人物都由管弦乐伴奏着歌唱。

歌剧中的基本声乐形式是宣叙调、咏叹调、重唱和合唱。歌剧根据特为编制的剧本式的歌词写成。

"咏叹调"是最重要的歌剧形式之一,登场人物在咏叹调里表现自己的思想、感情和体验。

咏叹调通常由长大的三段体构成,带有宣叙调。例如达尔戈梅斯基的歌剧《水神》第三幕第二景中公爵的咏叹调便是。

小型的咏叹调常称为"小咏叹调"。

"宣叙调"是一种音乐叙述的方法,近于谈话。这里面没有歌剧咏叹调所必需的统一而流畅的旋律。

"叙咏调"是一种小型的、形式简单而紧凑的、没有宽广的旋律发展的咏叹调。例如柴科夫斯基的歌剧《叶甫根尼·奥涅金》第一幕中廉斯基所唱的叙咏调《我爱你》。

合唱和群众场面在歌剧中占有很大的地位。歌剧中又常有舞蹈场面。

歌剧前面通常有一个序曲。序曲大都是建立在歌剧的基本主题上的。序曲往往用奏鸣曲快板形式写成。

在某些歌剧中,往往不用大型的序曲,而用小型的引子,这引子大都是关于基本形象的(例如在柴科夫斯基的歌剧《叶甫根尼·奥涅金》中,在李姆斯基-柯萨科夫的歌剧《雪娘》中,在维尔第的歌剧《茶花女》中)。

序曲也可以成为关联一种具体题材的、有标题内容的独立乐曲;柴科夫斯基的《罗密欧与朱叶丽》、贝多芬的《埃格蒙特》便是这样的序曲。

"芭蕾舞剧"是一种音乐剧作品,其中全部剧情都由登场人物的伴着音乐的动作来表现,例如柴科夫斯基的芭蕾舞剧《睡美人》《天鹅湖》

《胡桃夹》，格里爱尔的《红罂粟》，阿萨菲耶夫的《巴赫契萨拉伊的喷泉》，哈恰图良的《迦雅内》便是。

"协奏曲"是为管弦乐伴奏的独奏乐器而作的大型乐曲，大都用奏鸣曲形式。在协奏曲中，常常有需要纯熟技巧的插曲，这种插曲建立在协奏曲的基本主题上，由独奏者不用管弦乐伴奏而表演。这插曲叫做"华彩乐段"。最优秀的、最常常被演奏的协奏曲，是柴科夫斯基、拉赫马尼诺夫、贝多芬、萧邦的钢琴协奏曲；柴科夫斯基、格拉祖诺夫、贝多芬、门德尔松的小提琴协奏曲。

"四重奏"和"三重奏"是奏鸣曲形式的大型器乐曲。其最常用的组织是这样：四重奏——两个小提琴、一个中提琴和一个大提琴；三重奏——一个钢琴、一个小提琴和一个大提琴。

器乐或声乐的体裁(即形式和类型)都是很多样的。除像歌剧、芭蕾舞剧、交响曲、奏鸣曲、协奏曲、序曲、四重奏曲等大型乐曲之外，同时还有许多小型作品，例如夜曲、船歌、前奏曲、浪漫曲和歌曲，还有舞曲形式的：圆舞曲、马祖卡、波洛内兹、小步舞曲、埃柯塞兹。

"夜曲"大都作成三段体；其第一段和第三段较为安闲而真挚；中间是对比部分，是热烈的、激动的、紧张的。第三段通常是反复第一段而加以变化的。

"前奏曲"大都是短小的乐曲。这个名字的俄文"прелюдия"本身便是"引子"的意思；曾经有一时，前奏曲必定是在另一种较大型的乐曲之前演奏，但从十九世纪起，前奏曲成了独立的乐曲，其内容大都是抒情的(例如萧邦、拉赫马尼诺夫、斯克利亚宾、李亚多夫等的前奏曲)。

"练习曲"这种乐曲的基本任务，是发展某种一定的表演技法。

有一种练习曲，不以技法为目的，而以技法为表现一定的思想、情绪或标题描写的内容的手段,这样的练习曲具有艺术乐曲的意义。萧邦、李斯特、巴加尼尼、拉赫马尼诺夫、斯克利亚宾的练习曲,是特别优秀的。

"谐谑曲"大都是性质轻快而活泼的乐曲;通常用三段体写成。谐谑曲常常被用作奏鸣曲形式的一部分,例如在交响曲、奏鸣曲、四重奏曲等中。

舞曲形式在音乐中采用得很广泛;往往有一种乐曲,虽然冠用舞蹈的名称,具有舞曲的性质,但不是伴舞蹈用的,而是一种独立的艺术乐曲。

"圆舞曲"源出于奥地利的民间舞蹈《连德列尔》。圆舞曲是三拍子的,速度有徐缓的和快速的。从十九世纪初开始,圆舞曲成了人们所最喜爱的交际舞曲。由于它进行的性质简单而从容不迫,因此它很快地就排挤了拘泥而不自然的小步舞曲而代替了它。

在俄罗斯音乐中,圆舞曲在音乐和器乐方面都非常盛行,例如在格林卡、柴科夫斯基、格拉祖诺夫和现代苏维埃作曲家的交响乐作品、歌剧作品、室乐作品中。

"马祖卡"是源出于波兰的一种舞曲,也是三拍子的,但轻快、迅速而敏捷,强音有时在第三拍上,有时在第二拍上。

"波洛内兹"是古代波兰的行进舞曲,是庄严的;其和弦具有特殊的性质(群众动作),用三拍子,伴奏中的四分音符必然分割。

萧邦、格林卡、柴科夫斯基、李亚多夫的马祖卡和波洛内兹,具有特别珍贵的艺术价值。

"波尔卡"是二拍子的快速舞曲。与波尔卡相近似的是埃柯塞兹,这是古代苏格兰的舞曲,轻快而急速,也是二拍子的。

古代舞曲中,现今最常用在音乐中的是小步舞曲。这是法国舞曲,徐缓而流畅(其舞蹈中有深深的鞠躬和蹲踞),用三拍子。

"加伏特"的出处同上,但较为快速而有力,用二拍子。

"进行曲"有很多种:军队的、庄严的、幻想的、丧葬的。进行曲用二拍子或四拍子。

歌曲、浪漫曲、小夜曲、船歌、摇篮曲,都是小型的声乐曲。

"船歌"是在水上,在船里唱的歌曲。其伴奏通常是表现船的摇晃、水的动荡的。

"小夜曲"是赞美的、而且大都是关于爱情的歌曲,通常用六弦琴作伴奏。因此直到现在,小夜曲的钢琴伴奏还常常模仿六弦琴的声音。

"哀歌"是性质悲哀而忧郁的抒情乐曲。实例可举格林卡为人声作的哀歌《倘无必要,勿诱惑我》和拉赫马尼诺夫为钢琴作的《哀歌》。

管弦乐知识　在交响乐的管弦乐组织中,采用三群乐器:弦乐器、管乐器和打乐器。弦乐器和管乐器(木管乐器和铜管乐器)两群,依照所谓四重奏式的原则而构成,即采用音区不同的四个基本乐器。弦乐器是:小提琴、中提琴、大提琴、低音提琴;木管乐器是:长笛、双簧管、单簧管、大管;铜管乐器是:小号、法国号、长号、大号。打乐器中最常用的是定音鼓(可以调整一定高度的音)、鼓和钹。但常常添用补充乐器,例如竖琴、英国管、排钟等。

仅由管乐器(主要是铜管乐器群)组成的乐队也是常用的,这通常称为"军乐队",是宜于行军用的乐队。有时也为管弦队作大型的乐曲,例如米亚斯科夫斯基的第十九交响曲便是。

在我国很流行俄罗斯民族乐器的乐队,这些乐队由各种大小(各种音区)的圆形琴和三角琴组成。有的乐队也采用梯形琴。

现今为俄罗新民族乐队创作许多作品,例如瓦西连科为三角琴和管弦乐而作的协奏曲、布达什金用民间主题作的俄罗斯序曲（获得斯大林奖金）等便是。

由曼陀铃和六弦琴组成的音乐，叫做"那不勒斯乐队"。

为一个或若干个乐器而作的音乐，叫做室乐，例如三重奏、四重奏。与室乐相对立的，是为许多演奏者的大型组织所作的音乐，如交响乐、歌剧音乐、合唱音乐。

俄罗斯音乐

民间创作

民间创作是无穷尽的源泉，从这里我们可以得到关于过去历史的和关于现代人民的生活、思想和生活趣味的概念。民歌的音乐的语言和诗的语言——这种语言的真实、诚恳、简朴和情绪表现——结合着优秀无比的艺术的完美性和综合的力量。

优秀的作曲家在自己的创作中曾经利用并且现在还继续利用民间旋律和民间音乐的特点。正是这种和民间创作及民间歌曲的联系，在古典音乐的优秀范例中确定着其人民性——不但是内容的人民性，而又是音乐形象和音乐语言的人民性，并使得它们更接近于人民大众。这些品质给艺术作品以特殊的价值。

天才的俄罗斯作曲家——俄罗新古典音乐的奠基者米哈伊尔·伊凡诺维奇·格林卡，首先强调了民歌的重大意义，他说："创作的不是我们，创作的是人民；我们不过记录和编排而已。"

民歌是由何人怎样创造并搜集的　每一首民歌都有它的创作者，这创作者的名字已经湮没在遥远的往古中了。但是因为这创作在从前是口传的,没有人把它记录下来,所以当它以后流传开去的时候,歌曲中当然会发生若干变化。这样,民歌就仿佛成了一种集体创作。这些歌曲随着时间的经过而越来越广地流传在民间,被保留并巩固在人民的记忆中,从一代传给一代,"从口头传到口头"。这也就说明,为什么有些歌曲保存到我们现代的时候,已经有了各种——有时是极多种——的变形。

在我们俄罗斯,民歌的搜集和记录开始于十八世纪末叶。最初的集子还没有作出正确的记录,到了十九世纪,方才开始民歌记录和改编的认真的科学工作。

伟大的俄罗斯作曲家巴拉基列夫、李姆斯基-柯萨科夫、柴科夫斯基、李亚多夫的搜集、研究和改编俄罗斯民歌的事业,起着巨大的作用;民间音乐创作的搜集者和研究者李涅娃、比亚特尼茨基、李斯托巴多夫、卡斯塔尔斯基等的工作,也起着巨大的作用。

在我们的时代,民歌的搜集和记录有了特别巨大的规模。搜集了很多的材料,现今的苏维埃音乐民俗学者正从事于这些材料的研究工作。

由于这一切研究工作的结果,我们现在拥有许多最宝贵的俄罗斯民歌集。这些歌曲记录中有些是单音的,有些是经过改编而有伴奏的,或者有若干声部而无伴奏的("无伴奏体"),还有,在某些集子中,歌曲都作原样的民间多声部记录(李涅娃、比亚特尼茨基、李斯托巴多夫)。

除了俄罗斯民歌,又曾搜集并记录我国其他民族的民间创作。在这方面起很大的作用的,是十九世纪末和二十世纪初的伟大作曲家和音乐工作者:乌克兰作曲家雷新科和列昂托维奇,格鲁吉亚作曲家巴里阿什维里和阿拉基什维里,亚美尼亚作曲家柯米塔斯等。查塔耶维奇搜集了许多哈萨克歌曲。在现今,在苏联所有的共和国中,都收集有民间音乐创作的最丰富的材料。

俄罗斯民歌的几个特点　俄罗斯民歌的丰富而深刻的内容,用各种各样特有的手段来表现,这些表现手段使俄罗新民间创作迥异于别的民族的民间创作。

"在俄罗斯民歌中,常常有多声部歌唱,作为这多声部歌唱的基础的,是所谓附和声部的原则。这些附和声部仿佛是基本旋律的变奏。有时附和声部变更旋律的全部,有时变更其个别的基本曲调。

附和声部不是附属性的声部,它对于基本旋律具有平等、独立的意义,因为它是把基本旋律加以发展的。

附和声部是在即兴表演[1]的过程中创作的,是在人们"合伙"演唱(即合唱)的时候创作的。在这种歌唱中,每一个参加者是表演者,同时又是作曲者。俄罗斯民间多声部歌唱的显著特色,是所有的声部常常(尤其是在歌的末了)融合为齐唱或相隔八度的合唱。

民歌中的音列大都是逐级的、全音阶的,其中少有半音阶的。

俄罗斯民歌的另一个特点,是调式结构的特殊性。很常见的是一种所谓"交替调式",有许多歌曲是以此为基础的。"交替调式"就是大调和小调的特殊的结合。例如一首歌曲,用大调开始,用它的关系小调来结束(如《果园里葡萄开花了》或《女郎走遍了》);或者相反,用小调开始,用它的关系大调来结束(《乡村姑娘种亚麻》)。常常碰到严格的自然小调;和声小调(有升高的导音的)到了十八世纪才出现(这是城市歌曲式的特点)。

民歌的内容　民歌在内容上和表现手段上都是很多样的。属于这

---

[1]　"即兴表演"就是没有预先准备而在表演的过程中创作。

一类的有民谣叙事诗,其内容常常关联于历史事件。这些民谣叙事诗由民间歌人——民谣家——创作,而在王侯的宫廷里,则由一种专门的歌人——吟诵诗人——创作。

最丰富的英雄史诗,是俄罗斯人民的骄傲。这是一个关于英勇的往事的严肃而壮丽的史诗——即关于英雄和他们的功勋的民谣叙事诗,关于农民起义的首领——拉辛和布格乔夫[1]——的、暴动反叛的歌曲。

关于人民生活的艰苦时期的(例如《鞑靼俘虏》)和关于农妇的艰苦命运的、悲哀而抒情的、"悠长的"歌曲,以及纤夫的歌曲、新兵的歌曲,都是很卓越的。仪式的、游戏的、轮舞的、舞蹈的、劳动的、催眠的、滑稽的歌曲和对句歌曲等,不计其数。结婚仪式在那时要延续数天,在这种仪式中所唱的歌曲特别多。这时候也唱悲哀而忧怨的歌曲(新娘和她的母亲的哀哭),也唱堂皇的歌曲,也唱滑稽的歌曲。

属于民间创作的,还有关于苦役和流放的歌曲、城市工厂的歌曲和对句歌曲。

民谣叙事风歌曲的特点是具有宣叙风的叙事性质,并且常常回复到一个音上。乐句的末尾,声音大都降低到三度音或四度音上。

大多数的抒情歌曲的内容,都是关于爱情的或关于家庭生活的。这些歌曲也唱着关于女人的命运,关于渴望自由的烦恼,关于新兵的生活,例如:《你呀,我的田野》《松明》《你呀,我的风,我的微风》。

悠长的歌曲的特点是音调的宽广和流畅、歌曲风(一个字延长到几个音)。这种歌曲常常用上行四度或五度的进行开始。广泛地采用单数

---

[1]　拉辛是十七世纪下半期农民起义的领导者,布格乔夫是十八世纪后半期农民起义的领导者。——译者注

的拍子(5/4、7/4),这些拍子又在同一歌曲中变换(3/4、5/4 或 2/4、3/4),例如:《你呀,我的风,我的微风》《你是我的河,我的小河》等。

游戏歌曲和舞蹈歌曲的特点,是多次反复的小型旋律结构的单纯和清晰;这些歌曲的拍子是简单的二拍子或三拍子,大部分是进行快速的。这种歌曲的特点是没有弱起小节。

劳动歌曲的例,可举《伏尔加船夫曲》,这是伏尔加河的纤夫[1]的歌曲,这歌曲中很好地表现着用力的逐渐紧张和停息。在十九世纪,与农民歌曲同时,又发展着城市的抒情歌曲,这种抒情歌曲的歌词大都是通俗诗人所作。最有名的是以梅尔兹略科夫的诗为歌词的歌曲《在平坦的山谷中》。在城市的民歌中,占有特别重要的地位的,是革命歌曲,这种歌曲在工人阶级的解放斗争中起了很大的作用。例如《华沙歌》《同志们,勇敢地齐步走》《受尽监禁苦》《丧葬进行曲》,便是这一类的歌曲。

民间创作的意义　俄罗斯民歌的基本意义,在于它的高度艺术价值。它在世界民间创作中占有首要地位之一。俄罗斯民歌的感情的真挚和深切,给人以极大的印象;俄罗斯民歌十分纯朴而沉着,其中毫无一点赘余,然而它的曲调很富有表情。

民歌的特点是简洁,这就是说,在往往是很短小的音乐结构中,明显地表出歌曲的基本性质。例如歌曲《你是我的河,我的小河》,会造成悲哀的心情;又如《纺纱姑娘杜尼雅》能立刻引起人们愉快而滑稽的情绪。

有很多俄罗斯民歌被作曲家应用在自己的创作中。其中有几首差不多完全照原样地被应用,有几首则被作曲家加以变化而应用,但歌曲本身还是作为基础而被保留着。例如,穆索尔斯基的歌剧《霍凡希那》中

――――――――――

〔1〕　在古代,货船和小船由在岸上步行的纤夫用纤索拉着沿河行驶。

玛尔发的歌曲《女郎走遍了》，其旋律是不加变化而保留着的，然而管弦乐伴奏在每一段里都适应了歌词而加以变化。

民歌曾十分广泛地被我们的作曲家所应用，要找出一个里面没有应用(各种方式地应用)民歌的歌剧，竟是困难的事。属于这种情形的，首先是李姆斯基-柯萨科夫的和穆索尔斯基的创作。

作曲家又曾把民歌应用在交响乐曲中，例如在格林卡的《卡玛林斯卡雅》中、柴科夫斯基的第四交响曲的终曲中(《田野里有一株小白桦》)等。

除了俄罗斯民歌，我们的作曲家又曾不止一次地应用别的民族的民歌。例如柴科夫斯基在第二交响曲的终曲中应用乌克兰歌曲《仙鹤》；格林卡在歌剧《卢斯朗与柳德米拉》的合唱曲《黑暗的夜笼罩原野》中应用阿塞拜疆的歌曲，诸如此类。

民间创作的保存者是有天赋才能的人——即兴表演家、歌人，大都是具有卓越的记忆力的。例如有名的女民谣家费多索娃能唱三万首左右的诗歌。听过她的表演的高尔基，曾经欢喜赞叹地论述到她。民谣家李亚比宁氏全家都很出名。穆索尔斯基、李姆斯基-柯萨科夫和阿连斯基曾经把从李亚比宁家的一人那里听来的歌曲应用在自己的创作中。

我们的同时代人集体农庄庄员彼得·伊凡诺维奇·李亚比宁，就是这家族中的一人，他曾经创作了一首关于夏伯阳的民谣叙事诗。

民间创作直到现今一直保持着它的新鲜的魅力。它不但不湮没，反而产生出新的范型，来反映我们这时代的伟大的形象和事件。人们在遥远的过去的传统的基础上创作关于我国的新生活的，关于伟大的领袖列宁和斯大林的，关于内战英雄夏伯阳和萧尔斯的民谣叙事诗，故事和诗篇。在伟大的卫国战争时代创作了大量的叙事歌曲；这些叙事歌曲的作者——女民谣家克柳科娃、戈鲁勃科娃等——都是有名的。苏联人民的和平的创造性劳动，为和平而斗争的战士的全世界运动，都体现在许多优秀的民间合唱歌曲中了。

苏联的兄弟民族的民谣创作正在繁荣。优秀的民间即兴诗人哈萨克人江布尔，以及高尔基所称为"二十世纪的荷马"的达格斯坦民间诗人苏雷曼·斯塔尔斯基，创作了许多充满灵感的诗歌作品。

每年有新的民间天才出现：俄罗斯的民间唱歌诗人和兄弟共和国的"阿舒格"及"阿根"[1]，为我们的国家增光，丰富着我们的民间创作。这些民间创作鼓舞着我们的作曲家，一直成为他们的创作的源泉。因此，民歌应当成为我们建立我们的儿童和青年的音乐教育的基础。

俄罗斯古典音乐

俄罗斯古典音乐托根于俄罗斯民间创作。俄罗斯古典音乐的特色是经过几世纪而逐渐形成的；这种特色牢固地深入在俄罗斯古典音乐中，创造了它的民族性。

当时的宫廷集团和贵族大地主，企图把外国音乐的势力移植到旧俄罗斯来；俄罗斯古典音乐与这种势力对峙，在人民的基础上开始创立起来了。

在歌手和音乐家之中，民间出身的人越来越多。其中有许多人，原来是极富有天才的，他们就成了卓越的专家。他们正是俄罗斯音乐发展中的民族志愿的表达者，又是当时的优秀乐曲的创作者。

---

〔1〕"阿舒格"（ашуг）是高加索的民间唱歌诗人的名称。"阿根"（акын）是哈萨克的民间唱歌诗人的名称。——译者注

在十八世纪的整个过程中,发展着俄罗斯日常生活歌曲和日常生活浪漫曲的体裁。在十八世纪前半,三声部赞美歌普遍发展,还是具有各种内容的歌曲:庄严的、凯旋的、抒情的、谐谑的等。到了十八世纪中叶,广泛地流行单声部歌曲和抒情内容的浪漫曲,其歌词和音调近似于民歌,用六弦琴或钢琴伴奏,有时用梯形琴伴奏。一七五九年,出版了捷普洛夫的第一册印刷的浪漫曲集,题名叫做"偷闲"。有许多浪漫曲和歌曲,都是没有作者具名的;在十八世纪后半,享有盛名的是杜宾斯基、柯兹洛夫斯基、瑞林的浪漫曲和歌曲,例如:杜宾斯基的《灰蓝色的小鸽子呻吟着》、柯兹洛夫斯基的《爱人昨晚坐着》等。音乐也和声乐同时开始发展。

出现了卓越的熟练演奏家,例如小提琴家汉多什金便是。许多作曲家为钢琴、小提琴和六弦琴创作各种各样的作品。汉多什金、鲍尔特年斯基、尔·古利辽夫等人的作品(民间主题变奏曲及奏鸣曲),便是那时器乐的优秀范例。

在十八世纪末叶,开始有作曲家创作最初的俄罗斯歌剧,例如:索科洛夫斯基-福明的《磨坊主、魔法师、骗子和媒人》等。这些歌剧是根据俄罗斯题材创作的,其中反映着俄罗斯民间旋律。

在十九世纪初,出现了一群天才的作曲家:其中最有名的是阿·古利辽夫、瓦拉莫夫、阿略比耶夫、维尔斯托夫斯基。在他们的创作中,浪漫曲和歌曲占有主要地位。其中最有名的是阿·古利辽夫的《亲爱的妈妈》《裸麦,你不要喧哗》《小铃单调地响着》,瓦拉莫夫的《我为什么活着悲叹》《黎明时你不要唤醒她》,阿略比耶夫的《夜莺》。

这些作曲家——格林卡的先驱者和同时代人——的基本重要性,是他们的创作中大大地扩充了题材,加深了抒情味,应用了普希金和莱蒙托夫的许多文词(阿略比耶夫的《我曾经爱你》、瓦拉莫夫的《孤帆映白》等)。

除了抒情的和日常生活的题材以外,又出现了一种题材,是联系到爱祖国和怀念故乡的主题的(阿略比耶夫的《伊尔德什》《晚钟》),以及联系到对社会的抗议的主题的(阿略比耶夫的《酒店》《女乞丐》)。出现了近似于叙事歌谣形式的歌曲(瓦拉莫夫的《强盗的歌》《奥菲里亚的歌》)。由于题材扩充了,声音部分(宣调词)和钢琴部分的表现手段也丰富而深刻化了,和声也复杂化了。越来越广泛地采用俄罗斯民歌——无论农村的或城市的——的要素。在个别情况下这种倾向表现得如此显著,致使这些作曲家所创作的某几首歌曲长期间被认为是民间歌曲,例如瓦拉莫夫的《红色的无袖女衫》便是。

在维尔斯托夫斯基的创作中,最重要的是歌剧,其中特别有名的是歌剧《阿斯科尔德的坟墓》。这歌剧中应用着古代俄罗斯的题材以及俄罗斯民歌和波兰民歌的要素。这歌剧中有许多咏叹调、歌曲和合唱,但其中还插入对话;这歌剧里还没有充分的联贯性和完整性,还没有音乐创作法的发展,在题材中和音乐中都缺少统一性。

这时期的音乐,是俄罗斯民族乐派发展的基础。它是在对抗上流社会培植西欧音乐——特别是意大利和法国的歌剧——的斗争中发展起来的。

在格林卡的创作中,才彻底地形成了俄罗斯古典音乐。

只有格林卡能够在自己的音乐中把音乐的独特性和民族性跟高度的技术相结合,能够在自己的作品中装入深刻的、有思想的内容。

格林卡是俄罗斯古典音乐的奠基者,他长时期地确定了俄罗斯古典音乐的发展道路。

　　格林卡是民族英雄歌剧《伊凡·苏萨宁》的创作者,这是第一个历史性的、现实主义的俄罗斯歌剧。这歌剧是许多雄壮的民族英雄歌剧和清唱剧的范例;在这些歌剧和清唱剧中,广泛地表现着人民有关于生活中各种戏剧性事件或悲剧性事件的感情和体验。

　　属于这一类的,在歌剧方面有李姆斯基-柯萨科夫的《普斯科夫姑娘》、穆索尔斯基的《鲍利斯·戈杜诺夫》、鲍罗丁的《伊戈尔公》;在清唱剧方面有沙波林的《在库里科沃原野上》。

　　格林卡的第二部歌剧《卢斯朗与柳德米拉》,为神话叙事性的俄罗斯歌剧——例如李姆斯基-柯萨科夫的《萨特科》——开辟了道路。同时它又影响到像《伊戈尔公》之类的歌剧:这歌剧也具有叙事性质、英雄气概、扩展的肖像咏叹调以及东方音乐的要素。

　　达尔戈梅斯基比格林卡迟生九年,他遵循格林卡所指示的道路,也用他的创作来把新的特色灌输在俄罗斯音乐中。达尔戈梅斯基在自己的创作中对普希金有特别密切的联系,他根据普希金的文词作了歌剧《水神》《石客》,以及浪漫曲《夜间的和风》《东方浪漫曲》《磨坊主》等。

　　歌剧《水神》是达尔戈梅斯基所创作的第一个俄罗斯人民生活的音乐剧。在这歌剧中初次表现出一个朴素的农家姑娘和她的父亲磨坊主——社会不平等的两个牺牲者——的体验和悲惨的命运。

　　达尔戈梅斯基在发展和加强歌剧及浪漫曲的声乐部分的戏剧性表现力这一事业方面的工作,是很重要的。他力求旋律和宣叙调中的语言音调富有感情而真实。他力求通过了接近于人类语言的音调而在音乐中表现出人的感情和体验的最细微的差异。

"我希望声音能表现真理"[1]，达尔戈梅斯基在这句话里说出了他对于心理描写的现实主义的企望。

达尔戈梅斯基的这种企望在《水神》中已经表现出来，这歌剧第一幕中娜塔莎和公爵及父亲的场面、第三幕第二景中磨坊主和公爵的场面，是特别卓越的。这些场面建立在旋律性的宣叙调的连续发展上，有时转入叙咏调性质的插曲或小型的重唱曲。

达尔戈梅斯基在浪漫曲中特别多样地发展朗诵表现力，因而使这些作品获得了深刻的戏剧性，例如浪漫曲《我悲伤》《我们骄傲地别离》《我一直还爱他》《我对谁也不说》等便是。

达尔戈梅斯基在小型的声乐形式方面创造了新的体裁：戏剧性歌曲（《老伍长》）、滑稽幽默的歌曲（《磨坊主》《把我送到你的怀抱里》）和讽刺歌曲（《蛆》《九等文官》）。

十九世纪四十年代和六十年代的特色，是俄罗斯社会生活中的高潮：对人民性和现实主义的渴望、为人民启蒙的斗争，越来越强地发展了。这情况反映在文学中和革命民主主义者（别林斯基、杜布罗留波夫、车尔尼雪夫斯基）的批评中，反映在绘画中（"巡回展览画家"[2]）。这倾向也反映在音乐中。音乐的社会生活活跃起来：组织了音乐协会，发展了音乐演奏事业，设立了"免费音乐学校"（一八六二年），在彼得堡（一八六二年）和莫斯科（一八六六年）开办了音乐学院，发展了专门音乐教育，造就了音乐专家的干部。在音乐协会和音乐学院的组织中起主导

---

　　〔1〕　见给卡尔玛林娜的信，一八五七年。

　　〔2〕　"巡回展览画家"（перевижники）是当时一群民主思想的进步美术家，他们团结起来，组织自己的绘画的巡回展览会，其目的是要使艺术接近广大群众。其中最有名的是克拉姆斯科伊、彼罗夫、盖伊等。

作用的,是鲁宾什坦兄弟二人:在彼得堡的是安东·格利戈利耶维奇·鲁宾什坦,在莫斯科的是尼古拉·格利戈利耶维奇·鲁宾什坦[1]。

在音乐批评方面,谢罗夫[2]的事业是很可注意的。他是一位优秀的音乐批评家,他所异于当时的一班批评家者,是对于音乐现象的评价力求不从个人趣味观点出发,而根据音乐作品的科学的分析。他要求音乐艺术中具有内容性和思想性。

在作曲家中,出现了各种各样的创作流派;最重要的是"新俄罗斯乐派"或称"强力集团"(могучая кучка)(批评家斯塔索夫这样称呼这集团)。

这集团的首领兼鼓励者,是巴拉基列夫[3],其他的参加者是穆索尔斯基、鲍罗丁、李姆斯基-柯萨科夫和居伊[4]。和他们密切联系而作为他们思想上的领导者及宣扬者的,是斯塔索夫[5]。

这集团为自己定下一个任务——即遵循格林卡所指示的道路,竭力宣扬他的天才的音乐。他们甚至被称为"卢斯朗派"(谢罗夫语)。

"新俄罗斯乐派"的代表者们首先努力创作富有思想和内容的音乐,真实地反映人民的生活、人民的思想和感情。他们遵循着格林卡的道

---

〔1〕 安东·格利戈历耶维奇·鲁宾什坦(1829—1894)是优秀的钢琴名手兼作曲家(歌剧《魔鬼》)。尼古拉·格利戈利耶维奇·鲁宾什坦(1835—1881)是优秀的指挥者兼钢琴家,是柴科夫斯基的许多作品的最初的演奏者。

〔2〕 亚历山大·尼古拉耶维奇·谢罗夫(1820—1871)是批评家兼作曲家(歌剧《尤季弗》《罗格涅达》《魔力》)。

〔3〕 米里·阿列克塞耶维奇·巴拉基列夫(1836—1910)是有名的音乐事业家兼社会事业家、作曲家兼指挥者。他的浪漫曲和为管弦乐作的"三个俄罗斯主题的变奏曲"是最有名的。

〔4〕 采查尔·安东诺维奇·居伊(1835—1918)是作曲家兼批评家。他的浪漫曲和合唱曲是最通俗的。

〔5〕 符拉季米尔·瓦西里耶维奇·斯塔索夫(1824—1906)是历史家兼批评家,又是俄罗斯艺术、俄罗斯历史和俄罗斯民间创作的大鉴识家,俄罗斯民族艺术的热心的宣扬者。

路,创作了民族的、独特的现实主义艺术,和西欧音乐崇拜作斗争。这些"强力集团"成员们取俄罗斯民歌的特点和表现方法作为乐语的基础。

"新俄罗斯乐派"一方面采用俄罗斯民间创作,同时又广泛采用别的民族的旋律,特别是东方民族的旋律。他们和格林卡一样,把乌克兰、格鲁吉亚、亚美尼亚、鞑靼等的民间旋律加以改编。例如,鲍罗丁在歌剧《伊戈尔公》中,李姆斯基-柯萨科夫在交响组曲《舍赫拉萨达》和歌剧《金鸡》中,都广泛采用东方民族的音调和节奏。

"强力集团"成员们的特色,是追求现实主义和音乐形象与性质的真实性,是表现手段的多样性。穆索尔斯基的歌剧《鲍利新·戈杜诺夫》和《霍凡希那》、李姆斯基-柯萨科夫的《普斯科夫姑娘》和《沙皇的未婚妻》、鲍罗丁的《伊戈尔公》,在现实主义和戏剧性方面都十分卓越。在他们的作品中,明显地表现着各种音乐形象:关于俄罗斯远古的,关于那时的传说及古老仪式的,关于乡村生活和神话中人物等的,例如在李姆斯基-柯萨科夫的歌剧《雪娘》或《萨特科》中,在穆索尔斯基的《索罗钦市集》中,以及别的作品中。

在"强力集团"成员们的创作中,占多数的是声乐曲:歌剧和浪漫曲,即联系歌词的作品。在器乐曲方面,他们力求创作标题音乐,即把器乐曲联系到某种具体的构想或题材。例如李姆斯基-柯萨科夫的交响组曲《舍赫拉萨达》,穆索尔斯基的交响画《荒山之夜》、他的钢琴组曲《展览会中的图画》,鲍罗丁的交响画《在中亚细亚》等,便是这样的作品。

和"强力集团"成员们的创作同时,发展着柴科夫斯基的天才创作。

柴科夫斯基和"强力集团"成员们一样,也是高度的民族作曲家,他在创作中密切地联系俄罗斯现实,密切地联系俄罗斯音乐。

柴科夫斯基和李姆斯基-柯萨科夫的创作和直接作用(教育事业),

都给俄罗斯音乐的发展以巨大的影响,他们仿佛在俄罗斯音乐中创造了两种倾向、两种流派:彼得堡乐派和莫斯科乐派。

彼得堡乐派是由李姆斯基-柯萨科夫的影响所确定的。这乐派的最卓越的代表者是李亚多夫和格拉祖诺夫[1]。他们的创作主要是器乐曲;这些器乐曲的特点是标题性和对民间乐语的接近。精微的技术修饰和高度的才艺,是他们的作品的特色。特别有名的,是格拉祖诺夫的第五交响曲和第六交响曲、四重奏曲、协奏曲,李亚多夫的钢琴曲。李亚多夫的俄罗斯民歌的改编曲,是很卓越的。

柴科夫斯基所领导的莫斯科乐派的特色,是深刻的抒情风和现实主义、对人的重视、对人的体验和感情的重视。在这一派的作曲家的创作中,声乐占有很高的地位。

这乐派的最卓越的代表者是塔涅耶夫[2]、阿连斯基[3]、拉赫马尼诺夫[4]、斯克利亚宾[5]以及其他许多人。

格林卡、鲍罗丁、穆索尔斯基、李姆斯基-柯萨科夫、柴科夫斯基、斯克利亚宾、拉赫马尼诺夫、格拉祖诺夫以及其他俄罗斯作曲家的作品,在全世界演奏着,受到极大的欢迎。

---

〔1〕 亚历山大·康斯坦汀诺维奇·格拉祖诺夫(1865—1936)是卓越的作曲家、指挥者兼教授;是许多交响曲、管弦乐组曲的芭蕾舞剧(《雷蒙达》)等的作者。

〔2〕 谢尔盖·伊凡诺维奇·塔涅耶夫(1856—1915)是作曲家兼理论家。他所作的有交响曲、歌剧《奥列斯捷亚》、浪漫曲、合唱曲及室乐。

〔3〕 安东·斯切潘诺维奇·阿连斯基(1861—1906)是浪漫曲、三重奏、歌剧、钢琴曲的作者。他的《六首儿童歌》是很有名的。

〔4〕 谢尔盖·瓦西里耶维奇·拉赫马尼诺夫(1873—1943)创作了许多钢琴曲:五个协奏曲、前奏曲、练习曲、交响曲等;还有许多浪漫曲、歌剧和交响乐曲。

〔5〕 亚历山大·尼古拉耶维奇·斯克利亚宾(1872—1915)创作了许多巨大的交响曲和许多钢琴作品:奏鸣曲、交响诗、练习曲、前奏曲等。

在十九世纪后半和二十世纪前半的期间,俄罗斯音乐在世界艺术中获得了首要的主导意义。保障它获得这地位的,是它的基本特色:高度思想性、人道主义、人民性、现实主义、丰富的情绪内容和旋律美、技术高深而又容易理解。

格林卡

(1804—1857)

格林卡传略

米哈伊尔·伊凡诺维奇·格林卡于一八〇四年生于斯摩棱斯克省。

格林卡的童年时代和少年时代在父母的领地内度送。他终生保留着从周围的乡村自然、农民生活和农民歌曲所获得的印象。

格林卡熟悉民间歌曲,又和他伯父家的农奴管弦乐队相交往,这便是他以后的创作发展的基础。依靠这个管弦乐队,格林卡又认识了管弦乐演奏中的各种各样的民歌、外国作曲家的作品,以及管弦乐队的各种乐器。

格林卡从十一岁起学习钢琴;他显露了丰富的音乐才能和对音乐的热爱。这一点有一次他在言语中表示过:"音乐是我的灵魂。"

格林卡在十三岁上被送往彼得堡,在一个附属于师范学院的贵族寄宿学校里受教育。格林卡在这贵族寄宿学校里学习了四年,没有间断过音乐研究;他受过钢琴演奏的私人课业,又略略学习唱歌,研究音乐理论。就在这时候,格林卡开始了他的最初的作曲尝试,这尝试十分成功,因此他在这寄宿学校毕业之后,立刻获得了天才钢琴即兴演奏家和前程远大的青年作曲家的荣名。

格林卡此后在彼得堡的滞留中,和一群青年人相接近,这些都是热爱音乐的人。这就促进了他的音乐的迅速发展。他创作了许多声乐曲,例如浪漫曲和歌曲《倘无必要,勿诱惑我》《啊,你这宝贝,美丽的姑娘》《啊,你这可爱的夜》等。

一八三○年,格林卡出国,在外国滞留了差不多四年(其中三年住在意大利)。他彻底地研究了意大利歌剧,特别是"甜蜜"而辉煌的唱歌艺术(bel canto[1])。他在外国创作了许多作品,这些作品都在意大利出版。不久,格林卡对自己的创作工作感到了失望和不满。

他回到俄罗斯,就开始创作他的以民族英雄为题材的第一部伟大的民族歌剧《伊凡·苏萨宁》。

题材的戏剧性和广泛表现祖国人民的生活和感情的可能性,引起了

---

〔1〕 bel canto 是意大利文,意思是"美丽的歌",是意大利唱歌法之一种。声音特别甘美,是努力于抒情表现的一种唱歌法。——译者注

格林卡的兴趣。他把俄罗斯农民歌曲所独有的特质采用在这音乐的基础中。因此这歌剧获得了深刻的人民性。

歌剧《伊凡·苏萨宁》被批准上演,在一八三六年末举行了它的第一次表演。表面上颇为成功。

依照沙皇尼古拉一世的愿望,这歌剧被改名为"为沙皇牺牲",然而这歌剧的音乐还是为宫廷和贵族的听众所歧视而不理解,并且引起了轻蔑的评价,说是"马车夫的音乐"。这是因为:这班听众大都习惯于意大利歌剧,而格林卡的音乐是高度民间风的,密切联系着民歌所特有的气质,当然不能为他们所爱好。而且这歌剧的内容也是他们所歧视的,因为这是在宫廷剧院的舞台上最初出现人民的形象。

格林卡在《伊凡·苏萨宁》演出之后的最近几年中,从事紧张的活动;他又当音乐教师,又当作曲家。

格林卡从事教育事业,是在宫廷的唱歌班中,他在那里当了几年唱歌教师。格林卡曾经因公差而来到南方的乌克兰诸省,他为合唱团招集歌手,曾以出色的、富有经验的教师闻名。离开宫廷唱歌班之后,格林卡从事作曲事业,同时仍继续教育工作,教导那些爱好唱歌的人和专门唱歌的人。他在这方面做了许多有价值的工作,因此他可就是俄罗斯声乐乐派的创始人之一。格林卡除了注意发声练习,又十分注意演唱时的理解力和表现力。

格林卡渐渐地脱离了宫廷社会和上流社会,而和文学家、诗人、美术家的集团亲近起来,这些人都集合在格林卡的朋友——诗人库科尔尼克——那里。

在这些年月,格林卡创作了他的大多数优秀作品:为库科尔尼克的悲剧《霍尔姆斯基公爵》所作的音乐,为交响管弦乐作的《幻想圆舞曲》,

他的大多数优秀浪漫曲——例如《我记得奇妙的一瞬间》——以及他的第二部歌剧《卢斯朗与柳德米拉》。普希金的诗《卢斯朗与柳德米拉》的题材引起格林卡的兴趣,还在一八三六年。格林卡把他想应用这诗来创作歌剧的企图告诉了普希金。这位伟大的诗人对此发生兴趣,希望把诗加以修改,以便由此编成剧本,但他的逝世阻碍了这希望的实现。

一八四二年,歌剧《卢斯朗与柳德米拉》完成并被批准上演。彼得堡的听众在《伊凡·苏萨宁》第一次上演之后,整整过了六年,才听到格林卡这部新的天才作品;然而这歌剧的可惊的美妙——它的乐语的新颖、深刻的人民性、旋律风和管弦乐色调的丰富——这一切仍为当时的听众所完全不能理解。

格林卡为这失败感到非常痛苦。他就想出国。这愿望在一八四四年实现了。格林卡在巴黎住了差不多一年,在那里,交响乐演奏会中初次表演他的歌剧中的断片。此后他在西班牙住了两年;吸引他到西班牙去的,是丰富而特殊的西班牙民间音乐。在西班牙时,格林卡就已创作了他那根据民间舞曲主题的两个优秀的西班牙序曲中的一个——《阿拉贡霍塔》[1]。

一八四七年,格林卡回到祖国,但在此后的十年中,他屡屡迁居。他找不到一处安静的地方,他对当时环绕着他的阴晦的俄罗斯现实始终感到不满和压迫。

听众对他的音乐完全不理解、不承认,他的崇高的创作任务——创作俄罗斯民族音乐的任务——得不到同情,这一切都压迫着格林卡,使他的精力衰颓,越来越难以恢复了。在这时期,格林卡写了一个西班牙

---

〔1〕 "霍塔"是西班牙民间舞曲,用快速的3/4拍子。

序曲《马德里之夜》，又根据两个俄罗斯民间主题写了一个交响幻想曲《卡玛林斯卡雅》。

格林卡在生涯的最后几年中，和一群青年音乐家相亲近，其中巴拉基列夫、斯塔索夫兄弟和谢罗夫在那时正开始有所作为。这一群音乐家都很年青而热心，他们受到发展自己民族音乐艺术的思想的鼓励，对格林卡十分敬爱。格林卡和他们交往，得到了慰藉，并且增加了他对俄罗斯音乐的前途的信心。他在年青的巴拉基列夫身上看到了他的继承者。

一八五六年，格林卡又来到柏林，就在一八五七年在这里逝世。格林卡的遗骸被运回彼得堡。

格林卡的创作

歌剧《伊凡·苏萨宁》　　歌剧《伊凡·苏萨宁》的题材是从十七世纪初的俄罗斯历史上借用来的。作为这题材[1]的基础的，是为拯救祖国而牺牲性命的俄罗斯农民伊凡·苏萨宁的功勋。

最初，这剧本应该是由茹科夫斯基写作的，但后来由罗静男爵写作了，他给它写成了官样的帝王派性质的东西。

一九三九年，当这歌剧在莫斯科的大剧院重演的时候，由诗人戈罗杰茨基替这歌剧重写了新的歌词。

整个作品中充满着爱国主义、英雄气概、自我牺牲精神和大无畏精神的高尚感情。

苏萨宁的极富有人民性的形象，以其生动、真实和热情著称。苏萨宁的整个生命极密切地关联于人民的生命；在这里就表现出苏萨宁的形

---

〔1〕　这题材曾在雷列耶夫的叙事民谣《伊凡·苏萨宁》中获得艺术的表现，这叙事民谣后来变成民歌。

象的力量和意义。这形象是人民的感情的典型代表者和真正的表现者。

群众的场面,在这歌剧中占有很大的地位。农民合唱《我的祖国》(按旧歌词是《在风暴中,在雷雨中》)基于宽广而悠长的民间风旋律,是这歌剧的基本思想的音乐表现。在这旋律中又表现着人民的悲哀和对祖国的舍身的爱。这旋律在苏萨宁所唱的部分中也反复着,具有对祖国的爱的导旋律[1]的意义。

伊凡·苏萨宁［第一幕,导入部］

（苏萨宁唱）

祖　　　　国,　我　　　的祖国!

这歌剧中所有的合唱,都关联于人民生活的各方面,其中明显地表出农民歌曲的特征。例如在少女们(安东尼达的女友们)的婚礼合唱《看春水泛滥》中,采用富有特性的五拍子、音程的典型广度,几句末了两声部融合为齐唱,大调和关系小调作特殊的结合:

伊凡·苏萨宁（第三幕）

（少女合唱）

看春水泛滥,到处都流遍,看春水泛滥,在草原。

第一幕的导入部中的女声合唱(春季歌)和桨手合唱,也很富有特性。

─────────────

〔1〕 "导旋律"是基本的音乐动机,在歌剧中经常随伴着这个或那个形象。

伊凡·苏萨宁（第一幕）
（女声合唱）

春天到，春天到，春天到。美丽的 好春光 已经 来到，小鸟 回到 我们 这里 来，我们 欢迎 贵宾 今朝 到。

伊凡·稣萨宁（第一幕）
（桨手合唱，男高音领唱）

河面上 处处 结冰。河面上 处处 结冰。冰碎了 到处流 奔。

旋律的民间特性又表现在格林卡的歌剧中的一些独唱歌曲中，例如在第三幕开始华尼亚的歌曲中便是。格林卡在这歌曲中采用俄罗斯日常生活歌曲的音调。

伊凡·苏萨宁

（华尼亚唱）

中庸速度　　　　　　　　　　　　　　　　　　格林卡

可怜 的 小鸟, 母亲 被人 杀 了,

孤苦 的 小鸟, 挨着 饿 困守 空巢……

描写主要角色的性格的,是这歌剧中的咏叹调;其中在意义上和在内容的情绪表现的深度上占有特别地位的,是第四幕中苏萨宁的咏叹调《真情泄露》和第三幕中安东尼达的浪漫曲《我不为此悲,女朋友们》:

伊凡·苏萨宁（第四幕第三景）

（苏萨宁唱）

不很慢　　　　　　　　　　　　　　　　　　格林卡

真情 流露! 死临头! 我绝不害怕 它。

伊凡·苏萨宁（第四幕第三景）

（苏萨宁唱）

嘹亮　　　　　　　　　　　　　　　　　　格林卡

你来 吧, 我的 朝 霞。 让我仔细看 着

你, 最后 的 朝霞 呀! 啊,

我 的 时 候到 了!

伊凡·苏萨宁（第三幕）
（安东尼达唱）

我不为此悲，女朋友们，我不为此而悲伤……

这歌剧中的音乐戏剧性的有意义的表现,是两种斗争力量——俄罗斯人民的力量和波兰小贵族的力量——的音乐描写的对照。

在这歌剧中,凡俄罗斯人物的乐语,都以俄罗斯民歌的典型特征为基础;同样,凡波兰人的场面,都与波兰民族音乐——主要是舞蹈音乐——相联系。

在整个第二幕("波兰的一幕")中,基本上都用马祖卡舞曲,偶尔也用克拉科维亚克舞曲[1];以后,在第三幕中,尤其是在第四幕中,马祖卡成了波兰人的导旋律,并且依照各种不同的戏剧性情况而具有复杂又多样的变化。

在第二幕中,马祖卡是绚赫而愉快的舞曲的范例:

伊凡·苏萨宁（第二幕）

---

〔1〕 "克拉科维亚克"和"马祖卡"都是波兰舞曲的名称。——译者注

在第四幕(森林的场面)中,则马祖卡带有阴郁的、紧张而悲惨的
性质:

伊凡·苏萨宁(第四幕第三景)

（波兰人唱）

在这歌剧中,旋律的宣叙调占有很大的地位,格林卡拿它来作为戏
剧性行动的基础,例如在第一幕及第三幕中等。

　　这歌剧的结束处是一个有名的结尾合唱《光荣,光荣》,其明朗、乐观
而狂欢的性质十分突出。这合唱表现出俄罗斯人民爱国情绪的高涨,表
现出他们把敌人驱逐出境后的庆祝和欢乐:

伊凡·苏萨宁(尾声)

　　这合唱的旋律与第三幕中苏萨宁回答敌人的旋律相似。那时敌人劝诱他,他在回答中庄严地宣述他的祖国的威力和他对祖国的忠忱。这样,格林卡便强调出:这胜利是由于苏萨宁的英勇行为而来的,人民的庆祝和欢乐是表示对这位英雄的赞颂:

伊凡·苏萨宁（第三幕）
（苏萨宁唱）

歌剧《卢斯朗与柳德米拉》　歌剧《卢斯朗与柳德米拉》在内容上和音乐性质上都和格林卡的第一部歌剧不同,这是俄罗斯神话叙事诗歌剧的范型。它的特点是剧情的发展略为迟缓,对照着各个华丽的场面。在这些华丽场面的中心,总有某一个生动的人物形象。格林卡为了描写这形象,创作了非常鲜明而深刻的音乐。

　　例如在第二幕中,有三种音乐性质的对照:在第一景中是菲恩的(叙事曲),在第二景中是发拉夫的(回旋曲),在第三景中是卢斯朗的(咏叹调)。

　　这歌剧中的全部幻想世界,格林卡也描写得很有趣味。幻想的形象主要是用管弦乐来描写的。例如:拿伊娜的反复句都用宣叙调来表现,而同时管弦乐起着很大的作用;恶魔切尔诺莫尔的形象则完全用管弦乐来表现,主要的是在有名的《切尔诺莫尔进行曲》中。

　　在这歌剧的主角们的人类感情的描写中,主要的因素是很富有表情的声乐部分(卢斯朗、柳德米拉、戈利斯拉娃、拉特米尔)。

　　这歌剧的作曲法的特色,是曲式十分匀称而完整:歌剧的开始和结束都用堂皇的庆祝场面;其中基本的表现形式,是性质各异而都接近于民歌的合唱曲。例如第一幕中的堂皇的合唱曲《神秘的列尔》、第五幕中的合唱曲《啊,亲爱的柳德米拉》,以及第五幕中欢天喜地的庆祝的结尾合唱曲等便是。

　　第一幕的开始,具有特别的意义,格林卡称它为导入部。作曲家在这里面天才地表达出古代叙事诗的庄严堂皇的性质,而以古代俄罗斯的吟诵诗人的生动姿态为中心。吟诵诗人的话道破了这歌剧的基本构想:"乐极生悲,苦尽甘来。"吟诵诗人的叙事诗的主题是音乐的基础;导入部中所有登场人物所唱的部分和合唱,都是以这主题为根据的变奏曲:

卢斯朗与柳德米拉（第一幕，导入部）

（吟诵诗人唱）

卢斯朗与柳德米拉（第四幕）

在第四幕(切尔诺莫尔的王国)——有切尔诺莫尔的行进、舞蹈、卢斯朗与切尔诺莫尔的交战的一幕——中,音乐形象非常华丽而丰富:

卢斯朗与柳德米拉(第四幕)

卢斯朗的形象在这歌剧中是最有意义的。在他的占有整整一场的大咏叹调中,格林卡创造了俄罗斯勇士的形象,其中结合着刚毅、严峻和温顺、亲切。在他的咏叹调中,旋律的宣叙调(引子《啊,原野,原野》)具有很大的力量:

卢斯朗与柳德米拉(第二幕第三景)
(卢斯朗唱)

卢斯朗对柳德米拉的爱,表现在《啊,柳德米拉》的奇妙的旋律中,这旋律格林卡在序曲中也应用过的:

卢斯朗与柳德米拉（第二幕第三景）

（卢斯朗唱，含情地）

在咏叹调《喂,雷电神,给我适用的宝剑》的开始处,用进行曲形式的进行很好地表现出战斗的、英雄的性质:

卢斯朗与柳德米拉（第二幕第三景）

（卢斯朗唱）

柳德米拉的形象在这歌剧中作各种各样的表现:在第一幕中,她的抒情独唱曲和咏叹调的特色是温柔、真挚、娇媚的狡狯和欢乐,在第四幕中(切尔诺莫尔的花园里),变成了悲哀、忧郁和果敢:

卢斯朗与柳德米拉（第一幕）

（柳德米拉唱）

徐缓而奇妙　　　　　　　　　　　　　　　　　格林卡

我　悲　伤，亲　爱　的　父　亲　呀！

我　梦　　　　　　　见　跟　你　住　在　一　起！

卢斯朗与柳德米拉（第四幕）

（柳德米拉唱）

很快　　　　　　　　　　　　　　　　　　　格林卡

疯　狂　的　魔　法　师！我

是　公　爵　的　女　儿，我　是　基　辅　的　夸　耀！

　　勇士发拉夫和拉特米尔两人，有对照的性格描写：发拉夫被写成胆怯者和夸口者的滑稽形象，他预先庆祝他的不能实现的胜利（第二幕第二景中的回旋曲《我的胜利的时辰快来到》）；拉特米尔则被写成东方勇士的沉着而热情的形象，即第三幕中的咏叹调《炎热、暑气》：

卢斯朗与柳德米拉（第二幕第二景）

（发拉夫的回旋曲）

很快　　　　　　　　　　　　　　　　　　　格林卡

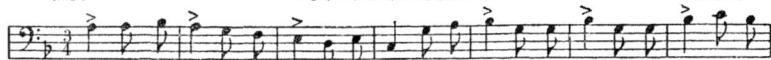

看，我　的　胜　利　时　辰　快　来　到。那　可　恨　的　敌　人　就　要　向　远　方　逃。

卢斯朗与柳德米拉（第二幕第二景）

（拉特米尔的咏叹调）

格林卡

很徐缓而安闲

p 炎　热，暑　气，都被夜影更替了，

第三幕中的波斯合唱曲根据阿塞拜疆的民间旋律；这旋律反复的时候，管弦乐伴奏变化了：

卢斯朗与柳德米拉（第三幕）

（巫女合唱）

格林卡

不很慢

黑暗的夜　笼罩　原野……

这歌剧的幻想方面的表现的中心形象，是那凶恶的矮人切尔诺莫尔。他的性格，在劫掠的场面中和进行曲中描写得最为充分。

在这歌剧中，同在《苏萨宁》中一样，格林卡采用了舞蹈音乐，例如列兹根卡[1]（第四幕中）便是。他在这舞曲中利用原样的民间旋律。

在歌剧《卢斯朗与柳德米拉》中，序曲具有特殊的意义。这里面很有力地表现出取得胜利的、善良而光明的因素的庆祝和欢乐的感情。

这序曲建立在两个对照的主题的发展上：第五幕中的结尾合唱的主题——欢庆、狂喜而活跃的主题，和抒情的主题——卢斯朗的咏叹调"啊，柳德米拉"中的温柔的旋律。

《卡玛林斯卡雅》　格林卡在交响幻想曲《卡玛林斯卡雅》中应用两首民间歌曲：徐缓而悠长的结婚歌《从山外，从高山外》，快速而愉快的舞蹈歌《卡玛林斯卡雅》。

――――――――――

〔1〕 "列兹根卡"是高加索地方的舞蹈的名称。——译者注

　　格林卡利用民歌所特有的变奏方法,利用特殊的附和声部的复音乐,对及对民间乐器声音的巧妙的模仿,来装饰管弦乐的音乐。由于这些对比主题的发展的丰富、巧妙和新颖,由于管弦乐音响的华丽、丰富而同时又清澄,这《卡玛林斯卡雅》获得了特殊的意义,给后来的俄罗斯交响乐发展以巨大的影响。

　　此后,所有的格林卡技法,无论在主题发展方面或在管弦乐乐器的应用及配合方面,都成了许多俄罗斯作曲家的范例。

　　浪漫曲　在格林卡的创作中,浪漫曲占据很大的地位,有六十曲以上。

　　和前辈及许多同时代人比较起来,我们可以看到格林卡的浪漫曲构想更为多样,音乐和歌词之间联系更为密切,钢琴伴奏更富于表现力。格林卡自己是出色的歌唱者,又是声乐教师,这一点对于他的声乐创作的特殊的随应性和表现力(领悟力),无疑地具有很大的意义。

　　格林卡有许多浪漫曲是根据普希金的诗而作的:《美人,不要唱了》《夜间的和风》《血中燃烧着愿望之火》《我记得奇妙的一瞬间》《阿德尔》《美利》《我在这里,伊涅齐里亚》《我们的蔷薇在哪里》和《祝杯》。

　　格林卡的最有名的浪漫曲是:《我记得奇妙的一瞬间》《倘无必要,勿诱惑我》《怀疑》《云雀》《威尼斯之夜》《夜间检阅》(茹科夫斯基词)等。

　　格林卡的创作的意义　格林卡的创作在俄罗斯音乐史上的意义是非常伟大的。格林卡是第一部爱国民族英雄歌剧的创作者。

　　格林卡的音乐的基本特色,是人民性和现实主义。他的一切音乐,都充满着深刻的感情和生活中的真实性,都富有戏剧性,而同时又常常是明朗而稳健的。

　　格林卡的一切创作,都关联于俄罗斯生活、俄罗斯自然、俄罗斯人民,都关联于对民间的一切的深刻感觉——关联于民间创作。

　　同时又必须指出:格林卡不仅深入于俄罗斯民歌的精神中,又关心于我国各族人民的民族音乐,他把这些音乐采用在自己的许多作品中。

　　格林卡指示了俄罗斯音乐一切领域的发展道路:歌剧方面、交响乐方面、浪漫曲方面。最伟大的俄罗斯作曲家柴科夫斯基在当时曾经指出这一点。他在日记中写道:"俄罗斯交响乐学派完全包含在《卡玛林斯卡雅》中,如同橡树完全包含在橡实中一样……"

　　真正地理解和实际地承认格林卡在俄罗斯及世界音乐文化发展史上的意义,只有在我国社会主义文化的条件之下方才可能做到;这一点反映在斯大林同志的话中,他称格林卡和柴科夫斯基为俄罗斯人民最伟大的天才中的二人。

鲍罗丁

(1833—1887)

鲍罗丁传略

　　亚历山大·波尔菲利耶维奇·鲍罗丁于一八三三年生于彼得堡。

鲍罗丁在家中受普通教育。他在童年时代就显露出两种爱好,这两种爱好成了他的全部生活和事业的主要内容,这便是化学和音乐。这孩子在这两方面都很快地表现了特殊的天赋。

在很早的童年时代,当人们带他去散步的时候,他必然要走向离家不远的兵营那里去,这兵营旁边有一个军乐队经常在演奏。他母亲只得向这乐队里聘请一位演奏者来教这孩子学奏长笛。

不久,他又开始学弹钢琴,九岁上已经试作小小的乐曲。后来他和一个年龄仿佛的孩子经常弹四手联弹,欣赏歌剧和音乐演奏会,这样,他就熟悉了许多音乐著作——俄罗斯的和西欧的。

年青的鲍罗丁对于化学研究也很爱好而感兴趣。整所住宅都变成了化学实验室,摆满了化学器具。

到了选择受高等教育的学校的时候,鲍罗丁选定了内外医科研究院,在这里化学是主要功课之一。鲍罗丁的研究态度的认真和巨大的成就,引起了这研究院的教授们的注意。鲍罗丁在研究院里努力学习,同时并不放弃音乐,他在这方面继续研究,并且从事创作。

鲍罗丁在这研究院顺利地毕业之后,就开始担任独立的工作,在一个军医院里当医生。但不久他就放弃了这工作,全力从事于化学方面的研究。

一八五九年,他被派遣到外国去研究科学。他勤奋而顺利地研究他的主要的专门技术,同时仍继续努力研究音乐。

鲍罗丁回到彼得堡(三年之后),就在同一个研究院里担任有机化学教授的职务,他继续他的科学事业和教育事业直到逝世为止。

鲍罗丁回国后不久,就认识了并亲近了巴拉基列夫集团。

像以前一样,音乐是鲍罗丁业余时间最喜爱的一种研究工作。对作曲家朋友和音乐家们的密切交游,使得鲍罗丁在百忙中不但不放弃音乐研究,而且创作了许多巨大的优秀作品。

一八六九年,他的第一交响曲成功地演出了;鲍罗丁为这成功所鼓励,便开始创作第二交响曲,这第二交响曲过了七年才完成。在这时候,鲍罗丁在创作音乐作品的工作上所特有的迟缓的倾向已经开始显示出来,这是因为他的科学工作、教育工作和社会工作是非常繁忙的。鲍罗丁除了研究院里的主要工作,又分出许多时间来从事社会工作:他是彼得堡最初的妇女高等医学讲习所的创始人兼主要工作者之一;此外,他又参加各种科学协会的工作。

鲍罗丁作音乐,只在空闲的时间,即在夏天或者生病的时候。他写道:"当我生病的时候,坐在家里,一点事情都不能做,头痛得要裂开来,眼睛流泪,每隔两分钟必须伸手到袋里去摸手帕——这时候我便创作音乐。"

一八六九年,鲍罗丁开始创作他的唯一的歌剧《伊戈尔公》,这是根据《伊戈尔公出征谭》的题材创作的,是斯塔索夫向他提议的。鲍罗丁写歌剧《伊戈尔公》写了十八年,然而还没有全部完成。[1]

鲍罗丁在作交响曲和歌剧的同时,又作了若干首歌曲和浪漫曲。

鲍罗丁在一八八〇年所作的交响画《在中亚细亚》,获得了特别的成功。据斯塔索夫的评论,这"交响诗的诗趣、风景色调、管弦乐的惊人的色彩,是绝妙的"。

鲍罗丁在生涯的最后几年中,与写作歌剧《伊戈尔公》同时,又创作

---

〔1〕 把这歌剧的原稿加以整理而使它完成的,是鲍罗丁的朋友李姆斯基-柯萨科夫和格拉祖诺夫。

了两种四重奏曲和一个第三交响曲。这交响曲没有记录出来；其第一乐章和第二乐章是由格拉祖诺夫凭记忆写下来的。

鲍罗丁的创作事业和社会事业，他的道德风格，他的高尚的、敏感的、富同情性的品质，在知道他的名望的人们之间——特别是青年学生之间——给他造成了很大的群众性。

在一八八七年初，鲍罗丁突然因心脏麻痹而逝世。

鲍罗丁的创作

鲍罗丁的作品如下：歌剧《伊戈尔公》、三个交响曲（第三交响曲未完成）、交响画《在中亚细亚》、两个四重奏曲、若干首钢琴小曲（其中七个乐曲结合在"小组曲"中）、十七个浪漫曲和歌曲。

他的最巨大的作品是歌剧《伊戈尔公》，这歌剧的剧本是他自己写的，他所根据的是《伊戈尔公出征谭》。

歌剧《伊戈尔公》　鲍罗丁从事这歌剧的创作的时候，用他所固有的仔细而认真的精神来研究了许多有关于这时代的历史材料和年代记材料。在这方面给他以很大的帮助的，是斯塔索夫。

在这歌剧中，表现着人民的保卫者伊戈尔公的爱国心、勇敢和高尚。

在这歌剧中，很出色的是人物描写中的生活真实性，他所描写的人物在我们看来不是疏远的、公式的形象，而是亲近的、熟悉的人物。每一个登场人物都有他自己的、和别人不同的音乐的性格描写，这种性格描写极充分地表现在长大的咏叹调中，例如第二幕中伊戈尔的咏叹调和孔恰克的咏叹调、第一幕第一景中符拉季米尔·加里茨基的咏叹调、第一幕中雅罗斯拉芙娜的叙咏调、最后一幕中《雅罗斯拉芙娜的哭泣》等便是。

伊戈尔公（序幕）
（民众全唱）

鲍罗丁

中庸快速而壮观

一轮红日好光荣! 光荣! 我们的天空光荣

鲍罗丁常常显著地表出声乐部分,同时又创作出具有优秀的表现力和独立的艺术意义的管弦乐部分。例如,在序幕的日蚀一场中,在波洛维茨舞蹈中,在伊戈尔、孔恰克的咏叹调的伴奏中,在《雅罗斯拉芙娜的哭泣》的伴奏中等便是。

在歌剧《伊戈尔公》中,合唱占有很大的地位。这里面有许多大规模的合唱场面(群众场面),使得这歌剧完全成了极富于人民性的作品。鲜明的范例之一,是序幕中的第一个庄严的合唱曲《一轮红日好光荣》,这合唱曲基本上采用《伊戈尔公出征谭》中充满强大的力量和庄严的气氛的结语。在这合唱中,很好地表现出史诗的古代和英勇的俄罗斯往事的性质,严肃而充满威力。

第一幕中的几首少女合唱曲是极精彩的,鲍罗丁在这里面特别鲜明地表达出第一幕第一景加里茨基公的场面中少女们的骚动和恐怖,以及第二景中对雅罗斯拉芙娜的动人的请求。

这歌剧最后一幕中的村民的合唱《唉,不是狂风》,是民间性质的作品的优良范型。在这差不多全是无伴奏体的合唱中,鲍罗丁用动人的力量来表现出因敌人对俄罗斯国土的血腥侵犯而受尽苦楚的俄罗斯人民的不幸、忧愁和悲哀。作曲者在这里创造了一种旋律风格,这种旋律风格在节奏音调的式样上非常近似于古代的民间歌曲,竟使人难于把鲍罗丁这独创的旋律从真正的民间歌曲中分别出来。这合唱曲的多声部性质和附和声部性质也具有深刻的民间风。

伊戈尔公（第四幕）
（村民合唱）

中庸速度（独唱）　　　　　　　　　　　　　　鲍罗丁

这歌剧中的长大的咏叹调,具有重要的意义。鲍罗丁在这些咏叹调中为所有的登场人物作鲜明而真实的性格描写。

伊戈尔本人的性格描写,在第二幕中他的长大的独白咏叹调中表现得最为充分,这咏叹调便是《不睡,不休息,我的困惫的心灵》——是全歌剧的中心点。这咏叹调中表现着伊戈尔的烦恼、出征不利和自身被俘的悲哀、他的勇毅和高尚、他对祖国的爱、对自己人民和对雅罗斯拉芙娜的爱。

这咏叹调用管弦乐引子开始,这管弦乐引子中的沉重的和弦在低音区上表现出伊戈尔公的阴郁而沮丧的心情。以后就开始伊戈尔公的宣叙调;断断续续而同时又隐忍悲痛的音调,充分地表现着他的精神状态:

伊戈尔公（第一幕）
（伊戈尔公唱）

徐缓　　　　　　　　　　　　　　　　　　　鲍罗丁

关于身受不幸和被俘的思想爆发起来,变成了获得自由的渴望。这一点用英勇的音乐配上歌词"啊,给我自由,给我自由"表现出来:

伊戈尔公(第二幕)
(伊戈尔公唱)

啊,给我自由,给我 自由, 我一定 能够雪我的耻辱。

他对妻子的温柔和爱情,表现在咏叹调的中部的美妙旋律中,这旋律的温柔、流畅和悦耳十分动人,这便是《只有你,亲爱的夫人》。

这旋律又出现在《雅罗斯拉芙娜的哭泣》中,即在她想念伊戈尔的时候。这旋律具有他们的爱情的主题的意义:

伊戈尔公(第二幕)
(伊戈尔公唱)

只有你,亲 爱的 夫人,只有 你一 人不会责难我。

在这旋律之后,又出现联系到歌词"啊,给我自由,给我自由"的英勇主题,这主题又导向开始的宣叙调,用更悲哀的、表现苦闷和绝望的音调来结束,这便是《唉,苦痛》:

伊戈尔公(第二幕)
(伊戈尔公唱)

唉,苦痛,我苦痛! 苦痛, 想起了 我已经 无力量。

鲍罗丁在描写雅罗斯拉芙娜的性格的音乐中,表现出含情、温柔而高尚的俄罗斯女子的迷人的特点。这些特点明显地表现在雅罗斯拉芙娜和少女们及兄弟符拉季米尔·加里茨基的大场面中（第一幕第二景），特别是在最后一幕的有名的大咏叹调《雅罗斯拉芙娜的哭泣》中。主要的部分，是屡次反复的哀号：

伊戈尔公（第四幕）
（雅罗斯拉芙娜唱）

唉，我　　　伤心　号　哭，我　号哭。

伊戈尔咏叹调中的旋律——他对雅罗斯拉芙娜唱的——在雅罗斯拉芙娜的咏叹调中出现，这是很有趣的：

伊戈尔公（第四幕）
（雅罗斯拉芙娜唱）

我愿化作飞渡的杜鹃，奋　翅飞到多瑙河　边，向卡亚拉　河水中沉潜。

雅罗斯拉芙娜的咏叹调的形式是自由的，但同时又近似于俄罗斯"哀号"歌曲的形式，即各种样式的许多首歌词和副歌——哀号——轮流出现。

第二幕和第三幕——波洛维茨营——是东方的景象：这里面有抒情味，充满着逸乐和热情，即波洛维茨少女们的合唱曲和孔恰科芙娜的抒情独唱曲；这里面又有"野蛮"民族的粗暴和生硬，即波洛维茨巡逻队的合唱曲、男孩们的舞蹈、孔恰克的咏叹调、波洛维茨进行曲；最后，这里面还有伴着合唱的、热狂的、以自然力感人的共同舞蹈。

伊戈尔公(第二幕)
(波洛维茨女人唱)

不很慢,活动　　　　　　　　　　　　　　　　　　　鲍罗丁

在　　冗旱　天气　炎阳　下花儿枯萎了。

伊戈尔公(第二幕)
(少女舞蹈,平稳的)

中庸速度　　　　　　　　　　　　　　　　　　　　鲍罗丁

你快奋　翅乘风　飞去,　飞到祖国

去,　我们　亲切的　歌曲,　　那里

伊戈尔公(第二幕)
(孔恰科芙娜唱)

很慢　　　　　　　　　　　　　　　　　　　　鲍罗丁

日　色已西沉。　歌休舞歇,　近黄

昏。　　暗夜呀,　笼罩着大地群生。

暗　夜,　快快来临,包藏我　全身。

伊戈尔公(第二幕)
(波洛维茨巡逻队合唱)

中庸快速　　　　　　　　　　　　　　　　　　鲍罗丁

男高音

太阳下山,太阳下　山去　啦。

男低音

太　阳下山,太阳下　山去　啦。

伊戈尔公（第二幕）

（共同舞蹈）

鲍罗丁

快速

pp

大家　来唱　可汗　颂歌！

唱！

伊戈尔公（第二幕）

（男子舞蹈，野蛮的）

鲍罗丁

很快

关联于主要登场人物的一切主题，都是这歌剧的大序曲的题材。

歌剧《伊戈尔公》的乐语的新颖、鲜明与丰富，特别是旋律的美妙和多样，在歌剧音乐中是特殊的现象。

交响曲和浪漫曲　鲍罗丁的交响曲中，最有名的是定名为《勇士交响曲》的第二交响曲。鲍罗丁在这交响曲中表现俄罗斯勇士的形象、他们的力量、威势和狂欢（终曲的舞曲性质）。

交响曲第一乐章立刻用主要的部分开始,这主要部分表现出两个对照的音乐形象。

第一个音乐形象描写人民的英勇的力量和威势,在这乐章的继续发展中获得了基本主题的意义。这基本主题在再现部中更加庄严;在结尾,由于整个乐队的全奏,这主题具有了雄伟的、意志坚决的、肯定生活的性质:

第二交响曲(第一乐章)

主要部分的第二个形象,是一个愉快的、舞曲风的曲调,充满着勇气和热情。

副主题和主要部分相对照。这主题很富于旋律性和曲调性,是古代悠长的抒情歌曲性质的:

第二交响曲（第一乐章）

中庸快速　　　　　　　　　　　　　　　　　　　　　　　　　　　鲍罗丁

鲍罗丁的浪漫曲十分美丽；其中有几首是根据他自己所作的歌词而写的，例如《睡着的公主》《黑暗森林之歌》《海》《阿拉伯旋律》便是。

在鲍罗丁的歌曲《睡着的公主》和《黑暗森林之歌》中，隐藏着譬喻的意义：睡在人迹不到的森林里的公主的形象，暗示着睡着的俄罗斯，应该唤它醒来。在黑暗的森林所讲的"史话"中，可以听到反对奴役者、反对社会压迫的人民力量的变叛和勇敢："去镇压，去取城""镇压敌人"。

这些歌曲的音乐（鲍罗丁的别的歌曲的音乐也如此）非常鲜明生动地表达出歌词的意义。在《睡着的公主》中，赖有伴奏中和歌声中的节奏的摇荡，赖有钢琴的大二度音，同时又有歌声的柔和而流畅的音调，因而造成了迷人的、神话梦境的性质。这形象一变而成为猛烈的、急遽而粗野的爆发（飞来"一群巫女和林魔"）。在这里速度剧烈地变化：其特色是剧烈的跳跃，然后是歌声向下的突进和钢琴伴奏低音部中的整音音阶的进行。

在《黑暗森林之歌》中，表现着广大而雄伟的、自发的民众运动的形象。这歌曲中的一切音乐手段，都密切地结合着古代故事歌曲的方式：广阔的音程和乐句末尾的特殊的下降音调；不绝地变更的拍子（四分之七、六、五）和低音区。

优良的抒情浪漫曲之一，是用普希金的词作的浪漫曲《为了遥远祖国的海岸》，这浪漫曲的深刻和动人力都是可惊的。

在最后所作的浪漫曲中，有一首是用涅克拉索夫的词作的，即《在屋里的人们》。在这浪漫曲中,鲍罗丁很鲜明生动地表现出一个贫苦农民对好命运的幻想。

鲍罗丁的创作的意义　鲍罗丁的音乐的优越之处,在于高度的技巧、力量、威严和宏大。与俄罗斯往昔的形象及勇士的形象相关联的辽阔广大和叙事风,表现在很整齐、明显而十分匀称的形式中。

鲍罗丁的音乐的特色,是其叙述性、描写性和绘画风。这位作曲家在很突出而鲜明的音乐形象中表现俄罗斯人民的伟大。他的创作的伟大的爱国主义意义就在于此。

在歌剧《伊戈尔公》中,结合着来自《伊凡·苏萨宁》的英雄姿态、爱国精神、现实主义作风,和来自《卢斯朗与柳德米拉》的叙事风、雄伟性、形象的肖像画风,以及东方要素的应用。

鲍罗丁的乐语特别富于旋律风,其特色是华丽、丰润和民族色彩。他的抒情作品以柔和、温顺、热情著称。

鲍罗丁的创作对于俄罗斯音乐的以后的发展有很大的影响(格拉祖诺夫、卡林尼科夫),直到现在,还有良好的影响及于苏维埃作曲家的创作(沙波林的清唱剧《在库里科沃原野上》)。

穆索尔斯基

(1839—1881)

穆索尔斯基传略

莫杰斯特·彼得罗维奇·穆索尔斯基于一八三九年生于普斯科夫省的一个地主家里。穆索尔斯基的很早的童年时代的印象,已经关联于他周围的农民环境、农民的生活、歌曲和舞蹈;此外,他的乳母常常讲故事给他听,他因此能够深入于民间生活、民间歌曲和民间故事的精神中。

穆索尔斯基

穆索尔斯基五岁上就开始学音乐,九岁至十岁的时候已经能够纯熟地演奏乐器(钢琴);同时又开始即兴演奏和创作。

虽然穆索尔斯基的音乐才能是很不平凡的,但在当时他的父母并没有想使他以音乐为事业,却把这孩子送到彼得堡的一个住宿的军事学校里去读书。当他是一个十七岁的青年的时候,他在那边的近卫军准尉学校毕业,被派到军队里去当军官。

穆索尔斯基滞留在这学校里的期间,继续不断地研究音乐。

从一八五六年起,穆索尔斯基由于认识了达尔戈梅斯基,后来又认识了巴拉基列夫,并开始向他们有系统地学习,因而对真正的、严肃的音乐发生了很大的兴趣。

巴拉基列夫的明朗的性格和他的志愿感动了穆索尔斯基。他对自己的作曲家才能的信念巩固起来,结果在两年之后,他就辞去军官的职务,以便全力从事于音乐创作。

然而过了不久,谋生乏术逼得他重新就职。职业使他感到苦恼,剥夺了他许多时间和精力,然而他的全部兴趣和志愿却专注在音乐上。

在这几年内,穆索尔斯基读了许多书,认识了进步的社会观点和哲学观点,特别是认识了车尔尼雪夫斯基关于艺术的唯物论学说。

像当时的进步青年的许多代表者一样,他也企图实现车尔尼雪夫斯基的思想:在数年的期间内(一八六三年至一八六六年),穆索尔斯基和几个青年人同住在一个公社里。据他自述,他们在那里讨论了使他们感到兴奋的一切问题——艺术的、文学的、道德的和社会政治的,又尖锐地批判了当时所存在的统治的思想和观点。

由于这结果,他养成了一种在当时完全是新的、对待艺术和音乐的态度:"艺术是对人说话的手段,而不是目的。"这便是他的创作事业的主导原则。这位作曲家所企望的是艺术描写的真实性和生活力。"生活,无论表现在何处;真理,无论怎样苦;对人们的大胆而真挚的语言——这一切便是我的气质",他在写给斯塔索夫的信里这样说。

力求表现人民的生活,披露人民的心理,人民内心的精神世界,人民的一切不幸,苦难和欢乐——这是他给自己定下的任务。"俄罗斯人民的生活,对于把握一切真实,是蕴藏极丰富的矿石",后来他写给列宾的信里这样说;而在写给斯塔索夫的信里说:他"所渴望的,不仅是认识人民,而是同他们亲近"。

达尔戈梅斯基的现实主义倾向,对穆索尔斯基有很大的影响。穆索尔斯基模仿他,也在自己的声乐创作基础中除了古代农民歌曲的音调之外又采用语言的音调。穆索尔斯基把自己的一个作品呈献给达尔戈梅斯基,作品上写着意味深长的题词:"献给音乐真理的伟大的老师。"

在六十年代的后半,穆索尔斯基已经成了音乐中批判现实主义的最出色的表达者,他在音乐中达得了真正的戏剧性(犹如涅克拉索夫在诗中,彼罗夫在绘画中一样)。

　　下列的优秀歌曲,正是属于这时期的:用涅克拉索夫的词而作的《卡里斯特拉特》和《叶辽穆什卡摇篮曲》,用奥斯特罗夫斯基的词而作的《睡吧,睡着吧,农家的孩子》,自作歌词的《孤儿》等等。

　　这几年,是"巴拉基列夫集团"参加者之间交游最密切的时期,是他们的共同志愿和共同趣味最明显地表现出的时期。

　　在一八六六至一八六九年之间,"巴拉基列夫集团"成员们特别亲近达尔戈梅斯基,他们赞叹地观察他的音乐剧《石客》的创作过程。

　　一八六八年,穆索尔斯基模仿了达尔戈梅斯基的例子,却比他更大胆地开始创作一个歌剧,这歌剧采用果戈理的喜剧《婚事》的台词。他称这歌词为"对话式的"。他毫不改变喜剧的台词,用音乐来作成了表现力卓著的宣叙调。但不久他就不满于这计划,嫌它太狭隘了——他感觉到:完全拒绝旋律的语言,即完全不用咏叹调、合唱曲、歌曲,是不可以的,而且这题材在他也觉得思想上不够富有意义。

　　穆索尔斯基只创作了《婚事》的第一幕,就舍弃了它而另找别的题材:普希金的戏剧《鲍利斯·戈杜诺夫》引起了他的注意。创作深刻的历史音乐剧的思想完全占据了他的心。把人民大众最初的运动(十六七世纪之交)和人民的自觉心、人民的伟大力量的觉醒体现在音乐形象中,创造鲜明的人民性格——这一切可能性都使得穆索尔斯基带着极大的兴趣而创作这作品,不久就完成了它。

　　但这歌剧的以后的命运,对穆索尔斯基说来是很悲惨的。他把这歌剧提交给戏剧管理处,竟遭到拒绝。穆索尔斯基听了朋友们的忠告,只得把它改作,加入了许多补充场面,制作了整个第三幕和最后一景"克罗梅附近"。然而这歌剧的新编本仍然没有被批准上演。经过了长期的奋斗,全靠穆索尔斯基的许多朋友的竭力坚持,特别是彼得堡的玛丽亚歌剧团的歌唱者普拉托诺娃的努力,这歌剧才得于一八七四年一月上演。

在民主学生和广大听众方面,这歌剧获得很大的成功,但官方的批评和宫廷社会用极度否定的态度对付它。这歌剧的思想内容的革新、尽可能真实地展开一切登场人物的性格的真正本质的企望,展开人民、沙皇和伪称王之间的相互关系的企望——这一切使穆索尔斯基感到有创造新的音乐表现手段的必要。宣叙调的占优势、和声(和弦及其结合)的新颖和其他许多新的手法,在大多数听众看来,甚至在某几个音乐家看来,都觉得难解而陌生,并且在统治集团方面和音乐批评界方面都招致了尖锐的敌视。这时候"强力集团"成员们已经各走各路,团体已趋向瓦解。巴拉基列夫由于演奏会的失败和对俄罗斯音乐协会的斗争的失败而心情沮丧,完全脱离了音乐事业。李姆斯基-柯萨科夫已经开始在音乐学院从事教育工作,专心埋头于教课和研究技术了。居伊发表了关于歌剧《鲍利斯·戈杜诺夫》的剧烈的批评,因此引起了穆索尔斯基的愤慨。

后来这歌剧差不多不上演了。这显然是由沙皇本人从呈请他批准的目录中钩消的。

这一切在穆索尔斯基心中造成了苦痛的失望和孤独之感,这时期他所发表的言论中常常表出病态的悲哀和愤怒。

对环境现实的不满意(袭击过来的反动势力)又加深了他的挫折的情况。穆索尔斯基的物质生活在这时候也很困难。这一切对他的创作也产生了一些影响。他的创作中显出一种新的、阴暗而悲惨的情绪和苦闷而绝望的感情。

一八七四年,穆索尔斯基作了六首歌曲,其中都充满着苦闷、绝望和悲惨的孤独的感情。这便是用戈列尼谢夫-库图左夫的词而作的歌曲集《没有太阳》。

一八七五至一八七七年所作的、题名为"死的歌舞"的歌曲集,也充满着戏剧性。在这集子里的四首歌曲中,把死描写成威胁的宿命的力量,是不饶恕人的,对于人的苦难和祈祷冷酷无情的,同时又是世间一切苦厄的拯救者。这歌曲集中最有意义的歌曲是《特列巴克》和《统帅》。

和这歌曲集相近似的,还有一首歌叫做《被忘记的》。这是一首叙事曲,是根据维列夏金的一幅同样题名的绘画的印象而作的。这作品的主旨针对着战争和兵役的恐怖。

就在这时候(一八七四年),穆索尔斯基又创作了一个钢琴组曲《展览会中的图画》。这是他看了画家兼建筑师加尔特曼的图画遗作展览会后,根据所得的印象而创作的。加尔特曼是穆索尔斯基的知已朋友。

在这时期中,他的一部大型作品——这是一八七二年开始作的歌剧《霍凡希那》——的创作工作延缓下来了。穆索尔斯基对于他这第二部歌剧赋予重大的意义,称它为"民族音乐剧",但这作品的创作工作不够有系统,常常被别的作品的创作所间断。

结果,这歌剧的创作差不多一直继续到这位作曲家一生的最后日子,而且仍然没有全部完成。

同时穆索尔斯基又开始作第三部歌剧,即根据果戈理的题材而作的《索罗钦市集》。在这歌剧中表现出穆索尔斯基所特有的乐观、幽默、对民间生活的爱好和兴趣。这歌剧中处处迸出欢笑、滑稽和快乐。这歌剧的音乐与乌克兰民歌相关联。穆索尔斯基一生的最后几年,差不多完全从事于这歌剧的创作,然而还是没有全部完成它。

七十年代的末了,穆索尔斯基的生活很困苦:他常常生病,而且病得很重,不得不抛弃职务,弄得没有生活费,没有栖身之地,差不多没有朋友了。

生活孤独,没有亲友理解他而同情他的志愿——这一切压迫着这位作曲家。只有他的一个忠实到底的、最亲近的朋友斯塔索夫和他的交往,总算点缀了他的晚年的苦厄情况。

一八七九年夏天,他同一位有名的女歌手列奥诺娃到伏尔加、乌克兰和克里木去作演奏旅行,这是一个小小的光明的插曲。穆索尔斯基不但是一位作曲家,又是一位卓越的伴奏艺术家,因此而受到听众热烈的欢迎。

艺术家的成功、环境的改变、俄罗斯南部的——尤其是克里木——的自然景物所给予的明朗而迷人的印象,在穆索尔斯基心中唤起了很大的热情和兴奋。但是这并不久长:回到彼得堡,这位作曲家又碰到了以前的环境,他的身体完全亏损了,于是新的苦痛的疾病迅速地引导他到了悲惨的结局。患病的穆索尔斯基,全靠他的朋友们的奔走干旋,被送进了一个军医院里。

一八八一年,穆索尔斯基逝世。逝世前不久,画家列宾替这位作曲家画了一幅优秀的肖像画。

穆索尔斯基的创作

穆索尔斯基在歌剧中最充分地实现了他的艺术观。在歌剧上他是一位真正的改革者——富有人民性的音乐剧的创作者。在这些音乐剧中,一切音乐手段都服从于一个基本原则,即真实地表现人民的体验以及和人民相关联的个别登场人物的体验。

穆索尔斯基所感兴趣的,主要是历史题材,在这些题材中他能够表现出像他所说的"现在的过去",这就是说,阐明社会的主要原动力——人民和政权及其相互关系。

歌剧《鲍利斯·戈杜诺夫》　歌剧《鲍利斯·戈杜诺夫》在意义上和

完整性上是穆索尔斯基最卓越的作品。歌词根据普希金的戏剧,但经过很大的修改,结果是由穆索尔斯基写了一个独立的剧本,这样才使他能够创造出民族历史音乐剧的一种新样式。这歌剧和那时候的别的歌剧比较起来,其新颖之点首先在于其中原动力是人民和人民对于所发生的事件的态度。人民仇恨鲍利斯,把他看作犯罪的沙皇,看作凶手——这种仇恨,也就是鲍利斯的悲惨遭遇和毁灭的根源。歌剧的这个基本思想,由一个装疯僧的口中说出,他便是人民的隐秘的思想和感情的表达者。

这歌剧中所描写的人民的形象,不是静止状态的,而是发展着的,表现出人民的自觉心和积极性的增长。在序幕的第一景中,人民还没有了解所发生的事件;但在"克罗梅附近"的场面中,人民已经严厉地要求面包;而在最后一个场面中,他们一致起义,显示出他们的自发力量和威势。

同时,这位作曲家所表现的人民,不是没有个性的群众;他描写出个别的人物和集团来,让他们作生动的对话,例如农妇们和农民们便是。

最后,这歌剧还有一个特色便是新的乐语。这种乐语的音调是高度民间风的,其中的主要手法是旋律性的宣叙调。

这歌剧由序幕开始,序幕的前面有一个短小的引子,这引子建立在忧郁而悲痛的旋律上——建立在人民的苦难和充满沮丧与失望之情的主题上。

序幕中有两景。第一景是莫斯科附近的诺伏杰维契寺院的大门口,鲍利斯在即位以前为了考虑和祈祷而来到这里。由于贵族们的指示而被驱往这里来的民众,没有了解这里发生的是什么事件,他们在警察长的棍棒的威胁之下不情愿地跪下来,唱悲哀而悠长的祈祷歌:"你把我们抛弃给何人,我们的父亲……我们带着热泪请求你,哀告你,请你可怜我们,请你可怜我们。"

听到了明天集合到克里姆林宫去的命令之后,民众便走散了,但是还带着疑虑的心情。于是唱出富有表情的反复句:"在那边,为了事情召集大家。我们又怎样呢?——他们吩咐我们怒号,我们也就在克里姆林宫里怒号吧。"这一场的近末了处,仅由管弦乐低沉地奏出引子中的主题。

鲍利斯·戈杜诺夫(序幕)
(民众唱,女低音领唱)

穆索尔斯基

你把(男高音唱)　我们抛弃给何人,我们的父亲!唉!你把

我们遗留给何人,恩人啊。

序幕的第二场,是鲍利斯的加冕礼。人民赞颂鲍利斯,但在这里也分明表出人民的漠不关心。虽然有庄严的钟声,舞台面却由于鲍利斯的阴郁的思想和预感而带有悲惨恐怖的性质。鲍利斯的这些思想和预感表现在他的短小的叙咏调开始处:"我心中悲伤。一种无端的恐怖用不祥的预感来锁闭了我的心。"

以后便是经过五年之后。舞台面是丘道夫寺院的禅房,作编年史的僧侣比明的形象就在这里出现。这僧侣记录"一生中所目睹的一切",判定鲍利斯为杀害沙皇的罪犯。他同另一僧侣格利戈利谈话,向他叙述皇

太子季米特利被杀害的历史,这时候管弦乐中最初出现季米特利皇太子的主题(这主题在后来便是伪称王的主题):

鲍利斯·戈杜诺夫（第一幕第一景）

穆索尔斯基

　　其次的一场,是在接近立陶宛边境的一个小旅馆中,在那里出现两个曾经当过僧侣的流浪人,即瓦拉阿姆和米萨伊尔,以及从寺院中逃出来的格利戈利。

　　季米特利皇太子的主题当格利戈利出场的时候在管弦乐中奏出:伪称的念头在他心中已经十分巩固。

　　瓦拉阿姆唱关于伊凡雷帝出征喀山的狂暴而勇壮的歌曲《军队出征来到了喀山城中,伊凡雷帝就大排筵席取乐》:

鲍利斯·戈杜诺夫（第一幕第二景）

（瓦拉阿姆唱）

穆索尔斯基

军队出征来到了喀山城中,　伊凡雷帝就大排筵席取乐。

　　这歌曲展开了瓦拉阿姆的民间风的形象和他的自发的勇气;同时这歌曲的结构很有趣味:歌曲的伴奏写成变奏曲形式,生动地表现出瓦拉阿姆所说的一切。

　　第二幕发生在鲍利斯的楼房中。在和儿童们一起的一场之后,鲍利斯独自留在房中沉思自己的事。在悲惨的独白中,深刻而多方面地表现

出鲍利斯的面貌来——温柔而慈爱的父亲的面貌、君王的面貌和苦痛的
季米特利谋杀者的面貌：

鲍利斯·戈杜诺夫（第二幕）
（鲍利斯唱）

穆索尔斯基

贵族舒伊斯基的出现打断了鲍利斯的惊慌的沉思。鲍利斯知道了
伪称王的出现，狼狈起来，这一场就以鲍利斯的噩梦来结束："唉，凶恶的
良心，你的惩罚多可怕……喂，喂，我不是，我不是你的恶徒……"

贯串在全部歌剧中的季米特利伪称王的主题，这时候又在管弦乐中
奏出，表现出鲍利斯因回想起谋害皇太子的事而感到的苦痛。

红场的舞台面，在主要路线——人民——的发展上具有很大的意
义。民众聚集在瓦西利·勃拉仁奈大教堂旁边，等候鲍利斯从教堂里出
来。他们唱出反复句，从这些反复句中可以分明听出：民众确信真皇太

子季米特利的存在,他是侥幸免难的;而他们对鲍利斯则表示仇恨的态度。当这位沙皇出来的时候,民众向他提出凄苦的申诉和请愿,这申诉和请愿到末了发展成为愤怒强硬的要求:"面包,面包,给饥饿的人面包":

鲍利斯·戈杜诺夫

在这一场的末了,由一个装疯僧的口中说出人民判定鲍利斯为犯罪的沙皇("盼咐把他们斩首,像你斩小皇太子一样","不许为杀人的沙皇祈祷"),又说出被压迫的人民的愁闷和苦痛("流吧,流吧,悲痛的眼泪")。

以后接着的几场是波兰的舞台面,伪季米特利在那里出场,他靠着波兰小贵族的支持,准备出征莫斯科。此后的一声是贵族会议和鲍利斯的死。

这歌剧用"克罗梅附近"一场来结束。这里表现出具有充分的威力和自发力量的人民,他们起来抗议并变叛。这民众运动在合唱"力量增长,力量不断加强,勇敢大胆又雄壮"中表现得最为鲜明:

鲍利斯·戈杜诺夫（第四幕第二景）

那个伪称王率领了他的军队庄严地出场，人民为他的出现所鼓舞，便跟随着他去了，仿佛跟随他们的拯救者一样。在空洞而黑暗的舞台上，在远处火灾的幽暗的红光中，在警报的钟声里，响出那装疯僧的哀痛的歌声，这仿佛是人民未来的灾难的悲惨的预言。这歌曲中表现出绝望的、苦闷而单调的音调：

> 流吧，流吧，悲痛的眼泪，
>
> 哭吧，哭吧，正教徒的灵魂，
>
> 敌人快到了，黑暗快来了……
>
> 不幸，俄罗斯不幸，哭吧，哭吧，

俄罗斯民众,饥饿的民众……

鲍利斯·戈杜诺夫（第四幕）
（装疯僧唱）

徐缓　　　　　　　　　　　　　　　　　　　　　　　　穆索尔斯基

流 吧,流　吧, 悲　痛 的 眼 泪,哭 吧,哭 吧,　正 教 徒 的 灵 魂。

　　称歌剧《鲍利斯·戈杜诺夫》为民族音乐剧,是很合理的;它之所以成为高度人民性的歌剧,首先是因为其中主要的原动力是人民。

　　在一八八一年,由于反动势力的加强,这歌剧完全被从上演节目中取消,被认为是"叛逆的歌剧"。到了九十年代中,李姆斯基-柯萨科夫部分地修改这歌剧,重新配置它的乐器,它终于以这形式重又在彼得堡的歌剧院中上演。这次上演获得很大的成功,这歌剧立刻受到了广泛的欢迎。到了我们的时代,这歌剧恢复了它原来的形式。

　　穆索尔斯基的歌曲　穆索尔斯基是俄罗斯音乐中最进步的作曲家之一。在他的创作中,明显地表现出社会性的构思。差不多所有的歌曲中都揭示出农民的困苦的境况。我们在其中找到许多和涅克拉索夫的构思相共通之点,并不是偶然的。在用涅克拉索夫的文词而作的歌曲《卡里斯特拉特》中,一个农人回想起童年时代母亲唱歌给他听而允许他幸福生活时的情景,他带着悲哀的讥讽而笑他现在"正在从没有播种、没有耕作的小土地上收获",他的妻子在替裸体的孩子洗衬衣。在用穆索尔斯基自己的词而作的歌曲《孤儿》中,描写一个不幸的农家孩子饿着,冻着,替主人奔走,徒然地祈求帮助。

　　在用戈列尼谢夫-库图左夫的词而作的歌曲《特列巴克》中,描写一个贫苦农人死亡的可怕情景,他是在旷野的暴风雪中冻死的;他觉得死神在同他跳"特列巴克"舞,唱她的可怕的摇篮曲给他听。《摇篮曲》这作品给人可惊的印象,其中表现着母亲和死神的对话;母亲在将死的孩子的床边辗转不安,死神在黎明前的薄暗中以苦痛的"拯救者"的姿态出现,用她的摇篮曲来使这生病的孩子安息(永远地)。

穆索尔斯基自己作词的歌曲中,充满着尖锐、确切而刻毒的讽刺。他在这些歌曲中嘲笑当时社会的习俗:关于僧侣(《神学生》),关于上流社会人士(《牡山羊》)和最守旧的、落后的、敌视他的观点的音乐事业家(《魔镜》和《古典学家》)。

在穆索尔斯基的歌曲剧作中,《儿童歌曲集》略有特殊之处,其特色是光辉、明朗而安宁的性质。在许多儿童生活的歌曲中,他用高度的热情、亲爱和观察力求描写儿童和他的精神世界。

穆索尔斯基在这里也应用很接近于儿童语言的宣叙调。儿童歌曲《在一角里》十分优秀,其中描写孩子和乳母的对话。《洋娃娃》这歌曲也很动人,其中描写女孩子哄洋娃娃睡觉。这些歌曲都很富有舞台性和表现力,不是给儿童演唱者用的,而是给专门的歌唱家用的。

穆索尔斯基的创作的意义　　穆索尔斯基的创作原则,是力求在题材具体的作品中表现出周围的生动现实,特别是关联于人民、农民的生活和苦难的。

在许多作品中,穆索尔斯基自己是歌词作者。因此在他的作品中,文词和音乐之间具有特别丰富的完整性和统一性。

穆索尔斯基的特色,是他的音乐和歌词有密切的联系,他力求用音乐的声调来表达人类语言、人类体验的极细致的色调。穆索尔斯基的主要的表现手段,是旋律性的宣叙调和朗诵式的旋律。

穆索尔斯基的音乐风格的另一种极重要的基础,是民间歌曲。穆索尔斯基很熟悉俄罗斯民间(农民)歌曲,广泛地把它们应用在自己的创作中。这位作曲家采用民间歌曲时,几乎不用其基本形式,即不拿民间歌曲当做改作用的主题,而利用它所特有的表现方式来作为自己的乐语的基础。因此,穆索尔斯基所创作的旋律,往往给人以真正民间歌曲的印象,例如歌剧《鲍利斯·戈杜诺夫》和《霍凡希那》的引子的主题便是:

鲍利斯·戈杜诺夫（序幕）

霍凡希那（引子）

穆索尔斯基是最伟大的俄罗斯人民艺术家之一,他带给俄罗斯音乐艺术许多新的成分,对于俄罗斯作曲家和外国作曲家都有很大的影响。

穆索尔斯基的作品中充满着对人民的爱、对人民的深切的理解、对人民的忧患和苦痛的同情。

李姆斯基-柯萨科夫

(1844—1908)

李姆斯基-柯萨科夫传略

尼古拉·安德列耶维奇·李姆斯基-柯萨科夫于一八四四年生于诺夫哥罗得省的一个古老而优美的小城市中。李姆斯基-柯萨科夫从很早的童年时代起就很爱好自然,欢喜观察这小城市中所保留着的古风的民间仪式,这些童年时代的印象后来就反映在他的创作中。这孩子在很早的童年时代就显露音乐才能。他六岁上开始学习弹钢琴,十一岁上就尝试独立地创作音乐。一八五六年,李姆斯基-柯萨科夫进了彼得堡的海军学校,但在海军学校里他并不停止音乐研究。他常常去听音乐演奏会和歌剧,他所特别欢喜的是格林卡的歌剧。

他的教师中之一人卡尼列,是一位优良的音乐家兼教师。这位教师巩固了他对音乐的爱,特别是对俄罗斯音乐的爱,并且使他确切地认识了各种音乐著作,大大地开拓了这青年的音乐眼界。尼古拉·安德列耶维奇后来回想起这位教师时感到温暖,他说:"这个人在我是无价之宝";"卡尼列启发了我对许多事物的见识。我是多么欢喜,当我从他那儿得知"卢斯朗"确是世界上的优秀歌剧,格林卡是最伟大的天才……"一八五九年,卡尼列介绍他的学生认识了巴拉基列夫,从这时候开始,李姆斯基-柯萨科夫就亲近巴拉基列夫和他的集团：居伊、鲍罗丁、穆索尔斯基和斯塔索夫。[1]

在和这些天才的、进步的俄罗斯音乐家交游的影响之下，李姆斯基-柯萨科夫日益醉心于音乐艺术了。他在这时候创作了他的第一交响曲的第一乐章、谐谑曲和终曲。然而过了不久，他不得不长期脱离音乐。

一八六二年，海军学校毕业以后，他必须在练习船上作环绕世界的航行。这时候他已经十分热衷于音乐和对他的朋友们的交游，今后长期的别离使他觉得害怕，但他不能拒绝不去。

这旅行把这青年从彼得堡的稔熟的环境中拉走，又打断了他的音乐的发展，差不多有三年之久（他只在航行开始的时候作了交响曲的第二乐章），然而这旅行在别的方面毕竟给李姆斯基-柯萨科夫以有益的影响。他读了许多书，充实了自己的修养，学了外国语。

舰员之中有怀抱革命思想的人，李姆斯基-柯萨科夫和他们亲近起来。大多数军官立刻由于他们的狭隘和空虚而使他感到厌恶。正是这时候确定了他成为一个进步人物的未来的发展。

同时，他从自然界——特别是从水乡风景——所受得的鲜明印象，也是很可贵的。海的许多形象，后来在他的创作中占有很大的地位。

一八六五年春天，李姆斯基-柯萨科夫回到了彼得堡，回到了他的朋友们那里，就热衷地从事于音乐事业。

在此后最近的几年内，他作了整整一系列杰出的交响曲和浪漫曲，其中特别重要的是根据民谣叙事诗的题材而作的交响画《萨特科》[2]，

---

〔1〕　见"俄罗斯古典音乐"绪章。
〔2〕　经过了三十年之后，他又根据《萨特科》的题材写了一部歌剧。

以及第二交响曲《安塔尔》。

在这些作品中,已经显露出李姆斯基-柯萨科夫的创作风格的特色：对民间构思和民间旋律风的爱好(《萨特科》),对东方的兴趣(《安塔尔》),标题性、神话风和幻想风。

在六十年代末,李姆斯基-柯萨科夫着手创作他的第一部歌剧《普斯科夫姑娘》——要据梅伊的历史剧题材。这题材的选择,无疑地是和六十年代社会思想的高潮有关的(在同一时期,穆索尔斯基创作他的民间音乐剧《鲍利斯·戈杜诺夫》)。在一八七二至一八七三年的季节中,歌剧《普斯科夫姑娘》上演,并获得了很大的成功,尤其是在民主思想的青年之间,因为这歌剧明显地表现出了人民性。

这时候在李姆斯基-柯萨科夫的生活中发生了重要的事件：他被聘请到彼得堡音乐学院去当了配器法和创作实习的教师。

虽然李姆斯基-柯萨科夫感觉到自己的音乐理论修养不够,但他仍是接受了这提议;他一方面从事教育工作,一方面努力研究音乐理论,又磨练自己的作曲技术。不久,他兼任了海军所属的军乐队的监察员,这工作使他获得了彻底地研究管乐器的机会。

同是这时候(一八七四年),他代替离去的巴拉基列夫担任了免费音乐学校的校长兼这学校的演奏会的指挥者。这工作使李姆斯基-柯萨科夫获得了扩充交响管弦乐知识和发展指挥技术的可能性。

就在这时期,李姆斯基-柯萨科夫编了一本优秀的俄罗斯民歌集。在这以前不久,李姆斯基-柯萨科夫对俄罗斯民间歌曲特别感到兴趣,研究了各种各样的集子。除了巴拉基列夫的"绝妙的"(按照他的说法)集子,其余的集子由于记录和编制的不完善,都不甚使他满意。

他依照民歌大鉴赏家兼爱好者菲里波夫的提议,从他口中记录了四十首大都是抒情性质的歌曲,并配上和声。由于李姆斯基-柯萨科夫所感兴趣的不仅是这些歌曲,而又有其他的歌曲,所以他决定在编制他的集子时,依照一定的计划而选取各种形式的俄罗斯农民歌曲:从民谣叙事诗到舞曲和滑稽歌曲。这册包含一百首歌曲的集子于一八七七年出版。

李姆斯基-柯萨科夫一方面要分配许多时间和注意力给教育事业,一方面又要扩充并加深自己的音乐修养,因此他在这时期创作得很少。

"创作的重新武装"时期差不多继续了六年;在克服创作危机方面,除了掌握技术之外,上述的音乐创作的活水源泉——民间歌曲——的研究工作无疑地起着很大的作用。

一八七八年,他的第二部歌剧《五月之夜》问世,这是根据果戈理的题材而作的。

其次的一部歌剧,在李姆斯基-柯萨科夫的创作中具有特殊的意义,这便是《雪娘》(一八八〇年),是根据奥斯特罗夫斯基的春天的故事的题材而作的。

此后若干年间,李姆斯基-柯萨科夫的创作,大都是器乐曲。这也结合着李姆斯基-柯萨科夫的紧张的指挥工作;音乐学院管弦乐班的教育工作也成了规律性的。一八八三年,他以巴拉基列夫在宫廷唱歌班指导方面的助手的资格,就在那里组织了管弦乐班。最后,在八十年代中,发生了很有意义的事件,即组织了"俄罗斯交响乐演奏会"[1],李姆斯基-柯萨科夫便是这些演奏会的领导者。

---

〔1〕 这些演奏会是巨富的文艺保卫者贝莱耶夫组织的,其中所演奏的,大都是俄罗斯作曲家的作品,尤其是青年作曲家的作品。

这时候李姆斯基-柯萨科夫交了些新朋友。他同贝莱耶夫发生了事务上的密切联系,把他当作他的一切创举的艺术"顾问"。除了"俄罗斯交响乐演奏会"之外,贝莱耶夫又组织了一个乐谱出版社,这出版社里专门出版俄罗斯作曲家的作品。这些俄罗斯作曲家大多数是李姆斯基-柯萨科夫的学生和朋友,例如格拉祖诺夫和李亚多夫便是。他们又组织了一个新的"贝莱耶夫小组",这小组在当时对于俄罗斯音乐的发展和宣传曾经发生重大的作用。

这时期最有意义的作品,是交响乐曲《西班牙狂想曲》和《舍赫拉萨达》——前者是根据西班牙民间主题的辉煌的管弦乐组曲,后者是与著名的阿拉伯神话《一千零一夜》中的形象相关联的标题组曲。在这两个作品中,李姆斯基-柯萨科夫显示了管弦乐作曲的特别高明的技巧。

李姆斯基-柯萨科夫在此后的全部生涯中,特别努力而富有目标地继续从事极多样的工作,都是关于俄罗斯音乐文化的发展的。在音乐学院里,他做了有成效的教育工作和组织工作。

李姆斯基-柯萨科夫在他的朋友穆索尔斯基和鲍罗丁逝世之后,收集、校订并出版了他们的丰富的创作遗产,这使得这两位天才作曲家的优秀作品能够广泛流传。

他做了许多演奏工作,不但在俄罗斯,又在国外出席演奏,借以宣传俄罗斯音乐,例如当举行"全世界博览会"的时候,他曾在巴黎出席演奏。

但在他的多种多样的音乐社会事业中,主要的是作曲事业。他在这最后时期中以极快的速度创作了大量的优秀作品。李姆斯基-柯萨科夫这种富有成果的作曲事业,有赖于他的组织才能、劳动能力和独得的作曲技术的帮助。

他在生涯的最后一时期中(从一八九四年起)写了许多作品,其中特别卓著的是歌剧《圣诞节前夜》《萨特科》《沙皇的未婚妻》《萨旦王的故事》《不死的卡舍》《隐城基捷施传奇》）。

除此以外，他又作了许多浪漫曲。

一九○五年，李姆斯基-柯萨科夫勇敢地奋起保卫革命的青年学生，因此被撤免了音乐学院教授之职。

音乐学院的学生为表示抗议，在四天内排演好并演出了李姆斯基-柯萨科夫的歌剧《不死的卡舍》。这歌剧是革命前所作的，内容关联于解放的思想。

不久，因了彼得堡音乐学院新院长格拉祖诺夫的固请，李姆斯基-柯萨科夫重新回到音乐学院。

最后一部歌剧，即以普希金的故事为题材的《金鸡》，是一部尖刻的讽刺作品。作曲家在这作品中，借多顿国和愚蠢而丧失一切趣味的多顿王来十分刻毒地讽刺独裁政治和俄罗斯沙皇，并且预言他们的毁灭。

李姆斯基-柯萨科夫自己在某一封信中强调着这歌剧的讽刺的倾向："我希望彻底地侮辱多顿王。"在多顿王的性格描写中，的确明显地表现着愚蠢、迟钝、迷信、贪婪和顽固等等。

沙皇的检查机关不放过这歌剧，不是偶然的。经过了多次的奔走斡旋，又修改了若干年之后，这歌剧才于一九○九年上演。但李姆斯基-柯萨科夫自己不曾看到它，因为他在一九○八年六月就因心脏病发作而逝世了。

李姆斯基-柯萨科夫作为一位优秀的教师和俄罗斯音乐上一流派的领导者，其意义是非常伟大的。他的承继者们和学生们在俄罗斯各地做了很多进步的工作。其中有许多人成了苏联的卓越的社会音乐事业家，例如雷新科（乌克兰）、斯宾季阿罗夫（亚美尼亚）、米亚斯科夫斯基（莫斯科)、伊波里托夫-伊凡诺夫(梯比里斯、莫斯科)以及其他许多人。

李姆斯基-柯萨科夫的创作

李姆斯基-柯萨科夫的创作非常广泛而多样:大数量的管弦乐作品(交响曲、组曲、幻想曲、序曲)、编奏曲、室内器乐合奏曲、浪漫曲,以及最有意义的十五个歌剧。最优秀的歌剧是《普斯科夫姑娘》《五月之夜》《雪娘》《圣诞节前夜》《萨特科》《沙皇的未婚妻》《萨旦王的故事》《不死的卡舍》《隐城基捷施传奇》和《金鸡》。

歌剧《雪娘》　在歌剧《雪娘》中,李姆斯基-柯萨科夫特别鲜明地表达出他对祖国自然界,对俄罗斯往昔,对民间的仪式、歌曲和舞蹈等的爱。

这歌剧的中心,是以温和、柔顺、纯洁来使人迷恋的雪娘的形象。雪娘的咏叹调的特色,是旋律的富有歌曲风和柔顺,以及管弦乐伴奏的清澈而柔和的声音。

雪娘的形象由若干个主题组成,这些主题在全歌剧中广泛而多样地发展。

雪娘的出场,差不多每次都伴着管弦乐所奏的、她的咏叹调中的音调:

雪娘（序幕）
（雪娘的小咏叹调）

李姆斯基－柯萨科夫

我听见了,听见了,听见了,妈妈,我听见了云雀的歌声。

雪娘（序幕）
（雪娘的咏叹调）

热烈　　　　　　　　　　　　　　　李姆斯基－柯萨科夫

和女朋友们同去采浆果，答应着她们

愉快的呼声：　　　"啊

呜，啊呜！"

雪娘（第四幕）
（雪娘唱）

快速而热情　　　　　　　　　　　李姆斯基－柯萨科夫

我心中充满的不是惊慌，不是恐怖！

雪娘（第四幕）
（雪娘的叙咏调）

徐缓　　　　　　　　　　　　　　李姆斯基－柯萨科夫

而我　　怎样？

这歌剧的序幕中,用"春""严寒"和鸟等形象来巧妙地表现出各种自然景色。

在群鸟歌舞的一场中,明朗而多样的合唱声表示鸟的相互呼应,同时描写群鸟的聒噪喧哗的管弦乐也起着很大的作用。这里利用了原本的民间歌曲《鹰是总督大人》:

雪娘(序幕)

(群鸟合唱)

李姆斯基－柯萨科夫

鹰 是 总 督 大 人,鹌 鹑 是 副 书 记,副 书 记……

轮舞仪式的舞台面以原本的民间歌曲《啊,田野里有小菩提》(第三幕中)和《我们大家种粟子》(第四幕中)为基础:

雪娘(第三幕)

(合唱)

李姆斯基－柯萨科夫

女高音
女低音

啊, 田   野 里, 啊, 田   野 里,

啊, 田野 里有 小菩提, 啊, 田 野 里有 小 菩 提。

雪娘（第四幕）

（合唱，男高音领唱）

李姆斯基－柯萨科夫

我们大家种粟子,种　粟子。啊,季拉多,种粟子,种　粟子。

牧人列尔(这部分由低的女声演唱)的三首歌曲中,最有名的是第三首歌曲《乌云预先和雷公商量好》。这歌曲用分布形式写成,伴奏中有描写性质的变奏:

雪　娘

（列尔唱）

李姆斯基－柯萨科夫

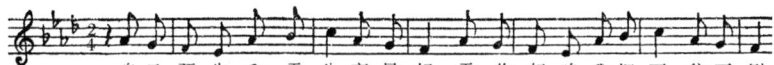

乌云预先和雷公商量好,雷,你怒鸣,我把雨往下倒。

在贝林杰沙皇的形象中——在第二幕和第三幕他的抒情独唱曲中——李姆斯基-柯萨科夫表现出这歌剧的基本思想之一:自然的征服力、美和丰富:

雪娘（第二幕）

（沙皇的抒情独唱曲）

不很慢

李姆斯基－柯萨科夫

全是,全是奇迹,那伟大雄壮的自然界。

在这歌剧中,除神话世界以外,又表现出远古时代民间生活的广泛展开的情景、农村仪式以及生动的人物形象:库帕娃、米兹吉尔、贫农。

为了描写这世界,李姆斯基-柯萨科夫广泛地应用民间歌曲的音调和生动的语言的音调,以及许多原本的民间歌曲(《结婚仪式》——第一幕,库帕娃和贝林杰的一场——第二幕,禁伐林中的游戏——第三幕,以及其他)。

歌剧《萨特科》　《萨特科》的题材根据民谣叙事诗《客商萨特科》。青年的梯形琴手[1]萨特科和诺夫哥罗得商人发生了争吵,便来到伊尔明湖岸上,借以消解他的烦恼。萨特科在那儿看到了一种奇妙的景象:"一群白天鹅和灰鸭子"变成了一群美丽的少女,这便是海王的女儿伏尔霍娃和她的姐妹们及女伴们。这位公主被这梯形琴手的奇妙的歌曲迷恋住了,允许给他"三个金翅鱼"。

在码头上,萨特科和诺夫哥罗得商人打赌,他用自己的头来赌他们的一切绸缎店铺。他从湖里拉起网来,得到了金鱼和许多金子,便赌赢了。

萨特科把店铺留给商人,拿金子来变换了货物,装备起几只大船来,就向远方出发了。

在长期的飘泊之后,他到达了水底王国,来到海王那里。在那里,当萨特科和公主伏尔霍娃结婚的时候,他奏出一首舞曲;海王跳舞,海水汹涌起来,大船都沉没在海里……

来了一个大力士斯塔尔契歇,他把萨特科手里的梯形琴打破了。萨特科和伏尔霍娃出现在伊尔明湖岸上。伏尔霍娃变成了一条河,泛滥起来;萨特科遇见了他的妻子柳巴娃。萨特科的大船在新的河里行驶。诺夫哥罗得的人们惊喜地赞颂萨特科。

这歌剧的音乐是很特殊的。李姆斯基-柯萨科夫根据歌词而赋予这

---

〔1〕　梯形琴手是古代俄罗斯的一种民间歌人,是用梯形琴来伴奏自己的歌声的。梯形琴是古代的一种民间弦乐器(拨弦乐器)

歌剧的音乐以民谣叙事故事的性质。大多数声乐部分——萨特科、梯形琴手涅查塔、诺夫哥罗得商人——是写成民谣叙事歌性质的。

李姆斯墓-柯萨科夫自己称这歌剧为"民谣叙事歌剧"。他没有把这歌剧分为几幕,而只把它分成几景,这是很特殊的。

这歌剧以引子开始,引子名为《青色的海洋》。作曲者在这引子中表现着一个贯串全歌剧的基本音乐形象——水国的形象。

李姆斯墓-柯萨科夫描写海的壮大的景象,起初风平浪静,后来波涛汹涌起来,渐渐地又平静下去。

萨特科

（青色的海洋）

很慢   李姆斯基－柯萨科夫

在第一景中,当宴会的时候,萨特科在他那出色的、带有宣叙调的咏叹调中说出自己的幻想——"但愿得我有一个黄金宝库"。

这宣叙调的特色是它的民谣叙事风,即"歌调风":

萨特科

（萨特科的宣叙调和咏叹调）

李姆斯基－柯萨科夫

但 愿 得 我 有 一 个 黄 金 宝 库。

但 愿 得 我 有 一 队 勇 敢 的 军 队。

在第二景中,萨特科在伊尔明湖岸上唱《啊,阴暗的橡树丛林呀》,他在这歌曲中诉说自己的命运。这歌曲的旋律宽广而悠长,是高度民歌风的。

萨特科 (第二景)
(萨特科唱)
李姆斯基－柯萨科夫

啊,险暗　的　橡树丛林呀,　请你让　一　条路　给我走。

这歌曲写成分节形式的。管弦乐伴奏模仿梯形琴的声音,并且不绝地变化。

当萨特科唱完了的时候,管弦乐中响出各种主题:"激动的"伊尔明湖、萧飒的芦苇,最后便是"白天鹅和灰鸭子",它们游到岸边,变成了一群美丽的少女:

萨特科 (第二景)
(少女们的主题)
李姆斯基－柯萨科夫

萨特科（第二景）

（一群白天鹅和灰鸭子在湖中游泳）

徐缓　　　　　　　　　　　　　　　　李姆斯基－柯萨科夫

　　萨特科由于公主伏尔霍娃的请求，便弹奏并演唱"弹起来吧，我的梯形琴"这轮舞歌曲。这歌曲的旋律很简单，是两拍子的标准轮舞曲风的，渐渐地快起来，在短短的一节歌词反复的时候伴奏中有各种各样的变奏：

萨特科（第二景）

（萨特科唱）

不很快　　　　　　　　　　　　　　　李姆斯基－柯萨科夫

弹起来吧，我的梯形　琴。弹起来吧，嘹　亮的琴　弦

公主伏尔霍娃的主题很富有歌曲风:

萨特科(第二景)

(海公主唱)

李姆斯基－柯萨科夫

不很慢

你 那悠扬的 歌 声传到了

伊尔明湖底的 最 深处。

萨特科和伏尔霍娃的二重唱的主题的特色,是非常热情而富于抒情味:

萨特科(第二景)

李姆斯基－柯萨科夫

徐缓

(萨特科唱)露 珠儿 在 你的 鬈 发上 发出光

(海公主唱)琴 声 真 美 丽,

辉, 好 像 是 闪 耀 着

你的 手指 真 伶 俐。

满 头 珠 翠。

在这一景的末了,又奏出海王的主题。这主题奇妙而特殊,建立在李姆斯基-柯萨科夫自己独创的音阶上:

萨特科（第二景）

中庸速度　　　　　　　　　　　　　　　　　　　李姆斯基－柯萨科夫

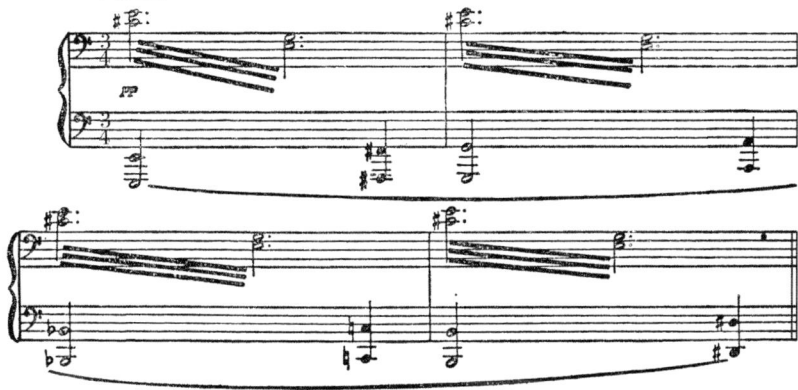

这一景在这歌剧中具有很大的意义,因为李姆斯基-柯萨科夫在这里表现出水底王国的一切幻想形象的基本主题。同时,管弦乐色彩及和声色彩的特别多样而丰富,使这一景显得很精彩。

在第三景中,在萨特科的楼房中,他的年青的妻子柳巴娃正在忧愁,因为她的丈夫厌弃她、忘记她了:"唉,我知道,萨特科他不爱我了。"

柳巴娃的咏叹调充满抒情味,很富有表情;这咏叹调朴素而真挚,宛如民间的哀号:

萨特科（第二景）
（柳巴娃唱）

很慢　　　　　　　　　　　　　　　　　　　　李姆斯基－柯萨科夫

唉! 我知道,萨特科他不爱我了,他毫不怜惜地把我抛弃了。

在第四景中——萨特科置备了大船之后,在诺夫哥罗得的码头上——萨特科向几个外国籍的"客商"请教,请他们把自己的国土的情况告诉他,以便选定"向哪个国土取道前往"。

一个瓦良格[1]人用森严的色调来描摹自己的祖国——峥嵘的山严,凛冽的海水;这歌曲由男低音演唱,因而具有雄壮严肃的性质:

萨特科(第四景)

（瓦良格客商唱，男低音）

萨特科(第四景)

（印度客商唱，男高音）

印度客商(男高音)的歌曲和瓦良格客商的歌曲相对比,描摹着一个"奇异的国土"——遥远而神奇的印度。慵困而抑扬婉转的音调,表现出幻想的凤凰的歌声;伴奏具有轻快飘荡的性质,这一切都加强了这描摹:

萨特科遵循众人的愿望,决定不到森严的瓦良格人那儿去,不到遥远而神奇的印度去,而开往富庶的商业城威尼斯。萨特科上船的时候,唱他的充满精神和勇气的歌曲"高呀高来高呀高",他的卫兵们和着他唱。在这歌曲中,李姆斯基-柯萨科夫把关于索洛维·布季米罗维奇的民谣叙事曲调加以改编而应用进去了:

---

〔1〕 瓦良格(ьарят)是古代斯干的那维亚的诺尔曼民族的名称。——译者注

萨特科（第四景）

（萨特科唱）

李姆斯基 - 柯萨科夫

第一景和第三景，尤其是这第四景，都联系到古代的生活状况，李姆斯基-柯萨科夫把这方面描写得非常鲜明。第四景中的有趣味的细节描写特别多样而丰富；这里面豪华地表现着这个巨大的商业城的喧嚣和扰攘，奇妙地交织着商人、飘泊乐师、民众（流浪的盲丐）和海外客人的音乐形象，以及海公主的奇妙声音和萨特科自己的歌声。

在第五景中，用丰富的管弦乐色调来鲜明地表现出海底王国的情景。在这一景中，广泛地发展着主要的幻想的形象主题：海王的、金鱼的和其他在第二场中已经出现过的形象主题。

在最后一景中，伏尔霍娃在变成河流以前替睡着的萨特科唱摇篮曲《梦魂彷徨在河岸》。这个温暖而真挚的旋律，每次（共三节歌词）都用催眠的副歌"睡呀睡"来结束，表现出伏尔霍娃的温柔而亲爱的形象：

萨特科（第七景）

徐缓　　　　　　　　　（海公主唱）　　　　　　李姆斯基－柯萨科夫

梦　魂　彷　徨　在　河　岸，　徘　徊　在　草　原。

（副歌）

睡　呀　睡，　睡　呀　睡，　睡　呀　睡，　睡　呀　睡。

歌剧《沙皇的未婚妻》　　这歌剧的题材，是从梅伊的戏剧中借用来的，是伊凡雷帝统治时代的一个历史插话。这是李姆斯基-柯萨科夫的第二部歌剧，是为伊凡雷帝时代而作的，阐明着他的统治时代的后半期。

伊凡雷帝的一个贵族军人名叫格利戈利·格略兹诺伊的，爱上了贵族伊凡·雷科夫的未婚妻玛尔法·索巴金娜。格略兹诺伊想把这女郎施行迷恋魔术，使她爱上他，于是他仿到了一种"迷恋药"。但格略兹诺伊的情人柳巴莎暗中用毒药偷换了那"迷恋药"。

在订婚的时候，格略兹诺伊庆祝一对青年爱侣，给玛尔法喝了一杯毒药酒。

伊凡雷帝要替自己选择皇后，他察访国中女郎，选中了玛尔法。她就迁居到沙皇宫中。中了毒的玛尔法病得很厉害。格略兹诺伊奉沙皇之命来探望玛尔法的健康情形，便告诉她，说雷科夫已处死刑，因为他承认了要毒死她。

玛尔法发疯了。格略兹诺伊看到玛尔法的状态，恐怖起来，便招供出来：是他在酒里放了"迷恋药"。柳巴莎也说出来：她用毒药偷换了这迷恋药。格略兹诺伊绝望之余，杀死了柳巴莎，又请求把他自己也处死刑。

李姆斯基-柯萨科夫的许多别的歌剧,都是神话风的,或描写如画的;这《沙皇的未婚妻》却和它们不同,它以深刻的戏剧性称著。戏剧的紧张性在其发展中不绝地增长,而以悲剧的收场来结束。

这歌剧里玛尔法所唱的部分十分精彩:旋律很真挚,全部柔和而富有表情。

在序曲之后,第一幕以格略兹诺伊的长大的咏叹调开始,这里面表现着他的心神慌乱:"心中忘不了美人。"在声部中,在管弦乐中,都不断地出现描写格略兹诺伊的形象的基本旋律,即他的导旋律:

沙皇的未婚妻(第一幕)

后来,在格略兹诺伊为了解闷而安排筵席的时候,女郎们唱轮舞曲《蛇麻草》而舞蹈:

沙皇的未婚妻(第一幕)

有一点值得指出:除了第二幕末了贵族军人们所唱的一首小歌曲和沙皇的主题("复碟歌"——祝歌)外,李姆斯基-柯萨科夫在这歌剧中不再采用原本的民间歌曲。但他非常深刻地体会民间歌曲的精神和气质，因此连《蛇麻草》这歌和后面柳巴莎的歌《赶快准备吧》，以及这歌剧中其他许多主题(玛尔法的咏叹调)，也都给人以真正的民间旋律的印象。

柳巴莎应客人的请求而唱"赶快准备吧，我的亲妈妈"的歌曲，这歌曲中充满了关于女人命运的歌曲所特有的忧愁和绝望。柳巴莎所唱的没有管弦乐伴奏的旋律，具有悠长而悲哀的性质：

沙皇的未婚妻（第一幕）

赶 快 准 备 吧，我 的 亲 妈 妈，替 你 亲爱的
女 儿 准 备 婚 礼 吧。

第二幕末了出现的贵族军人们的歌曲，具有粗暴而同时又严肃的性质：

沙皇的未婚妻（第二幕）

这 不是 鹰 儿 飞 翔 在 云 霄，
是 可 爱的 青 年 们 在 一 起 欢 笑，
他 们 一 齐 来 到 空 旷的 野郊。

　　玛尔法的形象很鲜明地表现在她的两个咏叹调中。第一个咏叹调出现在第二幕中,当她叙述自己的童年时代及对伊凡·雷科夫的爱情的时候。这咏叹调是抒情的,建立在引子之后出现的柔顺温和的旋律上:

沙皇的未婚妻（第二幕）

（玛尔法唱）　　　　李姆斯基－柯萨科夫

很慢

我　和伊凡同　住　在诺夫哥罗得。　他家里有个大花园。

沙皇的未婚妻（第二幕）

很慢　　　　　　　　　　　　李姆斯基－柯萨科夫

我现在向绿阴庭　园眺望,和我亲爱的朋友

　　玛尔法的第二个咏叹调出现在歌剧的末了,用惊人的力量来展示出她的惨痛遭遇。这咏叹调也很悠扬而温柔,但由于玛尔法的心情的突然改变和对比的音乐形象的互相照映,便造成了悲惨的印象。这对比的音乐形象便是:玛尔法的贞洁而温柔的形象、格略兹诺伊和柳巴莎的紧张可怕而阴沉的形象。

　　在玛尔法的这个咏叹调中,常常出现她的第一个咏叹调(第二幕)中的主题,有时在歌声中,有时在管弦乐中。

　　歌剧《萨旦王的故事》　《萨旦王的故事》是根据普希金的题材而作的一部优秀的歌剧。这歌剧单纯、真率而接近于民间音乐,是最容易理解的歌剧之一。

在两个姐姐的歌曲中,飘泊乐师的歌曲中,摇篮曲中,以及在松鼠的主题及其他主题中,都应用着原本的民间歌曲:

萨旦王的故事（第一幕第一景）

萨旦王的故事（第一幕）

萨旦王的故事（第一幕）
（小兔子）

李姆斯基-柯萨科夫为了要表现幻想和摹拟,广泛地应用管弦乐;管弦乐在这歌剧中起着主导作用。例如:第一幕的引子(萨旦王的进行曲)、第二幕的引子、第四幕最后一景的引子(三奇迹);姐姐的歌曲中模仿纺车声的伴奏;野蜂飞行的模仿和海的描摹等:

萨旦王的故事（第一景的引子）

萨旦王的故事（第二景的引子）

李姆斯基 – 柯萨科夫

萨旦王的故事（最后一景的引子）

李姆斯基 – 柯萨科夫

萨旦王的故事（第三幕）

李姆斯基 - 柯萨科夫

格维东的主题

萨旦王的故事（最后一景的引子）

徐缓

李姆斯基 - 柯萨科夫

　　这歌剧的音乐,建立在一切登场人物的很明显的性格描写上。萨旦王的主题最初出现(其特点是进行曲式的节奏和坚决的音调),它被保持在全部歌剧的进行中,成了萨旦王的导旋律。在第二幕的引子中,奏出正在成长的王子的主题。

　　李姆斯基-柯萨科夫在管弦乐中很明显地描写出汹涌的波浪和闪耀的星星,在这背景上两次表现出这主题。这主题的开头模仿《小兔子》这小曲的扩展的音调(见谱例中断片"1"),后半部则起初用四分音符,反复的时候用扩展的形式(用二分音符),仿佛在描写这孩子的神奇的生长。这旋律第二次出现时声音较低,较钝,这也加强了这种印象。

　　这主题的后半(见谱例中断片"2")到后来变成了格维东公爵的导旋律:

萨旦王的故事（第二幕的引子）

李姆斯基－柯萨科夫

萨旦王的故事（第二幕的引子）

李姆斯基－柯萨科夫

　　描写三种奇迹——松鼠、三十三个勇士和天鹅公主——的音乐插曲是很精彩的。

　　同普希金的作品中一样,松鼠的形象联系着民间歌曲《在花园里,在菜园里》,而且李姆斯基-柯萨科夫把它作种种变化,赋给它一种动人而神奇的性质。

从飞沫的波浪中出来的勇士们的形象,用低音区的汹涌澎湃的声音和进行曲节奏的雄壮的和弦来表现。

天鹅公主则用高音区的柔顺而抑扬婉转的旋律来描写。音调和节奏的奇妙,强调了形象的虚幻,正同李姆斯基-柯萨科夫在其他类乎此的情况中一样。这旋律和天鹅公主的补充主题交织起来,这补充主题也很抑扬婉转,仿佛在描摹鸟的鸣声:

萨旦王的故事（第四幕第二景）

李姆斯基－柯萨科夫

但这幻想的形象逐渐地变更起来,发展起来,越来越富有抒情的、温柔的性质:

萨旦王的故事（第四幕第二景）

（天鹅公主唱）

李姆斯基－柯萨科夫

我　从　天　上　来，　为　欲　显　奇　迹。

住　在　爱　人　心，　眼　看　无　形　迹。

李姆斯基-柯萨科夫这歌剧的每一幕,都用小型的管弦乐引子开始。这引子作勇壮的喇叭曲形式,报告引人入胜的表演的开始,并唤起听众的注意:

萨旦王的故事（第一幕的引子）

快速　　　　　　　　　　　　　　　　　　　　　李姆斯基－柯萨科夫

李姆斯基－柯萨科夫的创作的意义　　李姆斯基－柯萨科夫的创作的最显著的特色，是人民性、幻想风和神话风。在音乐中，用接近于民歌腔调的歌曲风表现人民的生活。李姆斯基－柯萨科夫的某些旋律，非常接近于民间歌曲（和"强力集团"中其他作曲家的一样），听起来竟同真正的民间歌曲一样。同时他又常常利用古代的农民歌曲，把它们加以各种各样的改编而取入在自己的歌剧中。

他的歌剧的题材，大部分关联于俄罗斯神话的形象和民谣叙事诗的形象，关联于民间生活及俄罗斯历史，例如《雪娘》和《萨特科》，《沙皇的未婚妻》和《普斯科夫姑娘》便是。

此外，在某几个歌剧和标题交响乐曲中，李姆斯基－柯萨科夫又利用乌克兰生活和波兰生活中的题材、东方的幻想风题材而创作出适合于它们的民族风格的特性的音乐。例如歌剧《五日之夜》《圣诞节前夜》《总督老爷》，交响组曲《舍赫拉萨达》等便是。

在题材解释和音乐形成方面，李姆斯基－柯萨科夫在幻想形象的创造上和自然景物的描写上显示了无穷尽的机智。

李姆斯基－柯萨科夫的音乐的极重要的品质，是他的管弦乐制作的妙技。其特色在于富有机智地结合各种乐器和善于利用乐器的各种各样的音色。

在李姆斯基－柯萨科夫的管弦乐音乐中，丰富的色彩、光辉和生动结合着明了和纯朴。

李姆斯基－柯萨科夫是俄罗斯最大的作曲家之一，是歌剧艺术的巨匠,是标题交响乐的卓越范例的创作者,他对于歌剧方面和交响乐方面都有许多新的贡献。李姆斯基-柯萨科夫的创作对于后来苏联音乐艺术的发展有很大的影响。

苏联的许多前辈作曲家,在其创作上都是李姆斯基-柯萨科夫的学生和他的传统的承继者。

李姆斯基-柯萨科夫的音乐在国外也广泛驰名。

柴科夫斯基

(1840—1893)

柴科夫斯基传略

彼得·伊里奇·柴科夫斯基于一八四〇年生于伏特金斯克城,他的父亲是这地方的一个工厂的厂长。柴科夫斯基的母亲唱歌唱得很好,柴科夫斯基在很早的童年时代就爱听母亲唱歌。

他童年时代的一大事件,是他家里有了一具"管弦乐机"〔1〕。年幼的柴科夫斯基能够一连数小时地听赏音乐,听过之后在钢琴上弹出他所听到的旋律来,或者在窗玻璃上敲出节奏来。

这孩子很可爱,对人很亲昵,异常富于感受性;音乐给他特别强烈的印象。

有一次他听了很久音乐之后,跑到儿童室里,放声大哭起来。"唉,这音乐,这音乐……把我从这音乐中救出来吧。它在我这里面,这里面,"他指着自己的头而号啕,"它使我不得安宁。"

当柴科夫斯基十岁的时候,他被送到彼得堡去进了法律学校。他在这学校毕业之后,担任了司法部长的职务。柴科夫斯基滞留在法律学校里的几年间并不放弃音乐学习,这时候他的钢琴已经弹得很好了。他在法律学校毕业之后,常常作即兴演奏或作曲,但这都只是非专门的、交际的音乐表演。年青的柴科夫斯基度着社交生活,但他渐渐地不满意于这种生活,感到这种生活的虚空。音乐越来越吸引他的心,他就开始认真地从事音乐,研究音乐理论。

一八六二年彼得堡的音乐学院的开办,促使柴科夫斯基踏上了决定性的前程:他入了音乐学院。柴科夫斯基的学习十分顺利,而且引起他极大的兴趣,因此他在一八六三年竟辞去职务,全心全意地献身于音乐了。在那时候,柴科夫斯基已经表露了他一生最显著的特色——异常的勤勉精神和劳动能力。柴科夫斯基的面目和全部生活方式在这时候完全改变了:他永远脱离了社交生活和社交环境,全心全意地献身于音乐剧作事业了。

---

〔1〕 "管弦乐机"是表演管弦乐演奏的一种机械的乐器。

从此以后，在柴科夫斯基的全部生涯中，一贯地保持着他的特色——可惊的劳动能力、组织性和富有目的性。他使自己的全部生活方式都服从于他生存的主要目的、意义和内容——音乐创作。没有作曲工作，他一天也不能过。柴科夫斯基进彼得堡音乐学院后过了三年，他毕业了，便立刻来到莫斯科，因为当地所开办（一八六六年）的音乐学院聘请他去担任理论科教授。柴科夫斯基在莫斯科音乐学院担任工作的时期很长，有十一年之久。他同音乐学院里的有几个工作者结了终身的深固友谊。他最亲近的朋友，是莫斯科音乐学院创办人兼院长尼古拉·格利戈利耶维奇·鲁宾什坦——柴科夫斯基的大部分作品的第一个表演者。他作为一个钢琴家而表演柴科夫斯基的钢琴曲，又作为一个指挥者而表演他的管弦乐曲。

教育工作使柴科夫斯基感到烦劳和疲倦，因为这使他脱离了他的生活的主要目的——音乐创作。然而在这期间，柴科夫斯基还是作了许多各种各样的作品：三个大交响曲、根据莎士比亚题材的交响诗《罗密欧与朱丽叶》、根据但丁题材的《弗朗契斯卡·达·利米尼》、芭蕾舞剧《天鹅湖》、三个四重奏曲、第一钢琴协奏曲、许多浪漫曲和钢琴曲等等。柴科夫斯基这时期创作的顶点，是一八七七年开始创作的两个天才作品：歌剧《叶甫根尼·奥涅金》和第四交响曲。然而这两个作品的创作工作被他的神经上的疾病发作所打断，同年秋天，他的兄弟就带他到外国去。

柴科夫斯基不再回到教育工作上来，因为他完全致力于创作事业了。

此后，在一八八五年以前，柴科夫斯基差不多常在旅行中，到处都不久留。他的生活大致这样安排：冬天赴外国，夏天大部分时间住在乌克兰卡明卡地方他姐姐达维多娃家里。他和这姐姐十分友爱，他很欢喜她的家庭。这样自由的生活方式,使得柴科夫斯基能够专心一志地献身于创作;所以能够如此,全靠那时候他从一个巨富的文艺保卫者梅克夫人那里受得了意外的物资帮助。这位夫人全心全意地爱好柴科夫斯基的音乐。她得知了他患病的消息,便每年致送他补助金。现在保存下来的他们的许多往来信件,对于柴科夫斯基的生活和创作的研究,供给了很丰富的材料。在频繁的旅行时期中,即所谓柴科夫斯基的事业的第二时期中,他完成了歌剧《叶甫根尼·奥涅金》、第四交响曲,又作了一系列的巨大作品,其中必须指出的是以普希金的诗《坡尔塔瓦》为题材的歌剧《马捷帕》、三个交响组曲、许多钢琴曲和浪漫曲。

一八八一年,柴科夫斯基的朋友鲁宾什坦死了。柴科夫斯基用他唯一的为小提琴、大提琴和钢琴作的三重奏曲来纪念他,题名为《纪念伟大艺术家》。这乐曲的悲哀的戏剧性的内容,给人很强烈的印象。

在这几年内,柴科夫斯基的声望已经很大,他的音乐到处——在俄罗斯国内和外国——都受到公认和热爱。柴科夫斯基自己开始当指挥者而表演自己的作品。一八八七年起,他在俄罗斯国内和外国作了多次的演奏旅行,表演自己的作品,每次都获得很大的成功。

他的频繁的旅行渐渐地使他厌倦起来,他希望常住在祖国,在俄罗斯人和俄罗斯自然的环境中。

一八八五年,柴科夫斯基迁居到克林城的近郊。他选择这个离莫斯科不远的小城市,为了要避去大都市的尘嚣;同时,像他自己所说,为了要"住在莫斯科和彼得堡之间的路上",因为这两处地方是他常常要去的。在这里他可以亲近他所热爱的自然界,而且乡村生活特别使他爱好。

柴科夫斯基的晚年就在克林度过。柴科夫斯基死后,他的住宅里开办了一个博物馆;这博物馆曾经被野蛮的德国侵略者所毁坏,解放之后重新修建起来。在这博物馆里,收集着关于这位大作曲家的生活和创作的宝贵材料。

组织博物馆、搜集关于这位大作曲家的材料,这巨大的工作是由柴科夫斯基的兄弟莫杰斯特·伊里奇担任的。莫杰斯特·伊里奇具有文学天才,是彼得·伊里奇的极亲密的人,他在彼得·伊里奇的歌剧剧本的写作上给予很大的帮助,又写了他的第一部详细的传记。

柴科夫斯基的晚年,是他的创作的顶点。这时期中所作的作品有:第五交响曲与第六交响曲,歌剧《黑桃皇后》和《伊奥朗塔》(这两个歌剧的剧本是莫杰斯特·柴科夫斯基写的),芭蕾舞剧《睡美人》和《胡桃夹》,以及许多浪漫曲和钢琴曲。

柴科夫斯基于一八九三年夏天所作的第六《悲怆交响曲》,是他最后的一个作品,是他的绝笔。

同年十月,在彼得堡的交响乐演奏会中,由柴科夫斯基指挥而初次表演这交响曲;但到了十月二十五日,柴科夫斯基在突发的短时期的疾病之后逝世了。

柴科夫斯基的创作

柴科夫斯基的创作十分多样:他创作了歌剧、芭蕾舞剧、交响曲、序曲、幻想曲、组曲、四重奏曲、协奏曲、钢琴曲、小提琴曲、浪漫曲等等,而在这些音乐作品的每一种形式中都创造了空前的范例。

柴科夫斯基是最受人爱戴的、最著名的俄罗斯作曲家之一。他的声望是世界性的,因为他的音乐非常容易理解,他常常用单纯易解的乐语来表现,即使在表演最复杂、最深刻的思想感情的时候也如此。柴科夫斯基的音乐的易解性结合着高度的作曲技巧。这位作曲家所创作的音乐,其真挚、热情和深刻给人以强烈的印象。

柴科夫斯基在器乐曲中与声乐曲中同样鲜明地表现出这种音乐特性。柴科夫斯基所作的歌剧有:《贵族军人》《高跟女靴》《叶甫根尼·奥涅金》《奥列昂少女》《马捷帕》《巫女》《黑桃皇后》《伊奥朗塔》。除此以外,后来又根据手抄的分谱而恢复了柴科夫斯基早年用奥斯特罗夫斯基的题材所作的歌剧《总督》。这歌剧的总谱在第一次演出之后被柴科夫斯基毁弃了。

柴科夫斯基的一切歌剧虽然用各种各样的题材,但都具有一个特点,即歌剧的主角大部分是普通人,题材的基础是个别人物的戏剧性事件。

柴科夫斯基的歌剧《叶甫根尼·奥涅金》和《黑桃皇后》,是最卓越而受欢迎的。这两个歌剧(还有《马捷帕》)都是根据普希金的题材而作的。普希金是这位作曲家所特别喜爱的诗人,他鼓舞了他创作出不朽的作品。

歌剧《叶甫根尼·奥涅金》 柴科夫斯基在创作歌剧《叶甫根尼·奥涅金》之前,曾经长久地找求适当的题材。他想要描写普通的生动人物,这些人物的体验必须是他所接近而能理解的。

他在给塔涅耶夫[1]的信中表明着自己对这歌剧的看法:"我所需要的,不是皇帝、皇后、民众变叛、战斗、行军……我找求亲切而有力的剧情——这剧情建立在某种情况的纠纷上,这情况为我所体验过或看见过的,能激动我的心的。"[2]

---

[1] 塔涅耶夫(1856—1915)是有名的俄罗斯作曲家兼理论家,是柴科夫斯基所亲爱的学生和朋友。

[2] 见《柴科夫斯基与塔涅耶夫通信集》一八七八年一月二日及十四日的信中。

　　有一次他到有名的女歌手拉甫罗夫斯卡雅家里做客,对她诉说缺乏良好的歌剧题材,拉甫罗夫斯卡雅便向他建议普希金的《叶甫根尼·奥涅金》。

　　在最初一瞬间,这主意在他觉得"怪异"(像他自己所说)。然而它显然不知怎的已经抓住了他的心而使他感到兴趣了。他一回到家里,便重读普希金这部诗体小说,受了这部天才作品的鼓舞,他立刻开始写作歌剧。

　　"我带着难于形容的乐趣和兴味写作着,"他在给塔涅耶夫的信中写道,"……我所写作的简直是从我心中流出来的,不是虚构的,不是勉强的。"[1]

　　他完成了这歌剧之后,不敢把它送交大的歌剧院去上演,怕的是那些习惯于大多数歌剧的效果、奢华和表面辉煌的专业男女歌唱者不能全部理解和表达这作品的抒情形象的纯朴和美妙。他宁愿把它交给莫斯科音乐学院的青年学生去表演。刊印这歌剧的时候,他竟决定避免"歌剧"这个普通名称,而称呼他这作品为"抒情剧"。

　　这歌剧中主要的是塔佳娜的形象;柴科夫斯基同普希金一样,对塔佳娜取非常亲爱而温柔的态度。柴科夫斯基在音乐中把注意力的中心从奥涅金身上移到塔佳娜身上。在这歌剧最初的音乐——管弦乐引子——中,便已向我们描写年轻的塔佳娜的形象和她的体验:幻想、苦闷的期待的惊惶不安、某种异常事件的预感。后来这旋律发展起来,有时随伴塔佳娜的出场,而成了关联于她的青春和幻想的导旋律之一:

_____

　　〔1〕　见《柴科夫斯基与塔涅耶夫通信集》一八七八年一月二日及十四日的信中。

叶甫根尼·奥涅金（引子）

徐缓而活动　　　　　　　　　　　　　柴科夫斯基

"塔佳娜写信的一场"新颖而富有意义，在这歌剧中具有特殊的地位。在这里塔佳娜的音乐形象的发展获得了丰富的戏剧性，并且反映在特别多样的旋律法中。

在这一场中，各种各样的心情变化——有时幻想而温柔，有时浪漫而兴奋，有时热情而突发——在结尾的插曲中达到了特殊的高潮，这是塔佳娜的精神体验的顶点：[1]

叶甫根尼·奥涅金（第二景）
（塔佳娜唱，写信）

中庸速度　　　　　　　　　　　　　　柴科夫斯基

让我毁灭了吧，但首先我心中怀着光明的希望…

叶甫根尼·奥涅金（第二景）
（塔佳娜唱）

中庸速度　　　　　　　　　　　　　　柴科夫斯基

不，我不愿把我的心交给世上任何人。

---

〔1〕 "顶点"，即最高度紧张的瞬间。

叶甫根尼·奥涅金（第二景）

写信的一场

（塔佳娜唱）

徐缓　　　　　　　　　　　　　　　　　　　　　柴科夫斯基

你 是 谁: 我 的 守 护 天 使

（第一主题）

请 想 象: 我 只 身 在 此!

廉斯基的音乐形象充满抒情的热忱而使人感动。他的热情的冲动、温柔的爱和深挚的感情,表现在他的咏叹调"我爱你呀"(第一景)、"在你家里"(第四景)中,最后又表现在最有名的咏叹调"何方,何方,你消逝到了何方,我那黄金般的春光"中——这咏叹调出现于决斗(第五景)之前,这里最充分地展开着廉斯基的形象:

叶甫根尼·奥涅金（第一幕第一景）

（廉斯基叙咏调）

中庸速度　　　　　　　　　　　　　　　　　　　柴科夫斯基

我 爱 你 呀, 我 爱 你 呀,奥尔格,

像 诗 人 的 发 狂 的 心 灵

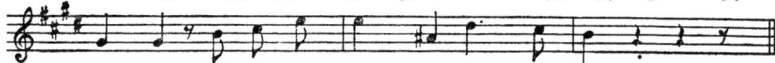

一 般, 命 里 把 爱 情 注 定 了。

叶甫根尼·奥涅金（第五景）

（廉斯基唱）

很慢　　　　　　　　　　　　　　　　　　　　　柴科夫斯基

何 方,何 方,你 消 逝 到 了 何 方, 我 那 黄 金 般 的 春 光?

奥涅金的性情极清楚地被描摹在这歌剧的两个场面中：在花园中（第三景），当他回答塔佳娜，唱"如果我希望把生活限制在家庭环境中"的时候；以及在这歌剧的最后一景，他向塔佳娜表明"不，时时刻刻看到您……"的时候。

把这两个音乐插曲比较一下，便可知奥涅金的性情及其对塔佳娜的态度是何等地改变了：冷淡的、训诫性的音调，变成了热情而温柔的冲动，后来是绝望望：

叶甫根尼·奥涅金（第五景）

不很慢　　　　　　　（奥涅金唱）　　　　柴科夫斯基

如　果　我　希　望　把　生活　限制　在　家　庭　环境　中…

叶甫根尼·奥涅金

徐缓而活动　　　　（奥涅金唱）　　　　柴科夫斯基

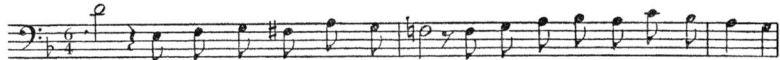

不，时　时　刻　刻　看　到　您，无论　到　哪里　都　跟　随　您…

柴科夫斯基展开了两个可爱的形象（塔佳娜和廉斯基）的美妙和深刻，同时另在这歌剧中巧妙地表现出他们的环境状况——古代中等领地庄园的生活：它的守旧的作风、某种感伤气味、乡村的纯朴和自然景物。

塔佳娜和奥尔格的第一个二重唱（第一景开始），其歌词内容和旋律法都是当时的浪漫曲的典型：

叶甫根尼·奥涅金（第一景）

徐缓而活动　　（塔佳娜唱）　　　　　　　　　　　柴科夫斯基

你听见吗，　　　林外歌人夜间　唱着恋歌

（奥尔格唱）

你听见吗，　　　林外歌人夜　间…

在第四景(拉林家的舞会)中,圆舞曲是整个场面的基础。这圆舞曲轻快、谐调而活泼,特别明显地强调出拉林家生活的纯朴和守旧,在这一场中,宾客们在圆舞曲背景上演唱的合唱曲的反复句很富于表情:

叶甫根尼·奥涅金（第四景）

圆舞曲速度　　　　　　　　　　　　　　　　柴科夫斯基

柴科夫斯基用塔佳娜嫁后所进入的彼得堡上流社会的光辉灿烂的场面来同拉林家的纯朴的守旧生活相对照。前者的性质明显地表现在庄重的波洛内兹舞曲中,圆舞曲是揭开彼得堡的舞会的场面的:

叶甫根尼·奥涅金（第四幕）

波洛内兹速度　　　　　　　　　　　　　　　柴科夫斯基

在关于农民生活的几个场面中,应该指出的是悠长的合唱曲《好痛啊,我那双奔波的脚》和带舞蹈的合唱曲《沿着桥梁》,后者用反复体的变奏形式写成。柴科夫斯基在这两首歌曲中应用民间歌词:

叶甫根尼·奥涅金（第一景）

（农民合唱并跳舞）

很慢　　　　　　　　　　　　　　　　　　　　柴科夫斯基

好痛　啊，我　那　双

奔波的　脚　走　得　好痛　啊。

叶甫根尼·奥涅金（第一景）

（农民合唱）

颇中庸　　　　合唱时少女们手持稻束发而跳舞　　　柴科夫斯基

沿着桥梁，沿着小桥，沿着木板架成的小桥。

喂呶，喂呶，喂呶，喂呶，沿着木板架成的小桥。

　　第三景中的少女合唱曲《美丽的姑娘们》是很有名的，这也用民间歌词：

叶甫根尼·奥涅金
（少女合唱）

柴科夫斯基

柴科夫斯基这歌剧中的旋律风格很容易被理解,这是因为他广泛地应用俄罗斯浪漫曲、歌曲、舞曲和人类语言的各种各样的音乐,并且能够把它们综合起来,创造出他所独得的天才乐语。

歌剧《黑桃皇后》 歌剧《黑桃皇后》的题材,比较起普希金的小说来有了些改变:丽莎是伯爵夫人的孙女,不是养女,格尔曼——贫穷的军官——爱上丽莎,是在知道"三纸牌"的秘密以前;这事件从普希金的时代移到了十八世纪。

在柴科夫斯基的歌剧中,格尔曼不是一个俭约而冷淡的利己主义者,而是一个热情而急躁的、注定悲惨命运的人;对丽莎的爱情的斗争和关于赌赢的顽固的梦想,把他带向不可避免的惨剧。这纠纷之所以得到悲惨的解决,其原因是社会的不平等。

在丽莎的形象中,柴科夫斯基描写出俄罗斯女性的优秀典型:她在深挚的感情的影响之下,能够蔑视她的环境的虚套,却做了社会矛盾的牺牲品而舍生。

这歌剧由一个短小的导入部(引子)开始,这导入部中差不多包括了这歌剧中一切主要的音乐主题。

在第一景中(在彼得堡的夏园中),所有的登场人物相遇见。格尔曼得知了他所爱的女郎是巨富的伯爵夫人的孙女,又是公爵的未婚妻;伯爵夫人和丽莎得知了追求着她们的格尔曼是一个阴郁的人。

三个主要登场人物——格尔曼、丽莎和伯爵夫人——的命运注定感和悲惨的预感的动机,从伯爵夫人初出场的瞬间开始和在"我害怕,我害怕"的重唱中,已被柴科夫斯基强调地表现出了。

托姆斯基(格尔曼的朋友,伯爵夫人的亲戚)在叙事曲"有一次在凡尔赛"中,叙述着三张纸牌的历史。

在格尔曼的意识中,充满着一个念头:用赌赢的方法来致富,他是可能做到的。

托姆斯基的叙事曲仿佛是音乐的轴心,从这里发展出这歌剧的一切主要成分来。伯爵夫人的主题和"三纸牌"的主题也在这里面:

黑桃皇后(第一景)

柴科夫斯基

三　纸　　牌,三　纸　牌,三　纸　牌!

黑桃皇后(第一景)

柴科夫斯基

这叙事曲的管弦乐部分,唤起听者惊惶的期待和恐怖之感,尤其是在唱第三首歌词时。

这种感情在第四景和第五景中获得了很大的力量。在第四景中(在伯爵夫人的卧室里),这印象立刻由巨大的管弦乐引子造成;在这引子的低音部中,不断地响着敲打的动机(在同一音上),并结合着小二度,这便造成了高度的紧张和惊慌。在第五景中,这种感情达到了顶点:可怕的暴风雪的声音(管弦乐中)交替着远处传来的挽歌声——在这背景上,在因恐怖而发狂的格尔曼面前,出现了伯爵夫人的幻影。

柴科夫斯基自己是如何体验这种感情的,这一点很有趣味。他在写给兄弟莫杰斯特的信中说:"有几处地方,例如在我今天改编成的第四景中,我体验到的恐怖、凄惨和战栗是如此的强烈,听众竟不可能不感觉到同样的(即使一部分)感情。"

格尔曼的热情、急躁和精神失常,表现在关联于他的一切音乐中。

第一景中格尔曼的第一首叙咏调,表现出他对丽莎的爱情的深挚和强烈,他还没有知道她的名字:

黑桃皇后(第一景)

(格尔曼唱)   柴科夫斯基

我并不知道她的芳名,我也不要打听,我不愿用世俗的名字来称呼这人。

第一景末了他立誓时所说的话,音调特别热烈而激昂:

黑桃皇后(第一景)

中庸快速   (格尔曼唱)   柴科夫斯基

雷,电闪,风驰!我当你们面前郑重地起誓。

　　第二景中对丽莎的表白用两个对照的旋律来表现。第一个是唱歌风的,宽广的,其歌词是"我靠你生活,只有爱情":

黑桃皇后（第二景）

第二个旋律,其歌词为"请原谅吧,神明的造物",其音调仿佛是悲惨的绝望的表现。

　　在这一场的末了,第一个旋律又重复一次,所唱的歌词是"你替我展开了幸福的曙光",而在丽莎的表白之后在爱情的主题的管弦乐中用狂喜的音调来结束了这一场:

黑桃皇后（第二景）

黑桃皇后（第二景）

在第七景格尔曼的最后一个咏叹调"我们的生活是游戏"中,才表明他的基本特点——热情、激烈——原来关联着另一种感情:致富的渴望。

急躁而激烈的格尔曼的形象,由沉着、从容而审慎的叶列茨基的对比的形象显著地衬托出来。

叶列茨基的咏叹调(第三景)"我爱你"建立在从容而流畅的旋律上:

黑桃皇后（第三景）
（叶列茨基公爵唱）
柴科夫斯基

我爱 你, 无限地爱你, 没有 你我不想过日子

丽莎的形象展开在她的两个咏叹调中:"这眼泪来自何处"(第二景)和"唉,我因悲伤而疲劳"(第六景)。

第二景中的咏叹调由两个对比的部分组成。第一部分中充满惊慌、怀疑和苦闷,用小调,建立在富有表情的朗吟式的音调上:

黑桃皇后（第二景）
（丽莎唱）
徐缓　　　　　　　　　　　　　　　　柴科夫斯基

这 眼泪来 自 何处, 为 了 何事?

第二部分("请听吧,夜")用大调,歌声中带着浩荡而悲壮的呼号。这一部分绝妙地表现出笼罩着丽莎的热烈的爱情:

黑桃皇后（第二景）
（丽莎唱）
柴科夫斯基

请听 吧, 夜, 我 能把我 心

中 的 隐秘 托付 给你 一 人!

在第六景丽莎的咏叹调"唉,我因悲伤而疲劳"中,柴科夫斯基很有力地表现出丽莎的苦闷、她的希望的幻灭和悲惨而绝望的心情:

黑桃皇后（第六景）
（丽莎唱）
柴科夫斯基

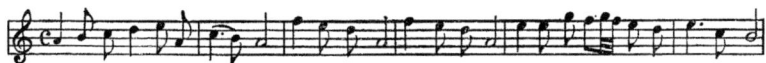

唉,我因悲伤而疲 劳。日夜心焦。只为了他,我心 灵中受尽苦 恼。

在这歌剧中,同在《叶甫根尼·奥涅金》中一样,生活和自然界的情景,好比一个不可分离的整体,使主角的精神世界和体验更充分地展开。

其实例便是:第一景中雷雨的情景、第二景中丽莎和波丽娜的二重唱以及波丽娜的浪漫曲、第五景中暴风雪的情景等。

二重唱"正黄昏"——幻想而感伤的——和波丽娜的浪漫曲"亲爱的女伴们",末尾带着阴惨、浪漫而绝望的色调,是十九世纪初叶家庭中表演的作品的典型范例:

黑桃皇后（第二景）
（丽莎和波丽娜唱）
柴科夫斯基

正 黄 昏, 暮 色 沉 沉, 笼罩 了 四 境, 晚霞 的 最后

光 芒 正 消 逝 在 塔 顶。

（波丽娜唱）　　　　　　　　　　柴科夫斯基

亲　爱　的　女　伴们,亲　爱　的　女　伴们,

填　墓　呀,填　墓　呀,填　墓　　呀。

为了描写上流社会的特征,柴科夫斯基在舞会的场面(第三景)中采用十八世纪式小型舞台表演——牧歌[1]。

在这舞台表演中占有中心地位的,是牧女和牧人——普丽列巴和米洛甫左尔——的有名的二重唱《我的知心好朋友》：

黑桃皇后（第三景）

（普丽列巴唱）　　　　　　　　　　柴科夫斯基

我的　知心好　朋友,可　爱　的牧人呀,我心中挂　念着他…

这歌剧用赌场的一场(第七景)来结束,在这里格尔曼因为希望幻灭,震惊而死。临死的时候他的神志清醒过来,在想象中浮出丽莎的形象,他就向她哀求,请她原宥。这时候管弦乐中奏出爱情的主题,其中充满着温存和热情。

这主题在全部管弦乐中广泛地奏出,就此结束了这歌剧。

歌剧《黑桃皇后》在音乐剧的力量和深度这一点上,是柴科夫斯基的歌剧创作的顶峰。除了声乐部分的多样和明朗,柴科夫斯基又在这歌剧中创造了特别富有表情而具有独立意义的管弦乐部分。柴科夫斯基广

_____

〔1〕 "牧歌"是描写乡村生活或自然风景的艺术作品。

泛地应用导旋律的原则。在这歌剧中,形象的内心纠纷、对幸福的渴望与悲惨的命运之间的矛盾,达到了特别尖锐的表现。

歌剧《黑桃皇后》深深地感动听众,使他们心向神往。

柴科夫斯基在写给他兄弟的某一封信中这样说:"我带着从来未有的热情和迷恋而写作这歌剧,我生动地体会到这歌剧中所发生的一切事件的悲欢情味(甚至有一时惧怕《黑桃皇后》的幻影出现),并且希望,我这作者的一切欢欣、激动和迷恋,将在容易共鸣的听众心里引起反应。"

交响乐曲　柴科夫斯基除歌剧之外,又为管弦乐创作了许多天才作品。

柴科夫斯基的管弦乐曲差不多全是标题的。其中有些作品,例如幻想序曲《罗密欧与朱丽叶》(依据莎士比亚)、《弗期契斯卡·达·利米尼》(依据但丁)或交响曲《曼弗列德》(依据拜伦),都是关联于实际的文学作品(或具体的题材)的。另有些作品,例如他的第六交响曲,则关联于某种构思,关联于内容较为一般性的标题。

有时他给整个交响曲或若干乐章定下名称,例如把第一交响曲题名为《冬日之幻想》,其中有一乐章题名为《冬日旅途之幻想》,而把第二乐章题名为《阴郁的国土,烟雾迷濛的国土》。

第二交响曲以《乌克兰交响曲》知名,因为它是根据乌克兰旋律风格作成的,其终曲建立在通俗的乌克兰歌曲《仙鹤》上。

第六交响曲的标题,柴科夫斯基在给梅克夫人的信中说明着。这交响曲题名为《悲怆交响曲》。

其他的交响曲,作者并不题名称,但它们的内容仍是显然而可以理解的。

柴科夫斯基的交响乐艺术的顶峰,是他的第四、第五、第六交响曲。

这些交响曲的思想意向,很近似于他的优秀歌剧的基本意向:这都是人类对幸福、对欢乐的企望,热情和坚忍,争取生命胜利的斗争中的顽强精神。

有时这些企望遭逢悲惨的结果,例如在第六交响曲中便是。

第四和第五交响曲的内容是乐观的,最后乐章的音乐是民间风的、肯定生活的。

这两个交响曲的第一乐章,都是富于戏剧性的,每一个乐章的主题都和引子的主题相关联。其中用强大的力量来表现出奋勇斗争而矢志克服障碍的人的感情:

第四交响曲（第一乐章）

热烈　　　　　　　　　　（正主题）　　　　　　　　柴科夫斯基

第二交响曲（第一乐章）
（正主题）

快速而热诚

柴科夫斯基

　　在第四交响曲中,第二乐章(行板)很富有抒情味和歌曲风,第三乐章(谐谑曲)生动、明朗而略带幻想风;终曲建立在两个主题上:第一主题果断而刚毅,第二主题是民间歌曲《田野里有一株小白桦》——这歌曲是用变奏曲形式的。在终曲结束之前,命运的主题出现,又迅速地消逝;这终曲用第一个刚毅主题的庄严而愉快的进行来结束。柴科夫斯基说起这交响曲时,自己作出一个结论:"向人民中间迈进吧……毕竟是可以生活的。"

　　在第五交响曲中,命运的主题贯串着一切乐章,这主题逐渐变化而出现在第二乐章行板中,第三乐章末了的圆舞曲中,最后又改变形式,取用大调而像庄严的进行曲一般出现在第四乐章中:

第五交响曲（第四乐章终曲）

（引子）

（结尾）

　　第六交响曲由引子开始,这引子建立在一个性质很阴郁的短小的主题上。这主题贯串着整个交响曲。它成为第一乐章的正主题的基础,这乐章兴奋而激烈：

第六交响曲（第一乐章）
（悲怆交响曲）
（引子）

很慢　　　　　　　　　　　　　　　　　　　　　　　　柴科夫斯基

第六交响曲（第一乐章）
（正主题）

不很快　　　　　　　　　　　　　　　　　　　　　　　柴科夫斯基

　　和这个主题相对照的，是抒情的、歌曲风的、明朗的副主题：

第六交响曲（第一乐章）

徐缓   （副主题）   柴科夫斯基

第六交响曲中以后各乐章的顺序,和普通不同。

第二乐章是抒情的,类似圆舞曲,速度的进行十分活泼。

第三乐章很快速,大体建立在进行曲速度上,是坚毅的、胜利的、肯定生活的。

这交响曲用一个性质悲伤凄惨而很缓慢的终曲来结束,表现着不可避免的结局——死——的意念。

在柴科夫斯基的大型作品中,必须指出天才的钢琴协奏曲(特别是第一钢琴协奏曲)和一首小提琴协奏曲。

浪漫曲　柴科夫斯基作了一百零三首浪漫曲。柴科夫斯基的浪漫曲大多数是极富有抒情风的。它们的优点,在于作曲者能够同别的大型作品一样地在其中表达人类各种各样的感情,并且表达得非常深刻、真实而诚挚。

这些浪漫曲的主题,大都关联于幸福往事的回忆、过去的爱情的回忆("不,只有知者""我和你共坐")。有几曲中表现着悲伤的心情("唉,我的朋友,无话可说""在喧嚣的舞会中"),有几曲很富有戏剧性("忘记得这样快"),有时竟带有悲剧性("蜡烛的微光暗淡了""又像以前一样孤单")。

在柴科夫斯基的许多浪漫曲中,美妙地表现着关联于自然景物的情绪,例如:"我开了窗""在早春""森林,我祝福你";有几首浪漫曲,在歌词上和旋律上都很近似于民间歌曲,例如:"我是田野里的小草""假使她知道了,假使她得悉了""夜莺"。

柴科夫斯基的音乐表现手段非常丰富而多样:其中有温顺而抒情的旋律,悠扬而充满柔情("请把我的心带到蔚蓝的远方"但愿用一句话");也有戏剧性的、建立在短短的朗吟风乐句上的("为什么""唉,我的朋友,无话可说""我和你共坐");还有表现感情的最高热潮的、狂欢的旋律,例如"白日笼罩""在这月夜""在阴晦的日子里"便是。

柴科夫斯基的浪漫曲中钢琴部分的作用是很重大的。它差不多时时刻刻和歌声并驾齐驱而表现感情和心境的各种色调,除此以外,它又常常具有主导的意义。往往在歌声静默之后,钢琴声就仿佛在那里罄述并表达基本思想,例如在"为什么""忘记得这样快""白日笼罩""在阴晦的日子里"及其他许多浪漫曲中便是。

在柴科夫斯基的声乐曲中,十六首儿童歌曲占有特殊的地位。它们富有旋律性,纯朴,题材很多样,因此是非常美妙的。这些歌曲中大多数关联于自然景物,例如《我的小花园》《草色青青》《秋天》《暴风雨中的摇篮曲》《雪溶化了》便是。这些歌曲在为儿童举办的和为成人举办的演奏会中都被演唱,并且广泛地被应用在教育实践上。

钢琴曲　在大数量的钢琴曲中,特别有名的两个曲集是《四季》和《儿童钢琴曲集》。

《四季》这曲集内包含十二首乐曲,是关于一年的十二个月的。柴科夫斯基在这些乐曲中表现出每一个月所特有的形象,例如:三月——《云雀之歌》,七月——《刈草人之歌》,八月——《收获》。在这些乐曲中,表现着柴科夫斯基对俄罗斯自然和俄罗斯生活的热爱。最有名的乐曲是:

《云雀之歌》《雪花》《船歌》《秋之歌》《在三套车上》。

《在三套车上》(十一月)这乐曲中,进行着一个宽广而悠扬的旋律,这旋律很近似于民歌,随伴着仿佛逐渐远去的一阵阵的铃声。

在《儿童钢琴曲集》中,柴科夫斯基创作了优良的乐曲范例,这些乐曲在篇幅上和内容上都是儿童(即使是年幼的儿童)所能接受的。

这些乐曲中有一部分是舞曲性质的(圆舞曲、波尔卡、马祖卡、卡玛林斯卡雅),有一部分是描写自然景物(《云雀》)或儿童游戏(《洋娃娃的病和丧葬》《玩木马》)的。这曲集中也有神话的形象,如《乳母的故事》《鬼婆》便是。

芭蕾舞剧　柴科夫斯基作了三个芭蕾舞剧:《天鹅湖》《睡美人》和《胡桃夹》。他在这三个芭蕾舞剧中大大地提高了芭蕾舞剧音乐的品质和意义。在柴科夫斯基之前,芭蕾舞剧中的音乐大都是起辅助作用的。柴科夫斯基为舞蹈写作适用的音乐,同时又能够在音乐中创造出登场人物的一定的形象、性格、深刻的感情和体验来。这些芭蕾舞剧的题材虽然都是神话风的,但柴科夫斯基在其中灌注了多量的抒情味和戏剧性。

这些芭蕾舞剧中的音乐具有高度的艺术性和丰富的内容,因此柴科夫斯基从其中采集而成的组曲,常常被演出在交响乐演奏会中,成为极广大的群众所爱好的作品。

柴科夫斯基创作的一般特征　柴科夫斯基是最伟大的、最受人爱戴的俄罗斯作曲家。柴科夫斯基的音乐对于随后的俄罗斯音乐和苏维埃音乐的全部发展给予很大的影响,并受到全世界广大人民群众的欢迎。

他的全部艺术中充满着对生活、对人类的爱;人类的内部世界、人类的感情和体验,是他所深切地关心而受感动的。他替自己的作品所选择的题材,其中的角色都是活生生的普通人物。他在写给塔涅耶夫的一封信[1]中这样说:"我常常力求尽可能真实而恳切地用音乐来表现歌词中所含有的东西。但真实和恳切不是推理的结果,而是内部感情的直接产物。为了要使这感情生动而亲切,我常常努力选择一些内中有和我同感的、真实而活生生的人物的题材。"

柴科夫斯基真实而鲜明地表现了人类内部世界的一切深刻而多种多样的情绪。同时必须指出他的一种特色,即悲惨而哀痛的心境和感情与充满着高度乐观主义的愉快活泼的心境和感情之间的冲突。

柴科夫斯基的音乐富于抒情味。他的主要的表现手段是极丰富的旋律法。柴科夫斯基的旋律婉转悠长而真挚,很容易记忆。

柴科夫斯基的一切音乐都富于民族性,虽然他较少应用原本的民间歌曲。柴科夫斯基天才地表现出他周围的俄罗斯人的感情,天才地描写出俄罗斯现实。因此他的音乐在每一个俄罗斯人都觉得特别亲近而容易理解。

柴科夫斯基自己清楚地意识到这一点,他这样谈到自己的音乐:"我觉得我的确天赋有真实、恳切而纯朴地用音乐来表现文词所指示的感情、心境和形象的特性。在这点上说来我是现实主义者,是彻底的俄罗斯人。"

苏维埃音乐

伟大的十月社会主义革命。建立了无产阶级专政,把一个巨大国家

---

[1]　一八九一年一月十四日给塔涅耶夫的信。

的领导权转交了工人阶级,因而使工人阶级成了统治阶级。

　　这样,十月社会主义革命就开辟了人类史上的新纪元——无产阶级革命纪元(《联共(布)党史简明教程》)。[1]

　　艺术初次获得了全民的意义,成了劳动群众为建设新的社会主义社会的斗争中的宣传手段和组织手段。音乐成了广大劳动群众的财产。音乐学校和演奏会组织的范围大大地扩充了;在许多大城市里建造了新的歌剧院。在成人之间和儿童之间,业余活动获得了空前的高涨。

　　在苏维埃政权的最初几年内,在国内战争的期间,群众歌曲获得了很大的意义。旧时的革命歌曲都从地下活动中走出来,成了苏维埃人所喜爱的歌曲,例如《同志们,勇敢地齐步走》《受尽监禁苦》《华沙歌》便是;又创作了新的苏维埃歌曲,《我们大胆地赴战》《布琼尼进行曲》《亲爱的母亲给我送行》等等。

　　我国所发生的变革,也激起了音乐工作者。其中有许多人献出自己的力量和创作来为苏维埃人民服务,求帮助建设新的苏维埃艺术,并培养苏维埃音乐家的新干部。

　　这样的作曲家,便是伊波里托夫-伊凡诺夫、格里埃尔、盖季凯、阿萨菲耶夫、卡斯塔尔斯甚、米亚斯科夫斯基、瓦西连科等等。

　　音乐文化发展的路程是复杂的,有抵触的。摆在音乐工作者面前的新任务,要求音乐创作具有新的内容和新的形式。

　　除歌曲之外,作曲家们又尝试用苏维埃主题来创作巨大的作品——歌剧、芭蕾舞剧、交响曲。但这种尝试并不常常获得良好的结果。在这时期中,歌剧方面的成就极小。然而也可指出个别有价值的作品,例如

---

　　〔1〕　译文根据人民出版社中译本第二九一页。——译者注

格里埃尔[1]的歌剧《波斯王谢涅姆》便是。这歌剧以阿塞拜疆故事为题材,根据阿塞拜疆民间旋律法作成;这种民间旋律法,格里埃尔曾经费约两年的时间来研究。他在这歌剧里应用了三十个以上的民间旋律。这些材料,都是由作曲者应用俄罗斯古典歌剧的一切优良传统而在很高的艺术水准上作成的。这歌剧里的一切管弦乐插曲(序曲、舞曲、各幕的引子等),都作得宽广、华丽而多种多样。歌剧《波斯王谢涅姆》成了真正的阿塞拜疆歌剧,对于阿塞拜疆作曲家的创作有显然的影响。

这时芭蕾舞剧已经在作曲家的创作中占有很大的地位。

格里埃尔于一九二七年所作的芭蕾舞剧《红罂粟》具有杰出的意义。在这芭蕾舞剧中,作曲家初次尝试在音乐中表现苏维埃人和中国工人的形象,来同资本主义欧洲的"文明的"压迫者相对照。这芭蕾舞剧的音乐是现实主义的,其中有许多明朗的旋律;在这些旋律的发展中作出音乐的性格描写;音乐都容易理解而便于记忆。以歌曲《小苹果》为主题的水兵舞曲,是众所周知的。这作品是苏维埃芭蕾舞剧中为现实主义倾向而斗争的开端,在这点上它具有很大的意义。

阿萨菲耶夫[2]的芭蕾舞剧《巴黎的火焰》获得很大的成功,其中广泛地应用着伟大的法兰西革命时代的原本的歌曲和音乐。

在这几年间,形成了苏维埃音乐的若干种倾向。有一部分老年的作曲家,在自己的创作中力求继续发扬俄罗斯古典音乐的优良传统、它的

---

〔1〕 列因戈尔德·莫利佐维奇·格里埃尔(一八七五生)是交响曲、芭蕾舞剧、钢琴曲和歌曲等的作者。他又是卓越的教育家和社会音乐工作者。

〔2〕 鲍利斯·符拉季米罗维奇·阿萨菲耶夫(1881—1949)是院士,是有名的音乐学者,是音乐方面许多论著的作者,是作曲家,又是社会事业家,他在儿童的群众性音乐教育方面也做了许多事业。

现实主义、人民性和歌曲性。像伊波里托夫-伊凡诺夫、格里埃尔、盖季凯、卡斯塔尔斯基，便是这样的老作曲家。

大群的老辈作曲家(米亚斯科夫斯基、瓦西连科、克列因及其他)则联合了若干青年作曲家如萧斯塔科维奇、舍巴林等而组织了一个"现代音乐协会"(ACM)。这协会中的作曲家的创作特点是形式主义倾向，即轻视旋律，形式脱离内容，力求技术复杂化，认为这是"真正新颖的"艺术的唯一特征。他们否认俄罗斯古典音乐，说它是陈腐的，是"太简单而太易解的"。

这倾向反映出资产阶级的影响，对西欧颓废艺术的崇拜。还不仅表出在个别作曲家的创作中，又表出在歌剧院的戏目中和演奏会的曲目中。

和"现代音乐协会"相对抗，发展着"俄罗斯无产阶级音乐家协会"(PAПM)的事业。这协会的事业的最初阶段是积极的：和形式主义、颓废主义及小市民资产阶级的庸俗作斗争。

PAПM 会员和 ACM 相反，首先承认音乐的思想内容及其阶级倾向。他们一方面正确地对腐败的西欧资产阶级音乐给予坚决否定的评价，但一方面又在古典音乐(西欧的和俄罗斯的)的评价上犯了极大的错误。例如他们否定柴科夫斯基的创作，认为这是"垂死的贵族阶级"的艺术。他们认为接近苏维埃听众的只有"农民的"穆索尔斯基或"革命的"贝多芬。这种简陋的见解，又表现在他们否认精通作曲技巧的必要性这点上。PAПM 提出了"音乐属于群众"这口号，把创作局限于群众歌曲，而轻视音乐艺术的其他体裁和巨大形式。虽然他们所作的歌曲中有许多宝贵的作品，例如达维金科、柯瓦尔、别雷等的合唱曲和歌曲，但创作方针的一般的局限性阻碍了苏维埃音乐的发展；PAПM 作曲家的歌曲有一定的规格,千遍一律而旋律贫乏。

一九三二年四月二十三日联共(布)中央委员会发表了《关于改组文艺团体》的决议,这个决议成了音乐文化发展中的转折点。这决议发表之后,"俄罗斯无产阶级音乐家协会"便被取消,而创立了一个"苏联作曲家协会",这协会促进了苏维埃音乐家一切创作力量的团结,使苏维埃音乐文化趋向高度的增长与繁荣。

在许多苏维埃作曲家的创作中,开始确立了社会主义现实主义的原则。在优良的音乐作品中,真实地描写出革命发展中的现实。

作曲家开始研究民间歌曲创作,用它们来丰富自己的作品。旋律风歌曲的基础首先在苏维埃歌曲创作中得到广泛的发展。这时期的苏维埃歌曲,具有深刻的乐观性和反映苏维埃人民生活各方面的多种多样的主题,因而获得很大的意义。

歌曲又深入到大型作品中,例如克尼彼尔的交响曲中便是如此:他的第四交响曲中的歌曲《田野》已经成了最通俗的群众歌曲之一。杰尔仁斯基的歌剧《静静的顿河》中的歌曲《从边疆到边疆》也是如此。

旋律风和歌曲风在其他的作品中也逐渐获得更大的意义,使这些作品为广大劳动群众所容易理解,容易接受。

在歌剧创作方面,当时的青年作曲家杰尔仁斯基(那时他二十六岁)的歌剧《静静的顿河》是一个大事件。这歌剧以萧洛霍夫的小说为题材而写成,于一九三五年末在列宁格勒上演,后来又在莫斯科上演。阿萨菲耶夫在他的关于苏维埃音乐创作的书中谈到这歌剧:"这歌剧的旋律由于歌曲风而显得生气蓬勃;抒情风成了健康感情的表达者。正由于这些对广大群众的听觉和心灵很宝贵的特性,歌剧《静静的顿河》虽然在专门技术上略有未熟之处,却被满意地接受,并且差不多在苏联所有的歌剧舞台上演出。"

　　这歌剧的最动人的部分,是根据民间曲调的群众合唱场面。

　　阿克西尼亚和娜塔里亚的咏叹调和舞台面,祖父萨什卡(男低音)的故事等,都是很有趣味的。

　　苏维埃作曲家创作了许多取材于远古时代的歌剧;又研究各种民间创作,不但是俄罗斯的和苏联各民族的,还有外国各民族的。例如卡巴列夫斯基的取材于罗曼·罗兰的小说《科拉·勃柳尼昂》而作的歌剧便是如此。这歌剧中描写十六世纪法国南部人民的生活和他们对封建主的斗争。这歌剧中有许多美妙而有趣的音乐,这些音乐的基础便是原本的法国民歌。这歌剧中的优良的部分,是采葡萄女郎的合唱、拉索契卡的咏叹调和"席间咏叹调",这都是苏维埃听众所喜爱的。《采葡萄女郎的合唱》曾由作者改编为钢琴曲。

　　清唱剧和声乐大曲作为一种英雄叙事诗体裁而获得了很大的发展。最有价值的是下列数种:普罗科菲耶夫的声乐大曲《亚历山大·涅夫斯基》、沙波林的交响声乐大曲《在库里科沃原野上》和柯瓦尔的清唱剧《叶美良·布格乔夫》。

　　普罗科菲耶夫的声乐大曲关联于一二四二年的历史事件。那时候俄罗斯战士们由亚历山大·涅夫斯基统率,在著名的楚德克湖冰上大战中打败了德国爪牙骑士的军队。整个声乐大曲充满了歌曲的要素。在合唱曲《涅瓦河上曾有事》中,很明显地表出了亚历山大·涅夫斯基的光明而英勇的形象。以后,又表出在结束的一曲中,在亚历山大胜利地进入普斯科夫的时候;这一曲基本上是建立在同一主题上的。

　　合唱曲《起来,俄罗斯人》特别广泛地为众所周知。这合唱曲中有号召赴斗争的呼声。这合唱曲建立在宽广而富于民间性的叙事诗主题上。

　　沙波林的交响声乐大曲《在库里科沃原野上》关联于俄罗斯民族史上另一重大事件，即一三八〇年在库里科沃原野上对鞑靼的战役。沙波林用如下的题词来表明这作品的基本思想："俄罗斯国家并不诞生在伊凡·卡里塔的储蓄箱中，而是诞生在库里科沃原野上。"这声乐大曲的音乐很富于戏剧性，其中充满着热情和英雄气概。

　　战斗的一场——这交响声乐大曲的中心插曲——特别明朗而富于表情，其音乐中卓越地描写出战斗的力量：蒙古寇群、俄罗斯人民、勇士。德米特利·顿斯基的形象（他的叙咏调）很是杰出，并且充满着高尚、刚勇和爱国精神。亲热而真挚的《未婚妻抒情独唱曲》在音调上近似于俄罗斯民间歌曲。这抒情独唱曲写成小型的三部咏叹调形式，是和两个大型的戏剧性场面相对照的。这抒情大曲用传令兵的合唱来结束，其中表现着解放了的人民的欢喜和胜利的欢喜。

　　柯瓦尔的清唱剧《叶美良·布格乔夫》在内容上和乐语上都是高度人民性的。其中广泛地应用着俄罗斯民间歌曲和巴什基里亚民间歌曲。决定这清唱剧的人民性的，还有布格乔夫本人和民间亲近他的人在音乐中的性格表现的真实性。

　　这位作曲家又根据这清唱剧创作了一部同名的歌剧，他在这歌剧中大大地发展了他最初的构思。这歌剧的主要登场人物是人民和他们的精神世界、思想及体验。因此合唱在这歌剧中占有中心地位。这些合唱在内容上和音的色调上都是非常多样的（布格乔夫和乌斯蒂尼亚相会时和他们结婚时的女声合唱以及充满戏剧性的、布格乔夫就刑的场面）。这歌剧中鲜明地表现出布格乔夫的形象。他唱的歌曲《自由意志》和独白"我似觉身在狼谷中"特别优良。第二幕中乌斯蒂尼亚唱的歌曲和最后一景中她的哀歌，都很富有表情。

　　在这时期中还有很卓著的创作,例如阿萨菲耶夫的芭蕾舞剧《巴赫契萨拉伊的喷泉》和《高加索的囚徒》、普罗科菲耶夫的芭蕾舞剧《罗密欧与朱丽叶》、克列巴诺夫的芭蕾舞剧《鹤》便是。

　　苏维埃芭蕾舞剧就在这些作品中显示了它的新特色:高度思想性、新题材——苏维埃的或关联于世界文学中优秀的进步作品(普希金、莎士比亚)的题材、现实主义、人民性、戏剧性、乐观性。苏维埃芭蕾舞剧不再仅是舞蹈体裁,它变成了一种以姿势表情和舞蹈为基础的、极富有戏剧性的音乐剧。

　　出现了赞颂我们的领袖列宁和斯大林的许多作品。特别有意义的是哈恰图良的《斯大林颂诗》,亚历山大罗夫的《斯大林大合唱》,以及列武茨基、杜那耶夫斯基、勃兰捷尔的关于斯大林的歌曲。

　　在乐器方面,出现了许多宝贵的作品,例如米亚斯科夫斯基的献给苏联空军的第十六交响曲和获得斯大林奖金的第二十一交响曲,哈恰图良的钢琴协奏曲和小提琴协奏曲,卡巴列夫斯基和普罗科菲耶夫等的钢琴曲便是。

　　关于萧斯塔科维奇的创作,须特别提出来谈谈。他在一九三三至一九三四年根据列斯科夫的小说《姆倩斯克县的马克白夫人》而作的歌剧《卡捷林娜·伊兹迈洛娃》以及芭蕾舞剧《光明的溪流》,是极度形式主义的作品,曾经引起激烈的批评(见《真理报》)。这批评对这作曲家的创作发生了有效的影响。不久,他就创作了他的优秀作品之一——第五交响曲。

　　有声电影在这时候的苏维埃音乐的发展上具有很大的意义,它引起我们的优秀作曲家们的注意。例如普罗科菲耶夫为影片《亚历山大·涅夫斯基》配乐,萧斯塔科维奇为《相遇》《女友》《带枪的人》配乐,杜那耶夫斯基为《马戏团》《伏尔加，伏尔加》《快乐的人们》配乐，卡巴列夫斯基为《彼得堡之夜》配乐……

在三十年代的后半期，莫斯科开始举办民族艺术旬。

共产党和苏联政府的民族政策给我们苏联各族人民展开了民族文化增长和发展的广大可能性。民族作曲家斯宾季阿罗夫（亚美尼亚）、李亚托申斯基、柯济茨基、丹凯维奇（乌克兰）、加治别科夫（阿塞拜疆）、巴里阿什维里（格鲁吉亚）及其他许多人的事业和创作，在苏维埃政权的年月都获得了自由的发展。

在一九三六至一九四一年的期间，民族艺术旬中表演了很有意义的作品，即加治别科夫的阿塞拜疆歌剧《凯尔·奥格雷》、斯宾季阿罗夫的亚美尼亚歌剧《阿尔马斯特》和斯捷潘年的亚美尼亚歌剧《卢萨巴青》、鲍加梯辽夫的白俄罗斯歌剧《在洼地的密林中》等等。

伟大的卫国战争唤起了一切苏维埃人民，去和法西斯侵略者作斗争。在许多作曲家（特别是歌曲作家）的创作中表现了高度的爱国主义热潮。歌曲作家创作了大量的、内容极多样的歌曲——从英勇而热情的歌曲以至抒情而悠扬的歌曲，这些歌曲在红军部队里和在后方都被歌唱着。

也有大型作品的创作，例如萧斯塔科维奇的第七交响曲，是献给列宁格勒城的，创作于一九四一年末，其音乐仿佛是号召走向斗争和胜利。苏维埃人的爱国主义感情也反映在沙波林的清唱剧《为俄罗斯国土而战的故事》中和卡巴列夫斯基的清唱剧《人民复仇者》中。一九四二年，哈恰图良创作了他的芭蕾舞剧《迦雅内》，这芭蕾舞剧以民间歌曲和舞蹈旋律为基础。由这芭蕾舞剧中的舞曲构成的组曲，常常在演奏会中表演。

然而陈旧的形式主义倾向还没有根除。这倾向表现在许多作曲家的态度中:他们轻视像合唱曲、歌剧、清唱剧那样极重要的体裁。他们所创作的主要是器乐曲,其内容抽象,乐语十分复杂,充满不协和音,完全丧失旋律性。

这倾向的作曲家们在自己的创作中脱离了俄罗斯古典音乐的基本原则;而俄罗斯古典音乐的特点是"真实性和现实主义,是善于达到光辉的艺术形式和深刻的内容的统一,把最高级的技巧跟朴素性和平易性结合起来"[1](日丹诺夫语)。

这种有害的、和我们背道而驰的倾向,受到了我们的党方面的剧烈的谴责,这谴责发表在一九四八年二月十日联共(布)中央《关于穆拉杰里的歌剧〈伟大的友谊〉的决议》中。这决议是一个重要的历史性文件:它不但指出了苏维埃音乐发展中的缺点而加以谴责,并且给我们的作曲家和其他音乐工作者指示了大规模的行动纲领。

联共(布)中央的决议中说:苏联人民期望作曲家们在歌剧和交响乐方面、歌曲方面、合唱和舞蹈音乐方面创作出品质优良而富有价值的、有思想性的作品。在音乐作品中,必须结合高度的内容充实性和音乐形式的艺术完整性,音乐必须具有真实性和现实性,作曲家对人民及其乐剧创作和歌曲创作必须保持深切的有机联系,音乐作品必须具有高度的专门技术而同时又单纯易解。

联共(布)中央的决议,在广大劳动群众中唤起了热烈的响应;在作曲家中间则成了苏维埃音乐继续发展的强大推动力。

在最近期内,创作了下列的优秀作品:萧斯塔科维奇的清唱剧《森林之歌》、卡巴列夫斯基的歌剧《塔拉斯一家》、阿鲁秋年的《祖国大合唱》、

---

〔1〕　译文根据人民文学出版社版《苏联文学艺术问题》第一〇八页。——译者注

卡普的歌剧《复仇之火》、卡巴列夫斯基的小提琴协奏曲,格里埃尔的芭蕾舞剧《青铜骑士》等。

让我们较详细地来叙述一下苏维埃作曲家的歌曲和合唱曲以及儿童音乐。

群众歌曲和合唱曲　苏维埃作曲家在群众歌曲的创作上获得了很大的成就。群众歌曲在我国受到广大人民的欢迎和爱好。有声电影对于歌曲的普及也有不少帮助,苏维埃作曲家为有声电影创作了许多歌曲。

初期的苏维埃歌曲的题材,是和国内战争时期相关联着的。其中达维金科(1899—1934)的歌曲占有特殊的地位。他的《布琼尼骑兵队》《第一骑兵队》《人民委员和他的朋友之歌》《他们想打我们》等,被歌唱在进行队伍中,在工人俱乐部中,在陆军中,在海军中。达维金科的歌曲又为外国的工人群众所熟悉,在那里刊印着他的歌曲(有时是秘密的)。达维金科曾经创作若干个很优良的合唱曲,这些合唱曲常常被演唱,例如《海愤怒地咆哮》《在第十俄里上》《街道骚动》便是。这些合唱曲的构成很复杂,是预定给技术熟练的合唱团演唱的。这些合唱曲的音乐富有表情,其内容和旋律风格为广大听众所能理解和接近。

作曲家达尼伊尔·波克拉斯在红军部队里开始写作群众歌曲,他是一九一九年志愿参军的。他的歌曲《布琼尼进行曲》是第一骑兵队的战士们喜爱的歌曲之一。国内战争结束之后,这歌曲仍为群众所喜爱。仿佛变成了一首民歌。后来波克拉斯兄弟二人[1]所作的歌曲《五月的莫斯科》《假如明天战争》《哥萨克之歌》《莫斯科之歌》等,广泛驰名,为大众

---

〔1〕　有许多歌曲是达尼伊尔·波克拉斯和他的兄弟德密特利·波克拉斯二人合作的。

所喜爱。

国内战争中的英雄精神,也反映在下一时期的歌曲中;现在把其中最优秀而最为人所喜爱的几首列举如下:勃兰捷尔的《萧尔斯之歌》和《游击队员瑞列兹涅克》、别雷的《小鹰》和《女游击队员之歌》、诺维科夫的《夏伯阳之歌》和《游击队员出发》、李斯托夫的《机关枪车》等。有些歌曲作者不明,变成了真正的民间歌曲。(例如当时普遍流行的《沿着溪谷,沿着高地》,是亚历山大罗夫记录下来并配上了阿雷莫夫的新歌词而改编成的。)

伟大的祖国战争唤起了新的创作高潮。作曲家创作了许多卓越的歌曲,其中表现着对敌人的深切的仇恨和热烈的爱国精神。这些歌曲充满着刚勇、力量和对胜利的信心。它们提高人民的战斗精神,战士们唱着这些歌曲去赴战,它们又帮助后方的人。亚历山大罗夫、索洛维约夫-谢多伊、查哈罗夫等,都有优秀的歌曲创作。

所有的歌曲都具有俄罗斯民歌独得的特色:曲调明朗而富有表情,沉着而单纯。

索洛维约夫-谢多伊创作的歌曲,大都是抒情的、富有表情和高度情绪的。索洛维约夫-谢多伊在自己的歌曲中常常同同志们和朋友们谈话,他以特别热情的、诚恳的、富有表情的旋律来表现这一点,例如《海港之夜》便是。他的歌曲在旋律方面和节奏方面往往十分新奇,表露着幽默和热情,例如《在阳光照耀的草地上》《在喀马河那边》等便是。

杜那耶夫斯基的歌曲是最广泛流行而最为人所喜爱的,特别是他的浩荡而悠长的《祖国进行曲》,这歌曲关联着苏维埃人民在战争和胜利的日子中许许多多深切而动人的体验。

杜那耶夫斯基可以称为青年们的歌手。他的《热情者进行曲》巧妙地在音乐中表现着苏维埃创造性劳动的欢喜。他的《运动进行曲》充满着勇健、乐观、青春的热情和毅力。杜那耶夫斯基的歌曲《道路》《体育员进行曲》《运动进行曲》等，不但在青年合唱团的曲目中占有牢固的地泣，在学校合唱团的曲目中也如此。杜那耶夫斯基创作歌曲时和诗人列别杰夫－库马奇密切地合作。

苏维埃作曲家为影片和戏剧创作了各种各样的很通俗的许多音乐，其中群众歌曲占有很大的地位。杜那耶夫斯基为影片《快乐的人们》《格朗特船长的孩子》《马戏团》《守门者》配的音乐，是大家都熟悉的。

亚历山大罗夫是有名的作曲家，优秀的组织家和教育家。创作苏联国歌的音乐的荣誉属于亚历山大罗夫。卓越的歌曲《神圣的战争》也是他创作的。有一位音乐批评家正确地称呼这歌曲为"伟大的卫国战争的标志"。在这歌曲的紧凑的形式中表现出俄罗斯人民的威力和对敌人的仇恨。这歌曲很单纯，不需要任何伴奏，战士步行时唱这歌曲是很适宜的。

亚历山大罗夫的《斯大林大合唱》和其他许多合唱曲，是广泛著名的。

亚历山大罗夫所创办的苏军红旗歌舞团不但在苏联为人人所周知而爱戴，在国外很远的地方也如此。

比亚特尼茨基合唱团的领导者查哈罗夫创作的歌曲，非常近似民间歌曲，往往和真正的民间歌曲难于区别。同时他的旋律及调式构成又都具有他个人的特色。他的歌曲中有悠长而吟诵风的（《啊，我的雾》），也有愉快而庄严的（《斯大林颂歌》），也有关于日常生活的（《送行》《沿着村子》），也有抒情的（《在井边》），也有滑稽的（《有谁知道他》）。

赫连尼科夫为影片《牧猪女和牧人》《战后晚上六点钟》配的音乐，常常在演奏会中表演。赫连尼科夫为戏剧《庸人自扰》配的音乐是有名而为人所喜爱的,特别是小夜曲和歌曲《夜莺歌唱蔷薇》。

普罗科菲耶夫为影片《亚历山大·涅夫斯基》配的音乐,后来由他改作为同名的交响声乐大曲。

伟大的卫国战争时期的特色,是苏维埃歌曲创作发展方面的巨大高潮。那时有许多作曲家经常在前线、在陆军和海军的部队里工作。

苏维埃歌曲的主题和体裁也显著地扩充了。出现了各种各样的抒情歌曲,例如在战争的第一年特别流行的,有赫连尼科夫的《别离歌》、勃兰捷尔的《行军歌》;以后几年中的歌曲,有莫克罗乌索夫的《珍贵的石头》、诺维科夫的《路程》,还有李斯托夫、柯切托夫、查尔科夫斯基等的许多歌曲,这些都成了青年和学生喜爱的歌曲。诺维科夫的《世界民主青年进行曲》,在最近几年间的歌曲中占有特殊的地位;这歌曲于一九四七年在布拉格的民主青年联欢节上表演之后,便成了一切国家和一切民族的民主青年的战斗歌曲。

除群众歌曲之外,苏维埃作曲家又创作了用更雄伟的形象来反映卫国战争的英雄精神的歌曲。叙事曲便是属于这一类的,例如别雷的《上尉加斯泰洛叙事曲》、柯瓦尔的清唱剧《人民的神圣战争》中的《母亲的话》等便是。

苏维埃歌曲的内容很多样。其中歌唱着苏维埃人生活所需的一切、苏维埃人所宝贵而亲近的一切。这种歌曲密切地关联于生活,关联于人民,关联于我们的现实。这种歌曲表现着苏维埃人物、他们所具有的优点、他们的爱国精神、英雄气概、人道主义。这种歌曲具有这些特点,所以在生活上是不可缺少的,是令人感到亲切的。

有许多歌曲和合唱曲是关于列宁和斯大林的;其中有亚历山大罗夫

的《斯大林大合唱》、哈恰图良的《斯大林之歌》（与合唱曲《斯大林颂诗》一同收入在他的交响乐曲中）。柯瓦尔根据杰米扬·别德尼的词创作了一册关于列宁的歌曲集，又根据诗人奥沙宁的词创作了关于列宁和斯大林的两册歌曲集。这些歌曲中最优秀的是《在亲爱的西姆比尔斯克上空》《在克里姆林宫》《宣誓》《两个人引导我们到这光明世界中》（奥沙宁作词的歌曲集）。用民间歌调作的关于列宁和斯大林的歌曲《两头鹰》，是广泛流行的。

有许多优良的歌曲是为保卫和平和民族友谊的斗争而作的，例如别雷的《保卫和平》、屠里科夫的《没有战争烽火》、斯塔罗卡多姆斯基的《在和平的旗帜下》、穆拉杰里的《莫斯科-北京》等便是。

儿童音乐　　在苏维埃音乐中，儿童音乐占有很大的地位。很多的苏维埃作曲家，从卓越的、主导的作曲家起，直到年青的、始业的作曲家，都喜欢采取儿童的题材。

儿童音乐中的大多数作品是给儿童自己表演用的，但也有不少是为儿童欣赏的演奏会表演而作的。

柯瓦尔写了一部儿童歌剧《狼和七只小山羊》。这歌剧曾在无线电中广播，又在列宁格勒的儿童剧院中演出。这歌剧的音乐（独唱和合唱的部分），儿童自己也能表演，是很新鲜而具有特色的。《母山羊摇篮曲》和合唱曲《七只小山羊》及《啊，森林，我们的森林》的音乐特别富有趣味。除此以外，柯瓦尔又创作了许多儿童歌曲和儿童合唱曲。

他用普希金的词而作的《四季》以及用马尔沙克的词而作的滑稽歌曲美利和牝羊克造的房子，是儿童喜欢唱的。

普罗科菲耶夫为儿童写了一个朗诵及交响乐用的音乐故事《彼得和狼》。这作品中用各种乐器来描写突出而有趣的特色，例如用法国号来描写狼的特色,用单簧管来描写猫的特色,用大管来描写祖父的特色等。

卡巴列夫斯基在儿童音乐方面的创作是多方面的,并且包括各种各样的体裁,他创作了许多学校唱歌用的和合唱团用的歌曲。像《鸟的家》《营火旁》《歌唱吧,同志们》《信》《四个亲睦的孩子》等歌曲,被牢固地采用在普通教育学校的唱歌教学大纲中。

他为音乐会表演而作的歌曲中有若干首,例如《东方的故事》《磨坊主、男孩和驴子》《两只公羊》,被采用在合唱团的曲目中。

作曲家克拉谢夫、列文娜、劳赫维尔盖尔、阿·尼·亚历山大罗夫,约尔丹斯基的创作,在学校唱歌中和在集团唱歌中都占有很大的地位。他们都能热烈地响应儿童的各种要求和趣味,创作富有教育意义的歌曲。

这些作曲家的歌曲,被编入最近出版的一切学校唱歌集中,有许多已经印成个别的集子(克拉谢夫、劳赫维尔盖尔、列文娜等的歌曲)。

克拉谢夫创作了儿童歌剧《马莎和熊》和《严寒公公》;后者曾经在莫斯科大剧院上演。此外,他又创作了描写自然景物的许多富有趣味的小曲,这些小曲都是儿童所能完全理解的(《白嘴鸦》《蜜蜂》《铃兰》《杜鹃》等)。他的舞曲形式的歌曲也富有趣味,例如《夏季圆舞曲》便是。

劳赫维尔盖尔创作了许多反映儿童生活的歌曲(为幼年学生作的关于斯大林的歌曲、《冬节》《枞树》《在小船上》《红罂粟》《礼物》等)。

列文娜的创作也是很多方面的。她曾创作关于列宁的热情而诚恳的歌曲《静静的四月》。列文娜有几首歌曲常常在音乐会中表演,例如《滴答》《静静的时刻》便是;改编为合唱曲的歌曲《越南小姑娘送给斯大林同志的礼物》和《中国儿童叙事曲》占有特殊的地位；这两首歌曲常常在音乐会和无线电中表演。

伟大的卫国战争唤起了关于儿童英雄和关于爱祖国的许多新的儿童歌曲。属于这一类的，是卡巴列夫斯基的《四个亲睦的孩子》和克拉谢夫的《三个同伴之歌》等。

愉快的滑稽歌曲以及反映少先队生活的歌曲，在苏维埃作曲家的创作中都获得了显著的发展。属于这类的歌曲，有阿·亚历山大罗夫的《愉快的金翅雀之歌》，斯塔罗卡多姆斯基的《少先队旅行歌》《愉快的旅行者》《大哥哥们的歌》和《爱好钓鱼的人》，查尔科夫斯基的《足球员进行曲》。

整个苏维埃音乐的优良范例所独得的特色，也表明在儿童音乐中。自然、纯朴、勇健、乐观、高度的艺术水平、思想方针，是苏维埃儿童歌曲所固有的特性。

苏维埃儿童歌曲的题材是很多样的。其中反映着我们现实的伟大精神和英雄气概、对自然界的爱、儿童的兴味。苏维埃题材在儿童歌曲中占有不小的地位，这种题材使得歌曲富有生活意义而为儿童所亲近。对祖国的爱、对劳动的尊敬、友谊感和责任感——这些正是优良的儿童歌曲在儿童心中唤起的感情；这种歌曲帮助培养具有高度思想道德品质的人，帮助培养苏维埃人。

西欧音乐

十七世纪以前概况　十七世纪以前在西欧有两条音乐发展路线：教会音乐和世俗音乐。教会音乐起初在单声部齐唱形式中发展，后来取用多声部的——复音乐[1]的合唱形式。

　　属于世俗音乐的,是统治阶级的音乐和民间音乐。在民间和贵族骑士阶层中,广泛地发展着歌曲艺术。民间音乐的范型从很早的中世纪(八至九世纪)一直流传到我们手里,其间常常受到教会和统治阶级(贵族)方面的压迫。流传到我们手里的民间音乐的范型,大多数只是以歌词的形式保存下来,其音乐差不多没有被记录。因为在那时,具有音乐知识的大都是僧侣,他们不愿记录民间的("罪孽深重的")歌曲的旋律。一部分音乐和许多歌词从"十字军远征"时代传到我们手里。创作这些歌曲的是各种飘泊乐师们:骑士浪漫诗人(рыцари-трубадуры)、田园诗人(труверы)、抒情诗人(миннезингеры),以及民间歌人——游唱乐人(жонглёры)、吟游诗人(менестрели)、游历音乐家(шпильманы)。他们的艺术的内容十分多样——从英勇的歌曲到滑稽欢乐的歌曲,从抒情的歌曲到舞蹈的歌曲,一切都有——而且往往是十分富于旋律风的、为人民所理解而爱好的,因此常常受到教会代表者方面的非难和禁止。

　　然而他们的艺术常常给音乐艺术的发展以良好的影响,因为它也把健康而新鲜的清流灌注到教会音乐中。

　　以后,与教会音乐(声乐)同时,世俗音乐逐渐获得更大的意义。出现了各种各样的抒情内容的歌曲、戏剧内容的歌曲、描写的歌曲。器乐也逐渐获得更大的意义。在十五至十六世纪时,诗琴(拨弦乐器)成了广受欢迎的乐器。人们在这乐器上表演民间旋律的各种各样的舞曲和变奏曲。从十七世纪起,诗琴让位于键盘乐器"克拉维新""克拉维钦巴洛"

---

　　[1]　复音乐,即若干个独立的旋律或声部同时进行的音乐。

"克拉维科尔德"〔1〕——这些都是弦乐器,但带有键盘,在键盘上可以两手同时弹奏,又弹出旋律,又弹出伴奏。这种乐器流行最广,是独奏乐器,又是管弦乐合奏中必不可缺的参加者。管弦乐合奏也是在十七世纪时形成的,它的形成,是由于各种弓弦乐器(中提琴、小提琴)和管乐器(长笛、双簧管、小号等)的广泛流行。

所谓"文艺复兴"这普遍的高潮,引起了当时社会的新的愿望和趣味,这种新的愿望和趣味就成了世俗声乐(歌剧、声乐大曲)和世俗器乐的广大而激烈的发展的推动力。资产阶级的发达和富裕,使得他们渴望脱离了教会的影响而在艺术中独立自由地表现自己的感情和意图。教会音乐本身也常常充满世俗的内容。在文学中发展着抒情诗和戏剧形式。在音乐中,十六世纪末叶以前一向是由复音乐格式支配的,到了这时候,抒情的或戏剧的内容和复音乐之间的矛盾显得越来越大了,因为即使该唱的是一个人,也必得用一个合唱队来唱。

在十六世纪末叶,最初出现了用诗琴伴奏而由一个声部演唱故事的作品。这便创造了宣叙调形式。以这方法为基础,在十六七世纪之交创作并上演了最初的歌剧。这样,音乐发展中便有了显著的进展。

一个主导旋律配以和声伴奏而表演的音乐,开始和复音乐同时发达起来。这种音乐称为单音乐。单音乐格式的成立,主要地关联于歌剧的诞生和发展。

十七八世纪的歌剧音乐　　在十七和十八两世纪中,歌剧经过了复杂的发展道路。起初它是严格的宣叙音乐,后来渐渐地在其中加入咏叹调

〔1〕 "克拉维新"(clavecin)、"克拉维钦巴洛"(clavicembalo)、"克拉维科尔德"(clavicord)都是钢琴的前身。——译者注

和合唱曲,管弦乐的作用也增大起来。歌剧的题材起初都是关于古代神话的。后来,直到十八世纪末叶,这种题材还是继续盛行,但有时也出现历史的和日常生活的主题。在神话的歌剧中,逐渐固定了一种技巧娴熟的风格,在这种风格下歌剧的内容没有多大意义。一切注意力都集中在外表的声乐效果和舞台效果上。

十八世纪初,出现了一种以日常生活为题材的新的歌剧类型,这种题材大都是感伤的,有时带着讽刺的、滑稽的成分,其中广泛地应用宣叙调和民间旋律法。这种歌剧中完全不用技巧娴熟的咏叹调。这种歌剧在意大利被称为"喜歌剧",例如彼尔戈列西的《女仆夫人》便是。神话的歌剧和喜歌剧相对立,被称为"正歌剧"。

十八世纪中叶法国的歌剧界情形也如此。以日常生活为主题而中间插入谈话的歌剧,被称为"滑稽歌剧"。歌剧中为追求纯朴、自然、生动及戏剧性而展开了斗争。歌剧中广泛采用民间歌曲。

有一种新歌剧形式,是格路克(1714—1787)创造的,其中纯朴自然和戏剧性相结合,因而可认为较接近于现代歌剧。格路克创作了有名的歌剧《奥尔菲》,为歌剧艺术改革做下了准备;他在以后所作的歌剧中彻底地实现了这种改革。格路克对后来的歌剧发展有很大的影响。

莫差特在十八世纪创作了具有广泛而多样的题材的歌剧,其中充满着深刻的内容。这种歌剧可称为现实主义歌剧。

十九世纪的歌剧　十九世纪歌剧发展的道路很复杂。意大利十九世纪初叶最大的歌剧家是罗西尼(1792—1868)。他的最优秀的歌剧是《赛维拉的理发师》和《威廉·台尔》。《赛维拉的理发师》同莫差特的《费加罗的结婚》一样,是根据波马舍的题材而作的。在这歌剧中,用很鲜明的音乐描写来表现敏捷、愉快而机警的理发师费加罗,刻毒地讥笑那个僧侣代表者——贪污的唐巴齐里奥。这歌剧的音乐中流露着幽默、愉快和乐天的情趣。全部以急速的速度进行。《赛维尔的理发师》在现今的苏维埃听众之间仍然享有盛名。

歌剧《威廉·台尔》是根据瑞士人民为自由而斗争的时代的传说而作的。这歌剧中的民众场面、自然景色、日常生活情景和民间旋律法，都是富有趣味的。

德国最大的歌剧作家是韦伯（《自由射手》）瓦格纳（《洛恩格林》《唐豪舍》《尼贝伦格的指环》）。

十九世纪后半期在歌剧艺术中起领导作用的，是维尔第（意大利）和比捷（法国）。维尔第是人们所最喜爱又最通俗的歌剧作家之一。他的音乐富于旋律美，悠扬婉转，易解而恳挚。维尔第的歌剧题材总是取自现实生活的。他的最受欢迎的歌剧是《茶花女》《李戈雷托》《阿伊达》。

十九世纪和二十世纪初叶的歌剧艺术的优秀代表者们，也都遵循罗西尼、维尔第和比捷所指定的道路而进行。属于这一期的作曲家有：法国的古诺（《浮士德》）、德里勃（《拉克美》）；捷克的斯美塔那（《被出卖的新娘》）；意大利的普契尼（《蝴蝶夫人》或名《乔乔桑》《放浪的文人》《托斯卡》）、列昂卡瓦洛（《丑角》）；波兰的莫纽什科（《加尔卡》）等。

器乐　单音乐格式的发展，在十七世纪时引起了器乐的高潮。克拉维新这乐器[1]具有很大的意义，因为在这乐器上可以同时演奏旋律及和声伴奏。克拉维新变成了歌剧中和管弦乐中不可缺少的乐器。特别是在十七世纪后半期和十八世纪，克拉维新获得了重要而独立的意义。

---

〔1〕　克拉维新是古代的键盘乐器，是钢琴的前身，其特点是音乐较为断续而作叮当声，而且在同一盘上不能弹出响的和轻的声音。

　　有一群法国作曲家创作了特殊的克拉维新乐曲格式。其中常常有描写的成分,例如达肯的《杜鹃》、库彼伦的《恋爱的夜莺》、拉莫的《母鸡》便是;舞曲的主题——加伏特、利戈顿、小步舞曲——占有很大的地位。这种乐曲格式的特点是装饰的丰富、构造的简单和叙述的明了。这种作品用小型乐曲形式写成,反映着十八世纪的所谓"献媚格式"。这格式的最有名的代表者是弗朗苏阿·库彼伦和拉莫等。意大利最有名的克拉维新作家是多美尼科·斯卡拉蒂。

　　小提琴艺术在十七八世纪获得了很大的发展。作曲家为小提琴作协奏曲和奏鸣曲。演奏技巧大大地提高,出现了卓越的演奏能手兼作曲家(维瓦尔第、塔尔蒂尼、柯列里),和优秀的小提琴制造家——他们所制造的乐器到现在还被世人视为珍宝(斯特拉第瓦利乌斯、阿马蒂、格瓦尔涅利所制造的)。苏联现在所保留着的、这些巨匠所造的小提琴,都已交付给优秀的苏维埃小提琴家。

　　在十九世纪前半期,意大利小提琴演奏能手兼作家尼科洛·巴加尼尼获得了很大的名声。他的演奏技巧和创作对于后来的器乐发展有很大的影响。

　　与新格式的发展同时,复音乐继续存在着,主要的是在教会合唱音乐中和管风琴[1]音乐中。作曲家也为管风琴创作非宗教内容的乐曲——赋格曲[2]、前奏曲、幻想托卡塔[3]。为管风琴作的优良的作品

---

　　〔1〕　管风琴是体积和音量都很巨大的一种管乐器,装有若干键板;由空气输入管中而发音。

　　〔2〕　赋格曲是多声部(复音乐)作品,其中同一主题在所有各声部中出现。赋格曲由一个声部开始唱出主题,然后其他各声部唱这同一主题而顺次加入。

　　〔3〕　托卡塔是古代为风琴等键盘乐器而作的曲式名称。——译者注

的特色,是深刻的内容、高尚的品质,常常是需要高度演奏技巧的。

十八世纪前半期,在巴赫[1]的天才创作中,复音乐艺术发达到了顶点。巴赫为管风琴、管弦乐、合唱、克拉维新、小提琴创作了大量不朽之作。他的作品的特色是非凡的深刻、严肃的壮丽,同时又富于情绪性和旋律美。他的作品中最著名的,是为克拉维新作的两卷,每卷二十四个前奏曲和赋格曲,这些乐曲在现今都用钢琴演奏了,还有为管风琴作的幻想曲和赋格曲。

在约瑟夫·海顿的器乐曲中,单音乐格式获得了充分的发展。海顿是奥地利作曲家;他创作了一百多个交响曲、几十个弦乐四重奏、许多协奏曲和奏鸣曲等。他的一切音乐都密切关联于民间歌曲——奥地利民间歌曲,有时匈牙利民间歌曲、南斯拉夫民间歌曲。海顿确立了交响曲、奏鸣曲、协奏曲、四重奏曲等的古典型范;莫差特、贝多芬及以前的其他作曲家,都追随了他而发展这种乐曲。

在十九世纪时,除大型的作品——交响曲、奏鸣曲——之外,许多卓越的作曲家(即所谓"浪漫主义者")所采用的主要体裁,是一种比较小型的、抒情的、有时舞曲性质的作品。"浪漫主义者"的创作的特色,是带有幻想、神奇、描写、标题的成分。他们的作品常常接近于民间主题,接近于自然界。这些小型的个别的作品,往往由一种共通的构想统一起来而组成曲集。下列的钢琴曲集便是如此:舒曼的《谢肉祭》《蝴蝶》和歌曲集《诗人的爱》及其他;舒柏特的《美丽的磨坊女》(二十首歌曲);格利格的《诗画》(六首钢琴曲)等等。这流派的最卓越的代表者,是舒柏特、门德

---

〔1〕 约翰·赛巴斯蒂昂·巴赫(1685—1750)是德国作曲家。他的全部生涯差不多情况不明,他当过教师、教会风琴手、宫廷音乐家。他的音乐后来获得了全世界的意义。

尔松〔1〕、舒曼、萧邦、格利格、德沃夏克〔2〕、李斯特。

　　罗贝尔特·舒曼(1810—1856)是德国作曲家,浪漫主义者,他创作得最多的是钢琴曲、歌曲和浪漫曲。在他的乐曲中生活环境印象和幻想作特殊的结合。他称他的某几个乐曲为"幻想乐曲",这些乐曲的内容同他别的许多乐曲中一样,是抒情的,充满着激发、热狂和温柔、诚恳、幻想的对照。

　　他的《谢肉祭》和《蝴蝶》很富有趣味。在节日的游行队伍中戴假面具的人的音乐形象和舞曲轮流奏出。舒曼的《少年曲集》和《儿童情景》这两册乐曲集,其中的乐曲内容都很明朗而多样,为儿童所能理解。

　　弗朗茨·李斯特(1811—1886)是优秀的作曲家、娴熟的钢琴演奏家、教育家、社会事业家、音乐批评家兼作家。

　　李斯特曾为管弦乐创作大型的标题内容的乐曲,为钢琴作的乐曲特别多。他曾经把巴赫、舒柏特、贝多芬的乐曲改编为钢琴曲。他根据各种歌剧音乐作的幻想曲和根据匈牙利旋律作的狂想曲,是大众周知的。李斯特的标题乐曲也很有趣味,这些标题乐曲中描述意大利和瑞士的旅行中的印象,结集为三册,总名为《游历年》。第一册中关于自然景色或瑞士民间传说的乐曲(例如《威廉·台尔的唱歌班》),以及第二册中描写意大利艺术的著名作品(例如拉裴尔的绘画《订婚》)的印象或彼特拉克

---

　　〔1〕　费里克斯·门德尔松-巴托尔第(1809—1847)是优秀的德国作曲家,曾创作若干个交响曲、四重奏曲、协奏曲和许多小乐曲。特别有名的是《无言歌》——钢琴抒情曲集和管弦乐伴奏的小提琴协奏曲。
　　〔2〕　安东宁·德沃夏克(1841—1904)是有名的捷克作曲家,曾为管弦乐和小提琴创作许多作品。他的斯拉夫狂想曲和用民间主题的舞曲特别受大众欢迎。

的短诗的乐曲,尤为大众所欢迎。李斯特用自然景物主题或幻想题材而作的练习曲,都很卓越。

在十九世纪和二十世纪时,除小型的器乐曲之外,又广泛流行着小型的声乐曲,即歌曲和浪漫曲。每一位作曲家都在这种乐曲体裁中加入他自己个人的成分,然而所有的作曲家基本上都是从舒柏特的歌曲创作出发的。舒曼、格利格和李斯特等所作的歌曲都很卓越。

在十九世纪末叶和二十世纪初叶,外国的音乐中显露出脱离生活、脱离现实、脱离民间主题和民间旋律的现象。创作了纤巧的、不自然的、有时深奥难解的音乐。这种音乐把现代资产阶级音乐艺术导向衰颓和腐化,导向形式主义。二十世纪初叶有些作曲家把自己的创作联系到进步的民主思想,使自己的音乐依据民间创作,他们在西欧音乐中注入了一种较健康的气氛。

莫差特

(1756—1791)

莫差特传略

伏尔甫刚格·阿马德伊·莫差特于一七五六年生于奥地利萨尔斯堡城的一个音乐家的家庭中。他的父亲辽波尔德·莫差特是一位小提琴家、作曲家、乐长[1]、教师,他担任萨尔斯堡大主教的宫廷音乐家的职务。伏尔甫刚格的姐姐也是一位优秀的女音乐家。

---

〔1〕 乐长,就是唱歌队(合唱队、管弦乐队)的指挥者、领导者。

　　这孩子的音乐天才从三岁的时候就开始显露。四五岁的时候他已经能演奏小提琴和克拉维新,并且创作小型的乐曲,那时他连这些乐曲的乐谱记录都还不会呢。

　　他的父亲常常会集音乐家来合奏乐曲(三重奏或四重奏)。当这孩子还只四岁的时候,他完全正确地演奏了四重奏中第二小提琴的整个部分,后来又演奏第一小提琴的整个部分,使得满座吃惊。

　　到了六岁上,莫差特已经精通乐器(克拉维新)演奏,他的父亲便带他到维也纳和慕尼黑去作初次演奏旅行;一七六三年,他们又到巴黎、布鲁塞尔、伦敦及其他城市作了长期的巡回演奏。

　　这孩子的天才禀赋普遍地引人注意,使人吃惊,人们都赞誉他为非凡的神童,荣名广传。实际上,这的确是十分特殊的现象,差不多是奇迹。这样早熟的音乐才能在历史上是从来未有的。写莫差特传记的作者们关于幼年的莫差特这样说:"教这孩子学习一种东西的时候,仿佛这东西他早已全部懂得,现在不过是回忆一下而已。"幼年的莫差特出席表演时引起听众的狂欢,这也是因为他无论作为钢琴家、小提琴家、风琴家、歌唱家、即兴演奏家或作曲家而出席表演,总是获得同样的成功。同时他又保持着一个愉快而健康的儿童的朝气和天真。莫差特和父亲及姐姐的旅行继续了三年,这使他获得许多各种各样的印象,特别是音乐方面的。

　　莫差特的以后的发展,已经不仅是一位演奏名手,而又是一位作曲家,这发展非常迅速。莫差特八岁上的创作后来被刊印出来,其中有若干乐曲直到现今还被应用在儿童的钢琴教学上。他在十二岁以前已经创作了整整一系列的作品,有的是为管弦乐作的,有的是为个别乐器作的。他在十二岁上创作他的初期的歌剧。

　　就在这时候,他旅行到当时音乐艺术——尤其是歌剧艺术——的中心地意大利,借以增进他的歌剧创作修养。在意大利的两年滞留,给青年莫差特以许多宝贵的收获。他在那里创作了许多歌剧和别的音乐作品,他的荣誉继续增长。

　　就在这时候,青年莫差特还有许多显露天才的机会。例如:在波伦亚音乐学院的考试中,有一个音乐试题,通常需要六小时至八小时才能解答,而十三岁的莫差特在半小时内把它完满地解决了,引起意大利大音乐家们的赞赏。莫差特的音乐记忆力也是可惊的:最复杂的乐曲,他只要听过一遍,便能记牢,并且把它全部写出来。

　　从意大利回国后的几年(一七八一年以前)间,莫差特的生活所关联的主要是萨尔斯堡,这地方是他主要的居住地。他坚毅地力求深造,创作了各种体裁的许多作品。

　　这时期的创作中特别有价值的是钢琴奏鸣曲和小提琴奏鸣曲。有时他接受了别的城市的嘱托,便到那地方作短期旅行。然而在萨尔斯堡地方,音乐见闻和音乐发展可能性有限,又没有歌剧院,这一切使莫差特渐渐感到苦闷。

自一七七七年至一七七八年之间,他旅居巴黎,企图卜居在这地方,然而遭逢了失败,于是仍旧回到祖国。他在巴黎居住了一会儿,听过了辉煌的歌剧和优秀的演奏会之后,住在萨尔斯堡在他觉得更加难堪了。

莫差特替他服务的那个大主教竭力强调莫差特的仆役地位,一举一动都侮辱他的人格。他不让他获得充分表现作曲家和音乐家才能的机会,这种没出息的生活使莫差特感到很苦痛。

结果,莫差特不顾父亲的愿望,决心于一七八一年离去了萨尔斯堡,迁居到当时欧洲有名的音乐中心地维也纳。

莫差特生活在维也纳的最后十年,在他的创作上是最有成果而最重要的。他在这时期中创作了他的优秀歌剧《赛拉尔的劫掠》《费加罗的结婚》《唐-璜》《魔笛》,以及最重要最著名的交响曲、四重奏曲、协奏曲、奏鸣曲和许多别的作品。

莫差特在维也纳很受人欢迎,人们赞扬他的克拉维新演奏,非常珍视他的创作,然而他还是常常感觉到物质的困乏。他从维也纳写给他父亲的有一封信中说:夜半才睡觉,早上五点钟就起身,整个上午从事教课,差不多每晚应邀出席演奏。

莫差特的生涯的最后几年尤为困苦:家中经常贫困,他的妻子生病,终于他自己也丧失了健康,这一切很快地把他带到了悲惨的结局。

有一次,在他的病状特别不良的时候,有一个不相识的人来请他作一首安魂曲[1]。到了约定的日期，这个人不来[2]领取乐曲稿件，这件事在莫差特的病态的想象中就有了特别阴郁的意义。他确定这安魂曲是他为自己作的，这是他的死神亲自来到了；这念头一直使他苦恼，便加速了他的死亡。

莫差特于一七九一年十二月逝世。

莫差特在这样年青的时候（三十五岁）突然很快地逝世，况且那时有许多嫉妒他的天才而对他怀敌意的人，这便引起了一种传说，说莫差特是被维也纳的一个著名的作曲家萨列利[3]毒死的。这传说并无历史的根据，然而到处流传，并且引起了一系列艺术作品，例如普希金的小悲剧之一《莫差特与萨列利》便是。普希金在这悲剧中把阴郁而严厉的萨列利跟天才而乐观的莫差特相对照。普希金的这部悲剧便是李姆斯基-柯萨科夫的歌剧《莫差特与萨列利》的根据。

莫差特的创作

莫差特的音乐遗产很丰富。因为他很早就开始创作，并且创作得非常快。他所涉及的乐曲体裁十分多样：歌剧，清唱剧[4]，歌曲，浪漫曲，交响曲，管弦乐伴奏的小提琴，长笛或钢琴协奏曲，四重奏曲，三重奏曲及其他合奏曲，为钢琴作的奏鸣曲，为小提琴及钢琴作的奏鸣曲，变奏曲，回旋曲，幻想曲，各种舞曲，以及其他许多作品。

―――――――――

〔1〕　安魂曲，是教会中祈冥福用的音乐。

〔2〕　这个人原来是某伯爵的管家，他想冒充作曲家，拿别人的作品来冒充自己的作品。

〔3〕　萨列利是意大利作曲家（主要是歌剧作家），是卓越的教师，差不多终身住在维也纳。

〔4〕　清唱剧是一种音乐剧作品，形式与歌剧相似（有合唱、独唱、重唱、管弦乐），但不是指定给舞台表演用的。

器乐 在莫差特的许多交响曲(四十个以上)中,内容最深刻的交响曲之一,是《G 小调交响曲》。这交响曲由四乐章组成:第一乐章是奏鸣曲形式的快板,第二乐章是缓慢的、歌曲风的慢板,第三乐章是小步舞曲,第四乐章是迅速而辉煌的终曲。

整个第一乐章的基本特性,是由最完善的第一主题(正主题)决定的。这主题的旋律带有抑扬的音调(叹息),其性质是抒情的、温顺的、胆怯的,给人以非常恳挚的印象。

半音曲调的反复和随后的上升、它们在清澄的配器(仅用弦乐组)中的断续声,赋予这主题以微妙的抒情味,这抒情味决定了整个交响曲的性质,使听众入迷:

交响曲
(G 小调第一乐章)

莫差特的钢琴奏鸣曲为大众所周知,这些奏鸣曲是他在不同的创作时期作成的。钢琴用的《A 大调奏鸣曲》,尤其是这奏鸣曲里面的《土耳其回旋曲[1](第三乐章),在广大听众间享有盛名。

这回旋曲的清澈而轻快的音乐,造成了装饰着东方色调的、奇怪的"行进"的特性:

土耳其回旋曲

莫差特

土耳其回旋曲

莫差特

[1] 这作品常被不十分正确地称为《土耳其进行曲》。

歌剧《费加罗的结婚》是根据波马舍的喜剧题材作成的。这歌剧的开始是一个辉煌的、性质果断而乐观的、同时又具有旋律风的序曲。这序曲在主题上跟歌剧没有联系,而在性质上非常适合于这歌剧[1]。

第一幕中费加罗的咏叹调"活泼含情的卷发美少年"很有趣味,因为莫差特在这咏叹调中表现出很真实的、同时又仿佛是二重的性格描写:费加罗的教训的戏谑而认真的、"父亲般的"语调,以及费加罗所教训的凯鲁比诺的轻佻而无忧无虑的性格:

费加罗的结婚（第一幕）

（费加罗的咏叹调）

费加罗的结婚（第一幕）

（费加罗的咏叹调）

---

〔1〕 格林卡特别重视这序曲。

莫差特的创作的意义　　莫差特被称为世界最大的作曲家之一,是很恰当的。他的创作具有重大的意义,尤其是在歌剧方面。莫差特的歌剧中表现着具有纯朴的人类体验和人类感情的活生生的人物。

这是最初在歌剧中把思想内容的深刻伟大跟生动而富有表现力的、纯朴易解而鲜明的、迷人的音乐结合在一起。

莫差特的序曲很出色,其中充分地表现出歌剧的内容和性质,因而使人理解歌剧的意义。在那时代,这一点也算是很大的革新了。莫差特的序曲常常作为独立的艺术作品而在演奏会中表演。

莫差特的音乐大都具有抒情风的内容,其中力求揭示并表现人的内部世界及其体验。莫差特的抒情作品的特色,是普遍的乐观主义和愉快而光明的性质。人们常常给莫差特加上一个绰号"晴朗的",这并不是偶然的。

莫差特的某几个作品(《唐-璜》《安魂曲》)充满着深刻的戏剧性。

莫差特的主要的表现手段是旋律,他的旋律柔顺、温和而真挚。这种旋律的特色是流畅而邻近的音调以及变化音的屡次应用,其中有许多装饰音。

我们的大作曲家格林卡和柴科夫斯基,都十分爱慕莫差特和他的音乐。

柴科夫斯基关于莫差特曾经这样说:"我不但爱慕莫差特,我简直崇拜他。这是一位由于天才的不自觉的号召而创作的伟大艺术家的理想的体现……他的天才异常强盛;他创作一切作品都是直接写总谱的。……'《唐-璜》的音乐是第一次给我强烈印象的音乐。我通过了这音乐而深入到只有伟大天才翱翔着的那个艺术美的世界中……"

贝多芬

(1770—1827)

贝多芬传略

柳德维格·凡·贝多芬[1]于一七七○年生于离开法国国境不远的波恩城。他的父亲和祖父都是宫廷音乐家。

幼年的贝多芬很早就显露他的音乐才能,他的父亲在他五岁上就开始教练他,打算照莫差特的前例把他养成一种神童,由此获得物质的利益。这些课业进行得很没有秩序;贝多芬的父亲常常很粗暴,很残忍,对他过分苛求。他强迫这孩子连续数小时弹奏一种练习;有时半夜里喝得大醉,把这孩子唤醒来,要他坐在乐器面前。

　贝多芬的母亲温和而亲切,她怜惜她的儿子,然而不能很好地来感

---

〔1〕　姓名中附加"凡"字,表示贝多芬家是荷兰出身。他的祖父是从安特卫普迁来的移民。

化他的父亲;因此贝多芬的童年时期是很苦痛的。

贝多芬八岁上开始在音乐会上表演。他演奏各种乐器,尝试作曲,又很会作即兴演奏。在这时期内贝多芬没有受到真正的、有系统的教养,他的正规的课业是在十一岁上才开始的,那时候贝多芬自己已经在宫廷中服务,担任宫廷风琴师[1]助手的职司。

风琴师是天才的作曲家涅耶菲,他是一位文化水平很高的音乐家,精通作曲技术,富有音乐知识。

涅耶菲很欢喜他的学生,他不但是贝多芬的优秀的教师,又是他的良好的导师和知友。正是这位涅耶菲忠告并帮助贝多芬,劝他于一七八七年到维也纳去向莫差特学习。

莫差特已经厌倦于许多神童的拜访,接待贝多芬时并不特别亲切。但听了这个十七岁的青年按当场指定的题目作即兴演奏之后,这位天才作曲家对邻室中在场的朋友们说:"请注意这青年,将来全世界的人都要说起他。"

贝多芬终于没有能跟莫差特学习,因为他的母亲生病了,他不得不立刻回波恩去。他不能立刻再来维也纳,因为他的母亲死了,他必须照顾家庭。他的父亲是一个病人,不能负担和领导家庭;贝多芬的两个兄弟年纪还很小。

虽然两个小兄弟和物质的困难都要贝多芬操心,但他在这时期内自己非常用功,充实了自己的普通教养和音乐教养。他有一时期在大学里听讲(关于哲学的),立刻深深地体会了当时有关于一七八九年法国资产阶级革命的进步思想,认识了法国哲学家派的民主思想,这就奠定了贝

---

〔1〕 风琴师,是教会中做礼拜时弹风琴伴奏的音乐家。

多芬的共和观点的基础,使他发生了关于社会正义、关于自由人、关于和暴政斗争的念头。

一七九二年,贝多芬在父亲死了以后重新来到维也纳,立刻获得了卓越演奏家兼即兴表演家的荣名和声望。他在维也纳的几个贵族家里当音乐教师,以此维持生活。

贝多芬的自尊心很强,他剧烈而苦痛地感觉到宫廷音乐家的屈辱地位,因此对于妄自尊大而侮辱他的人,态度往往很严厉。贝多芬屡次对他的显贵的保护者们强调地指出:天才比显贵的身份珍贵而荣耀得多。"公爵很多,贝多芬只有一个,"他对文艺保护者李赫诺夫斯基公爵这样说。贝多芬对于音乐家的社会地位的这种看法,是在当时的进步思想的影响之下养成的。

在这几年间,贝多芬作了很多乐曲,他已经在创作中表出充分的成熟。这时期的几个钢琴奏鸣曲特别卓越,例如:第八——《悲怆奏鸣曲》;第十二——带有丧葬进行曲的奏鸣曲;第十四——《月光曲》;以及最初的两个大交响曲和最初的四重奏曲。

贝多芬的幸福不久就被可怕的疾病破坏了。二十六岁起,贝多芬开始患耳聋。医药无效,在一八〇二年,他竟起了自杀的念头。

然而他想起了音乐家的崇高的使命;他热爱艺术;他认为艺术"应当从刚毅的心灵中打出火来";通过艺术的手段他能够"对亿万群众交往"——这一切思想使得贝多芬克服了这绝望的念头。在他于这时候写给他的兄弟的所谓"盖里根希塔特遗言"中,他说:"……不然我真想自杀。只有一件事情阻挡着我,这就是艺术。唉,我觉得,如果我没有完成我所感到的任务就抛撇了这世界,是不可想象的。"在另一封给朋友的信中又说:"……我要抓住命运的咽喉。"

从这时候到一八一四年的期间,贝多芬创作的产量最大。他的最著名的作品,正是在这时期创作的,例如大部分交响曲(从第三《英雄交响曲》起)、序曲《埃格蒙特》和《科利奥朗》、歌剧《菲德里奥》、许多奏鸣曲(其中包括《热情奏鸣曲》)。

在拿破仑战争之后,全欧洲的生活都改变了。反动政治的时期来到了,在奥地利建立了压迫的"梅特涅"〔1〕制度。这些事件,加之以他个人的苦痛的体验——兄弟的死和自己的病,把贝多芬带到了精神苦闷的状态中。这时候他很少写作。

一八一八年,贝多芬觉得自己精神好些,便以新的热情来从事创作,他创作了整整一系列的大型作品,其中占有特殊地位的,是有合唱的第九交响曲、《庄严弥撒》〔2〕以及最后的几个四重奏曲和钢琴奏鸣曲。

在贝多芬逝世前三年,他的朋友们组织了一个表演他的作品的音乐会,所表演的是第九交响曲和"弥撒"中的断片。这次表演获得很大的成功,然而贝多芬听不见听众的鼓掌声和狂欢的叫声。有一个女歌手拉他转来面向着听众,他看见听众的狂喜的表情,兴奋之余,不省人事了。这时候贝多芬已经两耳全聋。从一八一五年起,贝多芬和人谈话的时候就要靠笔录的帮助了。

贝多芬一生最后的数年,是反动政治更猖獗的时候,在维也纳这种现象特别显明。贝多芬常常公然地发表自己的共和的、民主的见解,并且对于他的环境制度表示愤慨,因此常常受到逮捕的威胁。

---

〔1〕　梅特涅是那时奥地利的总理,是"神圣同盟"(一八一五年俄奥普三国战胜拿破仑后为了在欧洲保持帝制以反对革命运动的同盟。——译者附注)的组织者和鼓舞者之一。

〔2〕　弥撒是天主教教会礼拜的名称,按其音乐写作的形式即清唱剧。

贝多芬的健康情形剧烈地恶化了。他的生命迅速地趋向结束。一八二七年三月,贝多芬在维也纳的住宅里孤独地死去。

贝多芬的创作

交响曲　在贝多芬的全部丰富的创作中,首先应该指出九个交响曲,其中特别卓越的是第三、第五、第七和第九;贝多芬在这几个交响曲中最明显地表现出他的英雄的、革命的愿望,对人民的亲近,对人类和对正义的胜利的信心。

贝多芬称之为《英雄交响曲》的第三交响曲,其构思与内容的深刻和音乐形式,迥异于贝多芬以前的人所作的一切交响曲。

第五交响曲的内容的中心思想是斗争和胜利。关于这交响曲开头的一个主题,贝多芬自己曾经说:"这是命运在敲门":

第五交响曲（第一乐章）

这主题开头声音很有力,但逐渐地失却威势。其基础中的"敲门的动机",遍历整个交响曲,而在最后一乐章中声音柔和起来,犹豫不决起来:

第五交响曲

（发展部的结尾）　　　　　　　　　贝多芬

和第一主题相对比，第二主题——抒情的主题，人的主题——在第一乐章中表现得很简洁，而在以后的发展中却获得了宽广而很多样的性质。第二乐章中和它相似的那个主题特别富有表现力，这里面出现一个庄严而很积极的音乐形象，最后从这音乐形象产生出雄伟、庄严而胜利的终曲：

第五交响曲（第二乐章）

徐缓而活动　　　　　　　　　　　　　　　　　贝多芬

第五交响曲（第二乐章）

徐缓而活动　　　　　　　　　　　　　　　　　　　　　　　　贝多芬

第五交响曲（第四乐章）

快速而庄严　　　　　　　　　　　　　　　　　　　　　　　　贝多芬

　　在这交响曲中,贝多芬用综合的形式来表现出人类战胜生活道程上的一切障碍,表现出人类的团结和胜利。

　　克服一切障碍的人类的胜利和欢乐的这种构想,又存在于第七交响曲和第九交响曲的基础中。

　　第九交响曲是内容特别深刻的一个作品。

　　这交响曲的第四乐章中采用了一个以席勒的《欢乐颂》为歌词的合唱,这是一种新的手法。这个人类团结("怀抱吧,亿万群众")的"欢乐颂",用单纯的、毫无外表效果的、狂喜的旋律来表现,这旋律逐渐地发展成为代表贝多芬的特性的雄伟而庄严的终曲:

第九交响曲

很快　　　　　　　　　　　　　　　　　　　　　　　　　贝多芬

　　《埃格蒙特》　　在贝多芬的天才的作品中,必须指出为哥德的悲剧《埃格蒙特》作的音乐。

　　这题材关联于十六世纪荷兰人为争取独立而向西班牙斗争的历史。

　　领导这斗争的首领之一,是埃格蒙特,他因西班牙人的背信而牺牲性命。埃格蒙特的名字受到人民的爱戴,成了人民斗争和胜利的旗帜。这位为自己人民的自由而斗争的英雄的形象,引起了贝多芬的注意。在许多音乐描写中,特别是在序曲中,他用很大的力量表现出埃格蒙特的斗争、他的遭难以及胜利的人民的庆喜与狂欢。

　　这序曲用阴郁而悲惨的引子开始。在这引子中,一个悲哀的抒情主题和西班牙"萨拉班达"〔1〕的沉重的和弦相对照。

　　主要的快板部分,表现出两个主题的冲突和斗争:第一个果断而紧张,是埃格蒙特的主题;第二个用和弦,严酷而坚决,是西班牙人的主题。

---

　　〔1〕　萨拉班达是一种古代西班牙舞曲的名称,用 3/4 拍子,徐缓而庄严。

快板末了的丧葬的和弦(埃格蒙特的死),是向伟大胜利的进行曲(终曲)的过渡。克雷亨(埃格蒙特的未婚妻)的歌曲,性质也近似终曲,她是一个刚勇的女子,号召人民为争取解放而斗争。克雷亨的歌曲关联于序曲的音乐——埃格蒙特的主题和终曲。这歌曲的特性是号召的音调和进行曲式的节奏。

其他作品　贝多芬创作了许多序曲、歌剧《菲德里奥》、十个小提琴奏鸣曲(其中奉献给克罗采[1]的第九小提琴奏鸣曲很有名),还有三十二个钢琴奏鸣曲,其中最著名的是第八《悲怆奏鸣曲》、第十四所谓《月光曲》、第二十三《热情奏鸣曲》。《热情奏鸣曲》是列宁最爱好的作品之一:

奏 鸣 曲（作品第五十七号）

贝多芬的四重奏曲和三重奏曲都很卓越,他在这些作品中应用着民间旋律。

贝多芬对于声乐曲也很关心:他创作了约七十个浪漫曲和歌曲,又改编了许多苏格兰民间旋律和爱尔兰民间旋律,其中最常常演唱的是《席间之歌》《故乡的美》《可爱的杰米》及其他。

贝多芬的创作的一般特征　贝多芬把音乐艺术提高到他以前所未有的水平上。他能够把深刻而严肃的思想灌注在音乐艺术中。他用他的音乐来对广大群众说话,力求音乐为一般人所理解。

---

〔1〕　托尔斯泰有一个文学作品叫做《克罗采的奏鸣曲》是和这个音乐作品相关联的。

　　我们在他的作品中可以听到英勇的昂奋、愤慨,以及赴斗争的热烈号召;他在音乐中体现着革命的热情和当时进步人物的高贵的愿望、感情及体验。

　　贝多芬为了表现这种新内容,主要是应用巨大的曲式(交响曲、奏鸣曲、协奏曲、四重奏曲等),在这些乐曲的基础中,必然有性质不同的乐章和主题相对照。

　　奏鸣曲形式使贝多芬能极充分、极深刻地表现冲突、斗争和胜利的意象。贝多芬发展并改善了奏鸣曲形式。直到现今,贝多芬的作品还是古典音乐的范型。

　　贝多芬的主题的特色,是非凡的雄壮、有力和深刻,有时是悲惨和哀伤;有许多主题的特色是旋律风、歌曲风、抒情风。

　　贝多芬作品的徐缓乐章是卓绝的。这些乐章都很沉着,很庄严堂皇,精力集中而充满深刻的沉思。因此这些音乐能够和热烈的第一乐章、后面的活泼轻快的谐谑曲或小步舞曲以及迅速而突发的或狂喜的终曲作成明显的对比。

　　贝多芬是最伟大的音乐天才之一;他的创作的意义特别伟大。

　　贝多芬的音乐鼓舞并感动苏维埃的广大听众。贝多芬的作品必定被采用在我国的优秀表演者——钢琴家、小提琴家、指挥家——的曲目中。常常举行贝多芬作品的结集演奏会,例如全部交响曲、全部钢琴奏鸣曲、全部小提琴奏鸣曲、全部四重奏曲等。贝多芬的创作直到现今还是培养音乐家所用的范型。

舒柏特

(1797—1828)

舒柏特传略

弗朗兹·舒柏特于一七九七年生在维也纳郊外一位中学教师的家庭里。

这孩子的音乐才能很早就显露,他在很早的童年时期就已经由父亲和哥哥帮助而学会了弹钢琴和奏小提琴。

因为有优良的歌喉,十一岁的弗朗兹得进了一个寄宿的音乐学校,这音乐学校是为宫廷礼拜堂服务的。舒柏特在这学校里学习了五年,获得了普通教育和音乐教育的基础。在校的时候,舒柏特已经创作了很多作品,他的才能受到了有名的音乐家们的注目。

然而这学校里的生活使舒柏特感到苦恼,因为他生活得半饥半饱,因为他不能完全献身于音乐创作。一八一三年,他就离去这学校,回到家里,但是靠父亲生活是不可能的,于是舒柏特不久就当了教师,在学校里做父亲的助手。

他在学校里辛苦地工作了三年就辞职,这便使得他和父亲分裂。父亲反对儿子辞教职而研究音乐,因为音乐家这种职业,在那时既不能保证正当的社会地位,又不能保证物质的福利。但是舒柏特的天才在那时非常明显地表露出来,除音乐创作之外他竟不能从事其他职业了。

他在十六七岁的时候创作了第一个交响曲,随后又创作一些非常优秀的歌曲,例如以哥德的诗为歌词的《纺车旁的格雷亨》和《森林王》便是。在当教师的几年间(1814—1817),他创作了许多室乐和三百首左右的歌曲。

舒柏特和父亲分裂以后,便迁居到维也纳。他在那里生活很艰苦,没有自己的住处,轮流地寄居在他的朋友们——维也纳的诗人、美术家、音乐家——家里,他们大都是同他一样的穷人。有时他穷得连买乐谱纸的钱都没有,只得把自己的创作写在报纸的碎片上或餐室的菜单上等处。但是这样的生活很少影响到他的心境,他总是乐观而愉快的。

在"浪漫主义者"舒柏特的创作中,愉快乐观跟忧郁悲伤的情绪结合在一起,其忧郁悲伤有时达到阴沉凄惨的绝望地步。

这正是反动政治的时候;维也纳的居民竭力希望忘却并摆脱苦痛的政治压迫所引起的阴暗的心情,大家尽情地寻欢、行乐并跳舞。

在舒柏特的周围群集着青年美术家、著作家及音乐家们。在晚会上和郊游的时候,他创作了大量的圆舞曲、连德列尔[1]和埃柯塞

---

[1] 连德列尔是德国的一种民间舞曲,3/4拍子,是圆舞曲的基础。

兹〔1〕。但是这种"舒柏特集会"〔2〕并非只限于娱乐。在这集团里热烈地评论社会政治生活的问题,表露出对环境现实的失望,发表对当时反动政体的抗议和不满,酝酿警惕和绝望的感情。同时乐天的观点、朝气蓬勃的情绪、对未来的信念,也都很强盛。舒柏特的全部生活道程和创作道程中充满着矛盾,这种矛盾是那时代一切浪漫派艺术家所特有的。

除舒柏特和父亲和好而住在家里的短时期之外,这位作曲家的生活很是困苦。除物质的贫乏以外,作为一个音乐家的社会地位又压迫着舒柏特。他的音乐没有名声,不被人所理解,没有人鼓励他的创作。

舒柏特创作得特别快速而多量,但是在他生前,差不多没有一个作品被刊印,也没有被表演。

他的大多数作品都是手稿,是在他死后经过多年才被人发现出来的。例如现在最流行、最受人喜爱的交响乐曲之一——舒柏特的《未完成交响曲》——在他生前从来没有被表演过,他死后经过三十七年才被人发现,其他许多作品也是如此。然而他要求听自己的创作的愿望很大,因此他特地用宗教的歌词来创作了一个男声四重唱,由他的兄弟和教堂(他的兄弟在那里当指挥)里的歌手来表演。

舒柏特在生涯的最后数个月中病得很重。他在一八二八年逝世。

舒柏特葬在维也纳城里的墓地中,和贝多芬相并列〔3〕。他的坟墓上设立着一个纪念碑,上面写着悲哀的题词:"死神在这里埋葬了丰富的

---

〔1〕　埃柯塞兹是苏格兰的一种民间舞曲,2/4拍子,快速度,类似波尔卡。

〔2〕　舒柏特的朋友们称他们的集团的集会为"舒柏特集会",因为舒柏特是这些集会中的灵魂。

〔3〕　舒柏特虽然竭力希望和贝多芬会面,然而没有一次成功。

宝藏,和更美丽的希望。"

舒柏特的创作

舒柏特创作了各种各样的许多作品,有大型的,有小型的;有各种各样的体裁——器乐的和声乐的都有。

歌曲　歌曲在他的创作中占有中心地位,共有六百首以上。舒柏特大大地提高了歌曲的意义。他能够在这短小的形式中装入深刻而丰富的内容。

他的歌曲大多数是抒情的,反映出普通人的各种感情、心境和体验。舒柏特用很大的热忱给我们展开了一个普通人的内心世界以及他的欢乐、悲哀和爱慕的感情。

自然景物在他的歌曲中占有很大的地位。

舒柏特为了表现他的歌曲的内容,采用了极多样的音乐表现手段。在声乐部分中,他不仅限于用歌曲的旋律,而又广泛地应用朗诵的和宣叙的表现方法;钢琴部分具有独立平等的意义,创造出既富有表现力、又带有描写性质的鲜明的音乐形象。

让我们当作代表性的范例来研究歌曲《森林王》《船歌》和《鳟鱼》。

《森林王》是叙事曲[1],其内容极富有戏剧性。其中各个人物的生动而真实的性格描写作明显的对照:森林王的言语的诱惑性(温柔委婉的旋律),父亲的稳定而沉着的声调,以及孩子的激励的号哭和呓语(宣叙风的音调、变化音、该声部中最高的音区)。

---

〔1〕 叙事曲是叙事诗性质的或幻想性质的声乐曲或器乐曲。

森林王

舒柏特

快速

1.

2. 父亲啊，森林王在和我谈话，他允许我黄金、珍珠和欢乐。

3. 来，来，我的孩子，到我的森林里来认识我的美貌的女儿们；

所有这些贯彻在整个作品中的音乐性格描写,由于它们的对照性而造成了这个明显地富有戏剧性的作品。钢琴部分帮助展开这个或那个性格形象。八度音程的和弦的急速进行造成了紧张的跳跃、不安和恐怖的印象,在最后的地方突然中断,强调表出了这歌曲的悲剧性。

《船歌》的迷人之处,是它的流畅的旋律及柔和的钢琴声,这种声音给人产生流水的明净和潺湲的印象。

舒柏特在《鳟鱼》中表现出美妙的风格的描写。在最初两节歌词的音乐中,描写敏捷的鱼儿在明净的水中游戏时的灵敏而活泼的动作。这种动作用轻快活泼的旋律和伴奏中的迅速的上升(仿佛水的溅泼)来表现。在第三首歌词的上半部分中,当渔夫努力要捉住那个鱼而把水搅

浑,被捉住的鱼在那里跳动的时候,音乐的性质就完全变更。在声部中
不用旋律而用激动的宣叙调;而在钢琴部分中,和声变成紧张而不稳定,
和弦的进行变成断断续续而激烈:

鳟鱼

舒柏特

不很快

阳光照得多辉　煌,水儿温暖明朗。

但这狡猾的渔人　等得烦闷。

他忽然把那清水搅浑

舒柏特有几个卓越的歌曲集,其中描写一个青年人的飘泊和体验、恋爱和苦痛,例如《美丽的磨坊女》和《冬之旅》。在这两册集子里,自然景物描写占有很大的地位。

在第一集(二十首歌曲)中,大部分是描写明朗的、乐观的或平静的情绪。最著名的歌曲是《登程》《何处》《磨坊主和小溪》等。

第二集(二十四首歌曲)则具有较阴郁的、有时竟是悲惨的性质;有许多歌曲充满着失望、忧愁、孤独的感情;这集子中的《手摇风琴弹奏者》这首歌很流行。

器乐   舒柏特不仅以优秀歌曲的作者著名,又是有名的器乐——室乐和管弦乐——作者。

他的交响曲中最优秀的,是根据民间旋律作成的、愉快的、长大的、四乐章的 C 大调交响曲,以及很普遍闻名的 B 小调交响曲,即所谓《未完成交响曲》。在这《未完成交响曲》中,不依照规定的习惯用三个或四个乐章,却只有两个乐章。虽然如此,这交响曲仍给人以充分完整的印象。

第一乐章是主要的乐章,是决定整个作品的内容和性质的。这乐章的开始是凝集而阴暗的引子(低音区上的徐缓而悠长的旋律)。

这旋律到后来和两个主题(正主题和副主题)同时发展,成了决定整个乐章性质的主题:发展部由这主题开始,最后也奏出这主题。在引子之后,出现第一部分(正主题),这部分悠扬而略带悲哀,其性质和构成类似歌曲(先出现伴奏,后来出现旋律)。这主题差不多没有经过过渡就转变为第二部分(副主题),这第二部分较明朗活泼,类似舞曲:

未完成交响曲（第一乐章）

（引子）

中庸快速　　　　　　　　　　　　　　　　　　　　　　　舒柏特

未完成交响曲（第一乐章）

（正主题）

中庸快速　　　　　　　　　　　　　　　　　　　　　　　舒柏特

未完成交响曲（第一乐章）

（副主题）

中庸快速　　　　　　　　　　　　　　　　　　　　　　　舒柏特

　　这交响曲中的旋律性的丰富和旋律的纯朴与易解,是它广泛闻名的原因。

　　钢琴曲　舒柏特的钢琴曲很多;其中占有主要地位的是小型乐曲,大多数是舞曲性质的,例如连德列尔、埃柯塞兹、进行曲,但他最喜欢的是圆舞曲。舒柏特的圆舞曲篇幅短小,其单纯朴素和旋律性令人入迷。别的钢琴曲中最著名的是《音乐小品》和《即兴曲》,例如《F 小调音乐小品》便是:

进 行 曲

舒柏特

音乐小品

中庸快速　　　　　　　　　（F 小调）　　　　　　　　　舒柏特

　　舒柏特是广大群众最喜爱的作曲家之一。他的音乐以恳挚、生活的真实性、表现力和纯朴性使人迷恋。

　　舒柏特是抒情作曲家；他的主要表现手段是旋律，在这点上他的确是取之不尽的。歌曲风是舒柏特全部创作的特色，但在他的艺术歌曲中表现得特别有力而多样。

　　在舒柏特以前，歌曲在作曲家的创作中占次要地位。舒柏特大大地提高了歌曲的地位，使它成为在深刻性及重要性上和当时其他主要体裁（例如歌剧、交响曲）相颉颃的一种音乐体裁。

萧　邦

(1810—1849)

萧邦传略

伟大的波兰作曲家弗列杰利克·萧邦于一八一〇年生于华沙附近。在他的很早的童年时代,他的母亲常常唱故乡的歌曲给他听。萧邦在童年时代所住居而以后常常去度送夏季的那个村庄中,听到民间的歌曲和舞曲,他热烈地喜爱它们。这些音乐印象给他的全部创作以很大的影响。

萧邦很早就开始学习音乐。他在八岁上就已经开始出席表演,享有盛名,并且在华沙唤起普遍的赞誉。他的最初的创作就在这时候被刊印出来。

一八二六年,那时他是一个十六岁的青年,他进了音乐学院的作曲班。这时候萧邦已经是一个技术完善而声名卓著的钢琴演奏名手了。

他在作曲方面的成就十分可惊,因此他的教师——优秀的波兰音乐家爱尔斯涅尔——在关于这学生的才能的一栏中写道:"无疑地是音乐天才。"

一八三〇年秋天,萧邦来到维也纳,不久又从维也纳转赴巴黎。他被迫尽他的生涯中以后的岁月侨居在巴黎,因为一八三一年波兰起义,他不能回到华沙去。他被迫和他所热爱的祖国隔绝,这一点成了他终生精神上的惨痛,并且无疑地在他的创作上留下了痕迹。

萧邦在巴黎立刻获得了卓越的作曲家兼钢琴家的荣名。他常常在演奏会中和巴黎的贵族的客厅里出席表演。

当时的进步人士——著作家、美术家、音乐家(弗朗兹·李斯特)——是他最亲近的朋友。他对有名的法国女作家乔治·桑的友谊和爱,继续了多年。萧邦居住在巴黎的整个期间内,绵密不断地从事创作。

萧邦是多病的人;最后几年,他的病(结核病)特别厉害,终于促使他夭亡。萧邦于一八四九年逝世,享年仅三十九岁。

萧邦的创作

钢琴曲　萧邦的创作主要是钢琴曲。

萧邦使钢琴音乐焕然一新。他的钢琴会唱歌;他能够使钢琴奏出特别富有唱歌风的旋律。安东·鲁宾什坦称萧邦为"钢琴的灵魂"。

萧邦在短短的生涯中写了很多作品。他有若干种爱好的乐曲体裁,他常常写这几种体裁的乐曲。他创作了五十六个马祖卡、二十五个前奏曲、二十七个练习曲、十五个圆舞曲、十二个波洛内兹、四个叙事曲、二十个夜曲,还有其他。

萧邦的马祖卡和波洛内兹,都以波兰民间音乐为基础,波兰舞曲的旋律特点和节奏特点为基础。在这种作品中,特别明显地表出萧邦对自己人民的爱、对波兰民间音乐的爱。这种爱是"他的创作的灵魂"。萧邦的马祖卡富于诗趣，优雅，纤丽，精练，有时辉煌：

马祖卡第五号

波洛内兹比较起马祖卡和圆舞曲来，是大型的作品，所描写的主要是波兰的英勇的往事的情景。这些乐曲中富有光辉、豪华和庄严的气氛：

A 大调波洛内兹

在萧邦的时代，圆舞曲是最普遍流行的舞曲之一。虽然圆舞曲不是起源于波兰的舞曲，但萧邦的圆舞曲，具有民族色彩(关联于波兰民族音乐)。萧邦的圆舞曲里面常常应用波兰民间音乐——尤其是马祖卡——的音乐和节奏。

萧邦的圆舞曲有各种各样:有悠闲的,幻想的,同时又有辉煌的,雄壮的。

萧邦的舞曲——马祖卡、圆舞曲、波洛内兹——不是舞蹈用的音乐,而是欣赏用的乐曲,是演奏会表演用的乐曲。

前奏曲和夜曲是抒情的乐曲。萧邦的前奏曲是一种独立的小型作品。这些乐曲是对比的:有时热狂而激烈,有时幽静而沉思,有时阴郁,有时乐观,有时急遽,有时严肃而沉着。

萧邦的夜曲特别富于诗趣。前奏曲中大都只表现某一种心情,夜曲则表现各种各样的感情和形象(普通用三段体)。萧邦的一切夜曲都是唱歌风的、旋律风的,都充满着深刻的感情。夜曲的中间部分大都较为昂奋而激烈:

夜曲第九号

萧邦

萧邦的练习曲很难演奏。在每一个练习曲中,正如练习曲中所应有的那样,萧邦都规定下某种技术课题、某种技术手法的发展。然而萧邦的每一个练习曲都是艺术作品,在这里技术不是目的,而是表现艺术形象时所用的手段。

萧邦创作了若干个大型作品,其中最卓越的是两个钢琴协奏曲、四个谐谑曲、第二和第三钢琴奏鸣曲,特别是四个叙事曲,以及同它们相近似的 F 小调幻想曲。

萧邦的叙事曲是富有民族性的作品,和波兰的传说的往昔相关联,是根据了有名的波兰诗人米茨凯维奇的诗篇的印象而写作的。

萧邦的创作的一般特征　萧邦的作品的特色,是非常深刻而富有诗趣。

萧邦是一位抒情作曲家,他的作品主要地关联于个人的体验。萧邦的抒情作品丰富而多样。除了幻想而沉思的、哀愁的、有时悲惨的作品,萧邦又创作英勇的乐观的作品。

他的作品的恳挚、热忱、奋发和纯朴,使他大受群众的欢迎而获得世界最大作曲家之一的声名。

萧邦的音乐表演起来很复杂,它要求深思而富有理解性的表演,悠扬、温和、深刻而富有表情的声音,以及高度的技艺。技术的困难点和娴熟演奏法,在萧邦的作品中只是表现内容的一种手段。

比　捷

(1838—1875)

比捷传略

卓越的法国作曲家乔治·比捷于一八三八年生于巴黎一位音乐家的家庭里。他在一八四七年进巴黎音乐学院,在十九岁的青年时代就成了钢琴家兼作曲家而优异地毕业于音乐学院。此后比捷由国家以公费派遣到意大利去进修了三年。他在意大利时就已经创作了若干个作品。一八六一年,比捷回到巴黎,在那里继续从事作曲,创作大型作品,主要是歌剧。

他的作品中最著名的,是歌剧《采珍珠者》和为都德的戏剧《阿莱城姑娘》创作的音乐。但比捷的登峰造极的创作——他的最优秀的作品、歌剧音乐的珍宝——是歌剧《卡尔曼》。这歌剧是他在逝世前不久创作的。比捷在一八七五年、创作力正旺盛的时候逝世。

比捷的创作

比捷作《卡尔曼》以前的全部创作路径,充满着探索和矛盾。他创作了很风雅的、和纯朴的环境生活相距很远的作品(《札米列》和《采珍珠者》中的一部分),同时又创作了现实主义的、密切关联于人民生活的、充满民间旋律风的作品(《彼尔特的美人》和《阿莱城姑娘》)。

为戏剧《阿莱城姑娘》作的音乐　《阿莱城姑娘》是比捷在《卡尔曼》以前最后创作的一个作品。比捷在这作品中最明显地表现出自己的基本的愿望和趣味;他在这里找到了自己的路径——创作平易而关联生活的音乐剧的路径。

《阿莱城姑娘》是为法国作家阿尔封斯·都德的同名戏剧写作的音

乐。题材是关于法国农场主的生活的。在《阿莱城姑娘》的音乐中,有许多鲜明的音乐性格描写、民间场面、自然物和乡村生活的景象。全部音乐都根据民间旋律。《阿莱城姑娘》中建立在原本的普罗凡斯[1]民歌上的合唱曲(通常加进歌剧《卡尔曼》中),最为著名。由《阿莱城姑娘》中的音乐编制而成的两个组曲,受到大众的欢迎。

歌剧《卡尔曼》　这歌剧的题材是从法国作家普罗斯彼尔·梅里曼的小说《卡尔曼》中借用来的。这歌剧的中心人物,是西班牙的茨冈女子、烟草工厂的女工。

比捷的卡尔曼的形象,比较起梅里曼的小说中的形象来,更加富有魅力和诗趣。卡尔曼的迷人之处,在于她的天真、率直、诚恳和感情的明朗。

卡尔曼遇见了霍才。他们两人互相恋爱了。霍才破坏了军事纪律,和卡尔曼一同来到走私者那里。过了些时候,卡尔曼对霍才冷淡起来;她爱上了一个斗牛骑士埃斯卡米辽。霍才的嫉妒使卡尔曼烦恼。他干涉她感情上的自由,她被这种干涉所激怒,截然地和他绝交了。歌剧的结束是这样:霍才在斗牛节那天看见盛装而得意洋洋的卡尔曼和埃斯卡米辽在一起,绝望和嫉妒之情发作起来,他把她杀死了。

这歌剧由一个明朗而辉煌的序曲开始,这序曲仿佛是概括歌剧的内容。其中庄严的检阅进行曲(最后一幕中的合唱)和斗牛骑士的主题相对照:

---

〔1〕 普罗凡斯在法国南方。

卡尔曼(引子)

序曲的末了有一个建立在命运主题上的短小的行板,这行板使序曲具有浓厚的戏剧性:

卡尔曼(引子,第二乐章)

这种命定的爱的主题,具有基本导旋律的意义。因为在以后,当卡尔曼出场的时候,这主题常常加以变化和发展而反复出现。

卡尔曼的音乐形象在这歌剧中最为鲜明而丰满,是通过民间歌曲和民间音调来表现的。

卡尔曼在第四幕中所唱的关于爱情的歌曲《哈巴涅拉》,由合唱的反复句来承接着。这个迷人的旋律在清晰的、模仿六弦琴的伴奏声的背景上进行:

卡尔曼（第一幕）

（哈巴涅拉）

不很快　　　　　　　　　　　　　　　　　　　　　　　比捷

恋爱　是鸟,但不是　家禽,要养驯它,　万万不　能。

卡尔曼一边舞蹈,一边演唱《塞吉季里亚》(西班牙舞蹈歌曲,三拍子的),唱得很娇媚,很热情:

卡尔曼（第一幕）

（塞吉季里亚）

轻快　　　　　　　　　　　　　　　　　　　　　　　比捷

离　开　塞　维　尔　已　很　　　　　迟,

去　　访　朋　友　　李　略斯　巴斯　佳

卡尔曼用纸牌占卦的一场,充满了浓厚的戏剧性。她的叙咏调具有悲惨的宿命的性质,同时又具有坚决而有力的性质:

卡尔曼（第三幕）

（纸牌占卦的一场）

比捷

你　徒然　地　想　避免凶恶的　答案,　何必把牌搅乱在这里,卡尔曼的形象和茨冈女子的轻快而清澈的二重唱相对照,显得特别鲜明。

两个男子的形象作对比的表现。霍才率真,纯朴,感情丰富,但意志薄弱。埃斯卡米辽强健、刚勇而自信。霍才的部分用戏剧男高音来演唱,埃斯卡米辽的部分用男中音来演唱。

霍才在第二幕的咏叹调中尽情地表出了自己对卡尔曼的感情。斗牛骑士的有名的歌,是埃斯卡米辽的性格描写。

这歌剧的可贵之处,在于一切题材都和日常生活——角色周围的生活——交织在一起。卡尔曼出现在工厂的女工们中间,后来出现在走私者中间;霍才出现在他的战友们中间;埃斯卡米辽出现在狂喜地欢迎他的人群中间。这歌剧的群众场面中丰富而多样地采用合唱。在一系列日常生活的场面中,必须指出一个小小的插曲,即第一幕开始处的儿童合唱。儿童模仿着卫兵的换班,所以这合唱曲带有明显的进行曲式的性质:

卡尔曼 (第一幕)

(儿童合唱)

比捷

我 们 跟 着 新 的 卫 兵 一 起 来 到, 我 们 来 了。

更 响 亮 地 吹 起 喇叭! 嗒 啦 嗒 嗒 嗒, 啦 嗒 嗒。

这歌剧的乐谱的特色是纯朴、丰满和鲜明。很容易理解和记忆的、富有情绪的音乐,给听者以深刻的印象。这种明鲜和易解,是由于广泛应用西班牙和法兰西的民间歌曲创作而获得的。

　　歌剧《卡尔曼》在巴黎初次上演的时候,曾经引起听众的愤慨,因为那时的听众还没有习惯于这样的音乐和这样的题材。把一个平凡的女工放在歌剧的中心,并且表现出走私的人来;其音乐又建立在民间旋律上——这一切都被认为是一种侮辱。这歌剧被视为不道德的。

　　比捷很苦痛地忍受自己所喜爱的惨淡经营的作品的失败,仿佛忍受他个人的一大惨痛的遭遇。

　　然而过了不久,这歌剧就大告成功地风行在欧洲的舞台上;但在作者的祖国,在巴黎,直到八年之后方才重新上演。柴科夫斯基写道:"《卡尔曼》是真正的《杰作》。它正是被判定为极度反映整个时代的音乐倾向的作品之一……我确信约十年之后《卡尔曼》将成为世界上最受人欢迎的歌剧。"

　　这歌剧的后来的命运确切地证实了这些话。《卡尔曼》是全世界最受人喜爱、最著名的歌剧之一。差不多没有一个歌剧院的曲目中没有《卡尔曼》。

格利格

(1843—1907)

格利格传略

　　爱德华特·格利格于一八四三年生于挪威的卑根城。他从六岁开始就跟他的母亲——一位优秀的女钢琴家——系统地学习音乐;到了十二岁上,已能很自由地掌握这音乐了。这时候他已经开始尝试作曲,但他的作曲试验没有引起环境中人的赞善。他拿自己的一个作品给一位教师看,那教师嗤笑他,撕破了他的乐谱,对他说:"不要做这些无聊的事。"这话给这孩子产生了很苦痛的印象。

有一次,挪威一位有名的小提琴家奥列·布尔到卑根来举行演奏会。他到格利格家来访问,听到了这个十五岁的孩子的演奏,看到了他的作曲尝试,便固执地劝告爱德华特的父母,劝他们认真地照管这孩子的音乐教养。

不久格利格赴来比锡,进了该地的音乐学院。四年以后,在该音乐学院毕业,所修的是两种专技:钢琴和作曲。在毕业考试时,格利格演奏自己所作的作品。

格利格在音乐学院毕业之后,就回到卑根的家里。不久他就不满足于在来比锡所获得的知识,又来到哥本哈根,在那里住着斯干的那维亚半岛的一位优秀作曲家兼理论家——加德。然而加德所授的课业仍不能使年青的格利格满足。加德听了格利格的小提琴奏鸣曲(作品第一号),劝他把它改作,务使不要"如此过分具有挪威风"。但格利格回答说:他正力求以后的作品更富有挪威风。加德对于格利格的民族志望取这样的态度,就迫使这位青年作曲家停止了课业。

　　格利格回国之后,就迁居到挪威的首都奥斯陆,作为一个指挥家、钢琴家及挪威民族音乐宣扬者而热心地献身于创作事业和社会音乐事业。民族的志望在格利格的音乐中表现得日益强烈,对民间的、农民的歌曲和舞蹈的趣味和对祖国的生活及自然界的趣味都加深了。这种对民间音乐和民间生活的联系,赋给格利格的创作以健康而乐观的性质。因此格利格的音乐很快地获得了广泛的流行,不但为本国广大群众所喜爱,又为遥远的国外人民所爱好。后来格利格在自传中写道:"我在我国的民间曲调中汲取了丰富的宝藏;我企图从这挪威精神的无尽藏的宝库中创造出民族艺术来。"

　　格利格住在奥斯陆的十一年,是他的创作事业的繁荣时期。他在这期间创作了他的大部分优秀作品。

　　格利格常常出席演奏会表演钢琴或担任指挥;他在演奏会中所宣扬的,首先是挪威民间音乐,除此以外,也演奏欧洲作曲家创作中的一切优良作品。

　　一八七七年,格利格迁居外省。这位作曲家在生涯的最后二十年中住居在离故乡不远的海岸上——幽静的特罗尔德豪根。

　　他不止一次地从那里出来,到欧洲各城市去出席演奏会,每次都获得很大的成功。但格利格每次总是满足地回到他所喜爱的特罗尔德豪根;他的有名的作品《特罗尔德豪根的结婚日》便是为这地方而作的,这作品使得这地方永垂不朽。

　　在这时期内,格利格并不停止他的紧张的创作事业。甚至在生涯的最后几年内,患重病的时候,他也不失却创作的精力和锐气。

　　一九〇七年,格利格在特罗尔德豪根逝世。

全国的人都哀悼他们所喜爱的作曲家的逝世:他的葬仪具有公葬的意义。

格利格的创作

抒情风的小型钢琴曲和声乐曲,在格利格的创作中占主要地位。最富有趣味的是十册《抒情乐曲》,其中包含著名的作品《地神的行进》《春天》《科波尔德》《E 小调圆舞曲》《小鸟》。民间歌曲和民间舞曲的曲集也是很卓越的。

在格利格的大型作品中,必须指出的是他为钢琴作的奏鸣曲和叙事曲、三个小提琴奏鸣曲和一个大提琴奏鸣曲、管弦乐伴奏的钢琴协奏曲和弦乐四重奏曲。

格利格没有作过歌剧,但他曾经为易卜生(挪威作家、格利格的同时代人)的戏剧《彼尔·金特》创作优秀的音乐,这音乐由管弦乐用的和唱歌用的二十二个音乐节目组成。后来他用这些音乐来编制了两个组曲,亲自把它们改编为钢琴曲。

除此以外,格利格又写了许多浪漫曲和歌曲,大都是抒情风的,其中充满着民间精神,像他的钢琴曲一样新颖、独特、天真、诚恳而纯朴。

个别作品   下面的作品,可说是格利格音乐的富有特性的范型:《A大调挪威舞曲》(作品第三十五号)——乐观而刚毅的民间舞曲,其第一部分中的猛烈的强音和锐利的节奏(仿佛踏脚)和中部的急速的跳跃进行相对比:

挪威舞曲（作品第三十五号之二，第一部分）

不很快，安闲，优美

格利格

（第二部分）

快速

在乐曲《春天》(《抒情乐曲》第三册，作品第四十三号)中，深刻而热情地表现着春天来到时人的感情和体验。

在第一部分中，表现着春天空气的清澄、轻快、新鲜的印象。这印象用柔顺温和的旋律和高音区的轻快的和弦来表出。中部是激烈的、昂奋的，有长大的发展，引导到充满动力的再现部。

这个旋律在第一部分中也曾出现过，但在这时因为移上一个八度音，并且用宽广的琶音[1]伴奏和加强的音乐，所以音调更加丰满而隆盛：

---

〔1〕 琶音，就是奏和弦的时候不把几个音同时奏出，而顺次奏出。

春天（第一部分）

快速而热情

《科波尔德》是一个特殊的、滑稽的、幻想的乐曲，其中表现着一个活泼愉快的神话中人物，他跳舞，翻筋斗，突然为某物所惊吓(中部——低音区，紧张而不稳定的声音)，倾听一下，然后仿佛重新继续他的淘气：

科波尔德

尽可能地快速   格利格

组曲《彼尔·金特》　　格利格为易卜生戏剧作的音乐所构成的组曲《彼尔·金特》最为著名。

彼尔·金特是一个乡村少年，一个大幻想家。他跟他同村的人们冲突了多次之后，不得不离开故乡；他出发到世间去飘泊，求求财富和幸福。在多次的冒险之后，他已经渐入老年，然而依旧贫困，他就回到故乡。到了故乡，他才知道他的一切努力和找求都是徒劳：他原来可以在故乡自己家里获得幸福的，因为他发现索尔维格曾经终身期待他而爱慕他。

《索尔维格之歌》(第二个组曲)是一首美妙的抒情歌曲，其中表现着索尔维格的爱情和她对彼尔的忠实：

索尔维格之歌

《阿尼特拉舞曲》(第一组曲)是一个阿拉伯少女的舞曲,是优雅而轻快的三拍子舞曲,略似马祖卡。

《在山王的岩穴中》(第一组曲)表现着地下王国中山神和地神环绕着彼尔跳舞的幻想情景。由于音量逐渐增强和音域逐渐增广,便造成了舞蹈接近起来和剧烈起来的印象。

《奥捷之死》[1](第一组曲)音乐单纯然而庄严、悲哀、堂皇,类似丧葬进行曲:

奥捷之死

格利格的创作的一般特征　格利格的音乐常常以其新鲜、诚挚和旋律性迷人。格利格的作品具有深固的民间音乐基础,因此十分新颖而独

_____

〔1〕　奥捷是彼尔的母亲。

特,就同挪威的民间音乐一样。舞曲节奏的特色,使挪威民间音乐更加锐利而活泼。

格利格的主要表现手段是诚恳的、柔和的、有时锐利而带幽默风的旋律。这种旋律大都联系到挪威民间歌曲的典型的表现方法。

格利格在各种音乐表现手段中,特别多用的是完全五度,尤其是在低音部(模仿民间乐器);其次是刻划分明而带切分音的、精致而锐利的节奏,剧烈的转移和跳跃,特殊的和声。

在格利格的音乐中,乐观、果敢而强健的性质占主要地位。他的音乐容易理解,诚挚而新颖。

格利格的许多作品关联于挪威神话的奇离世界,以及这些神话中所特有的地神、山神、精灵等的幻想形象。自然景色的描写,以及欣赏自然而引起的感情和体验的表现,也占有很大的地位。

＊　　　　＊　　　　＊

在现今,人民民主国家中的音乐文化都大大地旺盛而繁荣了。在捷克斯洛伐克,在保加利亚,在波兰,都出现了许多作曲家,他们创作了反映乐观情绪的音乐,这种情绪是广大人民群众所能接近和理解的。除了大型作品之外,群众歌曲体裁也广泛地发展了。

在这些国家的作曲家的许多作品中,都赞扬并歌颂着一切劳动者所爱戴的领袖斯大林。

还有很可注目的一点,即表演艺术的发展,这发展情况反映在一九五○年和一九五一年的"布拉格之春"联欢节中。这联欢节证明着:我们已经有了钢琴家、小提琴家、歌唱家的杰出干部人才,这些干部人才具有新的表演特色,即富有思想性,富有内容,具有高度的艺术技巧水平。

作品名华俄对照表

在第十俄里上

　　На десятой версте

在喧嚣的舞会中

　　Средь шумного бала

在洼地的密林中　　В пущах полесья

在阴晦的日子里

　　Средь мрачных дней

在严冬里的一天

　　Однажды в студёную зимнюю пору

在平坦的山谷中

　　Среди долины ровные

在和平的旗帜下

　　Под знаменем мира

在山王的岩穴中

　　В пещере горного короля

在花园里,在菜园里

　　Во саду ли,в огороде

在库里科沃原野上

　　На поле куликовом

在阳光照耀的草地上

　　На солиечной поляночке

在风暴雨中,在雷雨中

　　В бурю,во грозу

在亲爱的西姆比斯克上空

　　Над родным Симбирском

光荣,光荣　　Славься,славься

光明的溪流　　Светлый ручей

光荣属于苏维埃强国

　　Слава Советской державе

自由意志　　Воля вольная

自由射手　　Волшебный стрелок

伊戈尔公　　Князь Игорь

伊尔德什　　Иртыш

伊奥朗塔　　Иоланта

伊凡·苏萨宁　　Иван Сусанин

伏尔加,伏尔加　　Волга-Волга

伏尔加船夫曲　　Эй,ухнем

老伍长　　Старый капрал

收获　　Жатва

地神的行进　　Шествие гномов

托斯卡　　Тоска

西班牙狂想曲　　Испанское каприччио

行军歌　　Походная

有谁知道他　　И кто его знает

有位小姑娘在松林里散步

　　Ходнла младёшенька по борочку

血中燃烧着愿望之火

　　В крови горит огонь желанья

安塔尔　　Антар

同志们,勇敢地齐步走

Смело，товарищи，в ноиу

守门者　Вратарь

灰蓝色的小鸽子呻吟着

　Стонет сизый голубочек

列宁之歌　Песня о Ленине

好痛啊，我那双奔波的脚

　Болят мои скоры но женьки

七画

我悲伤　Мне грустно

我爱你　Я люблю вас

我的祖国　Родина моя

我开了窗　Растворил я окно

我和你共坐　Мы сидели с тобой

我曾经爱你　Я вас любил

我的小花园　Мой садик

我走，我出去　Пойду ль я，выйду ль я

我拿花圈行走　Со вьюном я хожу

我对谁也不说　Не скажу никому

我一直还爱他　Я всё ещё его люблю

我们大胆地赴战

　Смело мы в бой пойдём

我们大家种粟子　А мы просо сеяли

我们骄傲地别离

　Расстались гордо мы

我们的蔷薇在哪里　Где наша роза

我为什么活着悲叹

　Что мне жить и тужить

我是田野里的小草

　Я ли в поле да не травушка

我记得奇妙的一瞬间

　Я помню чудное мгновенье

我在这里，伊涅齐里亚

　Я здесь，Инезилья

我不为此悲，女朋友们

　Не о том скорблю，подруженьки

我们亲爱的小女伴们

　Как пошли наши подружки

你好，冬季客人

　Здравствуй，гостья-зима

你呀，我的田野　Уж ты поле моё

你是我的河，我的小河

　Ты река ль моя，реченька

你呀，我的风，我的微风

　Уж вы мои встры，ветерочки

但愿用一句话

　Хотел бы в единое слово

但愿得我有一个黄金宝车

　Кабы была у меня золота казна

快乐的鹅　Весёлые гуси

Песня о весёлых чижах

斯大林之歌　Песня о Сталине

斯大林颂歌

　　Величальная И. В. Сталину

斯大林颂诗　Ноэма а Сталине

斯大林大合唱　Кантата о Сталине

黑桃皇后　Пиковая дама

黑暗森林之歌　Песня тёмного леса

黑暗的夜笼罩原野　Ложится в поле

　　мрак ночной

森林王　Лесной царь

森林之歌　Песнь о лесах

森林，我祝福你

　　Благословляю вас，леса

黄昏之歌　Бечерняя песня

普斯科夫姑娘　Псковптянка

贵族军人　Опрнчник

喂，雷电神，给我适用的宝剑　Дай，

　　Перуп，Булатный меч мне по руке

菲德里奥　Фиделио

涅瓦河上曾有事

　　А и было дело на Неве-реке

路程　Дороги

喧嚷　Шум

统帅　Полководец

悲怆交响曲　Патетическая симфоипя

凯尔·奥格雷　Кер Оглы

雅罗斯拉芙娜的哭泣

　　Плач Ярославны

无言歌　Песни без слов

登程　В путь

街道骚动　Улица волнуется

复仇之火　Огни мщения

乔乔桑　Чио-Чио-сан

杰克造的房子

　　Дом，который построил Джек

彼拉夫回旋曲　Рондо Фарлафа

越南小姑娘送给斯大林同志的礼物

　　Подарок товарищу Сталину от девочки

　　из Бьетнама

费加罗的结婚　Свадьба Фигаро

丧葬进行曲　Похоронный марш

华沙歌　Варшавянка

十三画

游击队员出发　Отъезд партизан

游击队员瑞列兹涅克

　　Партнзан Железняк

叶美良·布格乔夫

　　Емельян Пугачёв

人名华俄对照表

音乐术语华俄对照表

二画

二段体　Двухчастная форма

二分音符　Половинная

二度音程　Секунда

七度音程　Септима

八度音程　Октава

八分音符　Восьмая

十六分音符　Шестнадцатая

三画

三和弦　Трезвучие

三重奏　Трио

三角琴　Балалайка

三段体　Трёхчастная форма

三度音程　Терция

大管　Фагот

大号　Туба

大调　Мажор

大音阶　Мажорный лад

大提琴　Виолончель

大字组　Большая октава

大字一组　Контроктава

大字二组　Субконтроктава

大三和弦　Мажорное трезвучне

小节　Такт

小号　Труба

小调　Минор

小夜曲　Серенада

小音阶　Минорный лад

小提琴　Скрипка

小节线　Тактовая черта

小字组　Малая октава

小字一组　Первая октава

小字二组　Вторая октава

小字三组　Третья октава

小字四组　Четвёртая октава

小三和弦　Минорное трезвучиё

小步舞曲　Менуэт

小咏叹调　Ариетта

小提琴谱号　Скрипичный ключ

女低音　Альт

女高音　Сопрано

女次高音　Меццо-сопрано

弓弦乐器

　　Струнно-смычковый инструмент

四画

反复句　Реплика

反复记号　Реприза

分节歌　Куплетная песня

六弦琴　Гитара

六度音程　Секста

中强　Меццо форте

中音区　Средний регистр

中提琴　Альт

五度音程　Квинта

升记号　Диез

芭蕾舞剧　Балет

木管乐器

　　Деревянный духовой инструмент

引子　Вступление

五画

四重奏　Квартет

四分音符　Четверть

四度音程　Кварта

主音　Тоника

主题　Тема

主三和弦　Тоническое трезвучие

加线　Добавочная линейка

加伏特　Гавот

半音　Полутов

史诗　Эпос

打乐器　Ударный инструмент

正歌　Запев

正主题　Главная тема

切分音　Синкопа

民谣叙事诗　Вылина

平台钢琴　Рояль

六画

全音　Тон

全音阶　Диатоника

全音符　Целая

交响曲　Симфония

交响诗　Симфоническая позма

交响画　Симфоническая картина

合唱,合唱队　Хор

同度音程　Прима

再现部　Реприза

休止符　Пауза

曲体　Музыкалькая фсрма

自然小音阶　Натуральный минор

多声部　Многоголосие

列兹根卡　Лезгинка

托卡塔　Токката

行板　Анданте

安魂曲　Раквием

作曲法　Композиция

延音记号　Фермата

克拉科维亚克　Краковяк

抒情独唱曲　Каватина

快板　Аллегро

狂想曲　Рапсодия

呈示部　Экспозиция

八画

和弦　Аккорд

和声　Гармония

和声小音阶　Гармонический минор

附和声部　Подголосок

附点音符　Нота с точкой

波尔卡　Полька

波洛内兹　Полонез

协和　Ансамбль

协奏曲　Коицерт

非乐音　Немузыкальный звук

定音鼓　Литавры

拍子　Размер

弦乐器　Струнный инструмент

法国号　Валторна

英国管　Антлийский рожок

长笛　Флейта

七画

男中音　Баритон

男高音　Тенор

男低音　Бас

低音提琴　Контрабас

低音区　Низкий Регистр

低音部谱号　Басовый ключ

序曲　Увертюра

序幕　Пролог

尾声　Эпилог

伴奏　Сопровождение,Аккомпанемент

利戈顿　Ригодон

长号　Тромбон

夜曲　Ноктюрн

花腔女高音　Колоратурное сопрано

九画

音义　Камертон

音名　Буквенное название

音色　Тембр

音符　Нота

音程　Интервал

音域　Диацазон

音列　Звукоряд

音阶　Лад

音区　Регистр

重升记号　Дубль дисз

重降记号　Дубль бемоль

宣叙调　Речитатив

指挥者　Дирижёр

奏鸣曲　Соната

降记号　Бемоль

即兴表演　Импровизация

哀歌　Злегия

叙咏调　Ариозо

叙事曲　Баллада

室乐　Камерная муэыка

前奏曲　Прелюдия

十画

高音区　Высокий регистр

高音部谱号　Скрипичный ключ

倍弱　Пианиссимо

倍强　Фортиссимо

弱　Пиано

弱起小节　Затакт

浪漫曲　Романс

回旋曲　Рондо

埃柯塞兹　Экоссез

根音　Основной звук·Осноеной тон

马祖卡　Мазурка

特列巴克　Трепак

原位记号　Бекар

起声　Атака

十一画

旋律　Мелодия

旋律型　Мелодический рисунок

旋律小音阶　Мелодигеский минор

连音　Легато

连接线　Лига

连德列尔　Лендлер

组　Октава

组曲　Сюита

速度　Темп

唱名　Слоговое название

移调　Транспозиция

排调　Колокольчики

动机　Мотив

清唱剧　Оратория

梯形琴　Гусли

曼陀铃　Мандолина

船歌　Баркаролла

终曲　Финал

副歌　Припев

副主题　Побочкая тема

动音　Неустойчивый звук

十 二 画

单音乐　Гомофония

单段体　Одночастная форма

单声部　Одноголосие

单簧管　Кларнет

强　Форте

强弱变化　Динамика

华彩乐段　Каденция

童高音　Дискант

视唱　Сольфеджирование

发展部　Разработка

咏叹调　Ария

进行曲　Марш

结尾　Кода

十 三 画

圆形琴　Домра

圆舞曲　Вальс

摇篮曲　Колыбельная песня

鼓　Барабан

钹　Тарелки

诗琴　Лютня

塞吉季里亚　Сегидилья

十 四 画

渐弱　Диминуэндо

渐强　Крещендо

管风琴　Орган

管乐器　Духовый инструмент

管弦乐,管弦乐队　Оркестр

铜管乐器

　　Медный духовой пнструмент

复音乐　Полифония

歌剧　Опера

语音　Дикция

慢板　Ададжио

对句歌曲　Частушки

十五画

乐音　Музыкальный звук

乐句　Музыкальная фраза

乐节　Предложение

乐段　Период

乐章　Часть

调,调子　Тональность

调式　Лад

调号　Ключевый знак

节拍　Метр

节奏　Ритм

节奏型　Ритмический рисунок

轮唱　Канон

轮舞　Хоровод

竖琴　Арфа

竖形钢琴　Пианино

谐调　Строй

谐谑曲　Скерцо

练习曲　Этюд

拨弦乐器
　Струнно-щппковый инструмент

赋格曲　Фуга

标题音乐　Программная музыка

十六画

导音　Вводный тон

导入部　Интродукция

导旋律　Лейтмотив

器乐　Инструментальная музыка

器乐法　Инструментовка

噪音　Шум

霍塔　Хота

钢琴　Фортепиано

头声　Головное звучание

静音　Устойчивый звук

十七画

声乐　Вокальная музыка

声乐大曲　Кантата

键盘　Клавиатура

键盘乐器　Клавишный инструмент

临时记号　Случайный знак

十八画

断音　Стаккато

双簧管　Гобой